Maria Beig

Annas Arbeit

Maria Beig

Annas Arbeit

Erzählungen

Jan Thorbecke Verlag Sigmaringen

Maria Beig
Annas Arbeit

Erzählungen

Jan Thorbecke Verlag Sigmaringen

Die Deutsche Bibliothek – CIP-Einheitsaufnahme

Beig, Maria:
Annas Arbeit: Erzählungen / Maria Beig. – Sigmaringen:
Thorbecke, 1997
ISBN 3-7995-1696-4

Dieses Buch ist aus säurefreiem Papier hergestellt und entspricht den Frankfurter
Forderungen zur Verwendung alterungsbeständiger Papiere für die Buchherstel-
lung.

Gesamtherstellung:
M. Liehners Hofbuchdruckerei GmbH & Co. Verlagsanstalt, Sigmaringen
Printed in Germany · ISBN 3-7995-1696-4

Inhalt

Annas Arbeit

Sie war kaum über fünfzig und eine schöne schwarzhaarige Frau, als sie ihrer Nachfolgerin Platz machen mußte. Ihr einziger Sohn wollte heiraten. Weil ein Bau für Geräte und sonstiges notwendig war, hatte man gegenüber dem großen Bauernhaus, auf der anderen Seite der Straße, einen Neubau errichtet. Zu ebener Erde waren zwei Räume für die »Alten«. Zwar gab es ein Klosett, aber keine Küche. Sie könnten ja zu den Mahlzeiten über die Straße kommen und sich dort waschen! Ein gescheiter Schreiner, der wußte, daß ältere Leute es gerne warm haben, täferte die Wände und Decken der beiden Stuben, und der Hafner setzte einen schönen Kachelofen. Die Frau, die Sinn für Schönes hatte, richtete Stube und Schlafkammer gemütlich ein und zog dann mit ihrem Mann hinüber. Sie räumten das im ersten Stock gelegene Eheschlafzimmer, den besten Raum des Hauses.

In ihrer Ehe hatte die Bäuerin nicht viel Glück gehabt. Als junges Mädchen war sie lange Zeit in einen hübschen Burschen verliebt. Er hatte nur ein winziges Anwesen, aber Anna sagte, das mache ihr nichts aus. Doch plötzlich hatte der schwarzhaarige Kerl ein anderes Mädchen, ein armes, das besser zu ihm paßte. Da handelte Anna im Zorn, tat das Gegenteil von dem, was ihr wünschenswert erschien, und heiratete kurz darauf einen reichen Bauern. Sein Haus war groß und hatte viele Fenster. Was sie aus Trotz getan hatte, konnte ihr kein Glück bringen. Der Mann war blond und hatte eine spitze Nase, war laut und redete viel, viel mehr, als er arbeitete. Den Dienstboten gab er oft unnötige Befehle. »Er ist ein Läferer«, dachte sie in ihren bösen Stunden. Bei den landwirtschaftlichen Arbeiten wollte er seine Frau nicht dabeihaben. Alle Welt sollte sehen, wie gut sie es habe! So war sie nur Köchin, eine fleißige Hausfrau, die alles, auch die unzähligen Fenster, sauber hielt. Ihr Söhnchen glich seinem Vater. Das zweite Kind war ein Mädchen; seine Haare waren eher weiß als blond und seine Augen wasserhell. Als eine böse Kinderkrankheit die Gegend heimsuchte, starb es daran. Danach wollte Anna kein Kind mehr. Der Sohn, ein tüchtiger Junge, lamentierte nicht so sehr wie sein Vater. Zudem war es eine Zeit, in der es um die Bauern nicht schlecht stand. Der Sohn hatte ein Mädchen gefunden, das zu ihm paßte; man hätte meinen können, sie seien Bruder und Schwester.

Doch mit der Hochzeit mußten sie warten – etwas zu lange. Denn kaum nachdem der Bauer die getäferte Kammer bezogen hatte, wurde er schwer krank und starb. Erst als er einen Monat unterm Boden war, konnte die Hochzeit der Jungen stattfinden.

Am Tag nach der Hochzeit – zunächst wollte Anna das Paar allein lassen – dachte sie: »Helfe ich ihr ein bißchen kochen!« Als es gerade in der Pfanne brutzelte, rannte die junge Frau aus dem Haus und erbrach sich über dem Misthaufen. Sie war also bereits schwanger! Am andern Morgen sagte der Sohn: »Mutter, für dich wird sich nichts ändern. Lisbeth kann in ihrem Zustand mit Lebensmitteln nicht umgehen, überhaupt nicht im Haushalt schaffen.« So ging die Mutter weiterhin täglich frühmorgens über die Straße, kochte den Morgenbrei, richtete Vesper, bereitete Mittags- und Abendmahlzeiten. Außerdem machte sie wie bisher alles sauber. Spät abends ging sie dann müde in ihre Kammer hinüber. Nur im Schlafzimmer der Eheleute legte sie nicht Hand an. Wenn sie zufällig hineinsah, stellte sie Unordnung fest. »Nein, die Lisbeth ist keine Hausfrau«, murmelte sie dann vor sich hin. Dafür half die junge Frau bei jeder landwirtschaftlichen Arbeit. Vom Stall her hörte Anna die beiden lachen und lärmen; Hand in Hand liefen sie zu den Äckern und Wiesen. Auch bei Arbeiten wie Pflügen, die nichts für Frauen waren, lief Lisbeth neben dem Pflug her. Sogar im Winter, als sie hochschwanger war, ging sie mit ihrem Mann in den Wald, um dort Holz zu schlagen. Er lobte sie sehr; überall war bekannt, was für eine tüchtige Bäuerin er ergattert hatte.

Es war keineswegs so, daß die Junge sich überhaupt nicht ums Hauswesen gekümmert hätte. Aber man muß in die Zeit vorausschauen! Jede zweite Woche buk sie gutes Schwarzbrot. Wenn zweimal im Jahr Schlachttag war, hantierte sie eifrig mit Würsten und Speck. Am Waschtag, der alle sechs Wochen stattfand, führte Lisbeth Regie, wie auch jedes Jahr beim Frühjahrsputz vor der Karwoche. Ostern und Weihnachten sowie bei den Erstkommunionen ihrer Kinder kochte sie vortrefflich. Die Schwiegermutter durfte dann nur Handlangerdienste leisten. Damit war die Hausfrauenehre der jungen Bäuerin gerettet.

Lisbeth hatte einen Sohn zur Welt gebracht. Kaum eine Woche nach der Geburt saß sie schon wieder bei den vielen Kühen, um sie zu melken. Für das Neugeborene hatte sie selbst keinen Tropfen Milch. »Mutter, mach ihm einen Schoppen«, sagte sie. Anna verdünnte Kuhmilch mit Haferschleim. Als der Kleine fünf Wochen alt war, hörte Anna ihn in einer Nacht laut weinen. Das Schreien kam nicht vom Oberstock, wo das Bettchen des Kleinen im Elternschlafzimmer stand, sondern aus dem Erdgeschoß. Das Kind lag im Ausfahrwagen in der Stubenkammer, zwischen dem Wohnzimmer und der Küche, wo allerhand Gerät herumstand. Das Fläschchen, das Anna für den späten Abend vorbereitet hatte, lag angetrunken auf dem Deckbettchen. Sie wärmte die Milch, und als der Kleine leergetrunken hatte, legte sie ihn trocken. Das Kind lachte sie an. Es war sein erstes Lächeln, und Anna kamen darüber die Tränen. Für den Rest der Nacht gab der Bub Ruhe.

Aber in den nächsten Nächten mußte sie wieder hinüber. Sie fror dabei jämmerlich. »Hol das Bettchen herunter und stell mein Bett in die Stubenkammer. Ich will beim Kind schlafen«, sagte sie zum Sohn. Sie verstand es, einen netten Raum aus der Kammer zu machen. Die Geräte und Mehlsäcke räumte sie hinaus. An die beiden Fenster kamen Wickeltisch und Bank fürs Badewännchen, an die Längswände – denn es war ein schlauchartiges Zimmer – ihr und des Kindes Bett, nah einander gegenüber. In den uralten Wandschrank ordnete sie die Kindswäsche und ihre Sachen ein. Ihre Stuben jenseits der Straße schloß sie zu. Jetzt waren die Nächte still.

Ein Jahr und sechs Monate nach Baptist, wie der Bub nach seinem Vater und Großvater hieß, kam der zweite Sohn. Er glich dem ersten, sah also seinem Vater wie seiner Mutter ähnlich. Der erste lief herum und begann zu sprechen. Anna wollte »Großmutter« genannt werden, aber dieses Wort ist für einen Kindermund schwer auszusprechen. Das treffliche »Oma« war damals noch nicht bekannt. »Moosgutter«, sagte der kleine Baptist. »Die Nahne wird dir den Brei kochen«, sagte Lisbeth. Wenn man bedenkt, wie in dieser Region das letzte »e« eines Namens ausgesprochen wird – als ob man dabei kotze –, so war es kein schöner Name. Anna wollte deshalb »Ahne« geheißen werden. Das war aber nicht üblich, und schließlich sah sie ein, daß dieser Name an Urzeiten erinnerte und sie älter gemacht hätte. So krähte Baptist, und bald der zweite, des Tages hundertmal Nahne, viel öfter als Mama.

Wieder genau eineinhalb Jahre nach dem zweiten kam der dritte Sohn. Auch er hatte wasserhelle Augen, blondes Haar und ein spitziges Näschen. Der Nahne war nichts zuviel, sie kochte und putzte, badete die Kinder, richtete die Schoppen, schälte die Äpfel für die Kleinen und fütterte sie mit Spinat, doch die vielen verschmutzten Windeln und die verseichten Bettücher im Waschtrog waschen, das war ihr zuwider. Darum setzte sie die Buben, sobald sie sitzen konnten, aufs Töpfchen. Auch nachts riß sie die Kinder aus dem Schlaf, um sie auf den Topf zu setzen. Sie gewöhnten sich daran und wollten bald nichts Nasses und Stinkendes mehr an sich haben. Mit drei Jahren durften sie frühabends nach oben in die Bubenkammer, wo richtige Betten für sie standen. Der Dritte, ein besonders gelehriges Kind, durfte es bereits mit zwei Jahren. Die Eltern waren gehörig stolz, daß ihre Kinder so früh »sauber« waren.

Anna lag nun nachts allein den drei leeren Gitterbetten der Kinder gegenüber. Sie dachte daran, wieder drüben ungestört zu schlafen. An einem sonnigen Tag öffnete sie dort die Fenster, um die muffige Luft zu vertreiben. Da kam Lisbeth angerannt: »Bleib nur in der Stubenkammer! Bald geht es weiter!« Die Schwiegertochter war nach der Geburtenpause nur wenig »stark«, darum sah Anna nicht, daß sie schon wieder schwanger war. Diesmal kam dann auch ein zartes Mädchen. Man taufte es auf den Namen Anna, nach der Großmutter. Ihr tat es leid, daß sie sich gegen ein weiteres Enkelkind gesträubt hatte. Die kleine Anna war nämlich reizend, hatte braune Haare, ein rundes Näschen, und in ihren Augen waren bald dunkle Flecken zu sehen. Die beiden nächsten Mädchen, die in den gewohnten Abständen folgten, glichen den blonden Brüdern. Die drei Töchterchen machten der Großmutter weniger Mühe. Sie schrien seltener und nicht so laut wie die Buben und saßen auch lieber auf dem Topf. Als sie laufen konnten, warfen sie nicht alles um. Zwischen der Nahne und ihren Enkelinnen herrschte großes Einvernehmen. Die Liebe zwischen der kleinen Anna und ihr empfand sie als ein nie gekanntes Glück. Ab und zu, in unregelmäßigen Abständen, bekam sie vom Sohn Geld, wenn er etwa den Hopfen gut verkauft hatte. Dann fuhr sie mit in die Stadt, um etwas für sich zu kaufen. Sie war immer ein bißchen hoffärtig gewesen. Aber jetzt verzichtete die Großmutter auf die Bluse und brachte statt dessen eine Puppe und zwei Bilderbücher heim. Es tat ihr fast leid, als die Mädchen, eins nach dem andern, abends die Treppe hinauf in die Mägdekammer liefen.

Die kleine Anna ging bereits zur Schule, als die Großmutter wieder ihre Stube drüben zu lüften begann. Sie hatte gerade den Arm voller Sonntagskleider, als die Schwiegertochter gelaufen kam. »Nahne! Du wirst doch nicht umziehen! Schau mich doch an!« Die alte Frau setzte sich aufs Bett ihres längst verstorbenen Mannes und begann zu weinen. Lisbeth lief verärgert weg. Die kleine Anna war erschrocken, denn sie hatte die Großmutter noch nie weinen sehen. Das Kind mußte lange fragen und streicheln, bis es die Antwort bekam: »Du kriegst noch drei Geschwister.« »Ich bin ja groß und kann dir helfen«, sagte das Mädchen.

Den ersten der drei neuen Buben hatte man Johann getauft, aber man rief ihn von Anbeginn »Hanne«. Alle drei waren sie Ebenbilder der älteren Brüder. Hanne war ein kränklicher Kerl. Alle Kinderkrankheiten flogen ihn an, und immer wieder mußten sie um sein Leben fürchten. Wenn der Doktor Anordnungen gab, schaute er dabei stets die Großmutter an. Hanne steckte oft seine kleineren Brüder an, darum hatte sie manchmal zwei fiebrige Kinder zu pflegen. Einmal bekam sie selbst Mumps und mußte eine Woche, nach der die Krankheit benannt wird

– Wochendippel –, im Bett bleiben. Es herrschte aber eine solche Not, ein Geschrei und eine Unordnung um sie, daß sie sich vornahm, nie wieder krank zu werden. Ihr gelang es, doch Hanne war es wieder und wieder. Endlich war es soweit, daß auch diese drei Kinder oben schliefen.

Die Knechtskammer diente als zweite Bubenkammer. Da die drei großen Söhne nun mitarbeiten konnten, brauchten sie keinen Knecht mehr. Und das war gut, denn die wirtschaftliche Lage der Bauern war schlechter geworden. Sie waren alle fleißig; auf Großmutters Anordnung räumten sie die zwei kleinen Kinderbetten, das mit dem Gitter und das mit den Stäben, mitsamt den morschen Matratzen aus der Stubenkammer zum Gerümpel. Nur das größere, das ebenfalls ein Kinderbett war, blieb gegenüber ihrem Bett stehen, denn Hanne brauchte es immer wieder. Sobald ihm ein bißchen der Hals weh tat, wollte er darin schlafen. Oben gab es kein heißes Wasser, um Wickel machen zu können, auch war niemand da, der nach der schweren Tagesarbeit aufstehen mochte. Als Hanne im Kinderbett die Beine nicht mehr ausstrecken konnte, schlüpfte er zur Nahne ins Bett, bis er wieder ganz gesund war.

Darum dauerte es diesmal länger, bis sie daran dachte, drüben in ihrer Kammer ungestört zu schlafen. Sie war nun bald siebzig Jahre alt. Zwischen ihren schwarzen Haaren sah man graue Strähnen. Sie ging gebückt, denn das Herausheben der Kinder aus den Betten und der Badewanne hatte ihrem Rückgrat geschadet.

An einem Frühlingsabend, das junge Volk tobte vor dem Schlafengehen draußen herum, saßen die großen Söhne und die Großmutter bei den Eltern am Tisch. Anna räumte gerade das Geschirr vom Abendessen weg, als Lisbeth sagte: »In der ganzen Gegend gibt es kein Weib, das in seinem sechsundvierzigsten Jahr noch ein Kind bekommen kann.«

13

Dabei sah sie recht stolz drein. Die drei Söhne verließen die Stube. Die Nahne hatte es wohl gesehen, daß der Leib der Schwiegertochter unförmig war. Doch sie dachte, wer so viele Kinder ausgetragen hat, der kann nicht in Form sein. Jetzt wurde sie grau im Gesicht und fing an zu jammern: »Ach Gott! Mein Gott! Gott im Himmel!« Ihr Sohn schlug die Faust auf den Tisch. »Die Anna schafft den Haushalt!« schrie er. Das Mädchen war jetzt das vierte Jahr aus der Schule, und die Großmutter hatte es früh kochen und haushalten gelehrt. Selbst ihre Mutter hatte sie hier und da vertreten, wobei ihre Lehrerin nur Handlanger-dienste leistete. An diesem Abend gab Anna ihren Eltern einen bösen Blick.

Als die Geburt bevorstand, suchten die alte und die junge Anna in Lumpensäcken nach Kinderhemdchen und Windeln. »Man muß Kindswäsche kaufen«, sagte die Großmutter. Lisbeth meinte: »Es können nicht mehr drei nacheinander kommen, für das eine lohnt es sich nicht. Die Schüler und die Großen kosten Geld.« So kochte die Großmutter die Fetzen zweimal im Waschkessel, und Anna umhäkelte manches mit buntem Garn. Doch diese vergilbte Aussteuer dünkte ihnen für einen neuen Erden-bürger zu erbärmlich zu sein. Sie putzten das Pfännchen, in dem die Nahne früher Milch und Brei für die Kleinen ge-kocht hatte. Inzwischen hatte man darin Zwiebelschmelzen und Einbrennen gemacht. Die alte, zerbeulte Saugflasche aus Aluminium war samt Sauger nicht mehr zu gebrau-chen, denn man hatte damit mutterlose Ferkel getränkt. Darum gab die Großmutter Anna Geld, um ein Fläschchen aus Glas, wie es sie jetzt gab, zu kaufen. Der Vater schimpf-te: »Das Kind wirft den Glasbudel aus dem Bett, und wir müssen jede Woche einen neuen kaufen.« Das Badewänn-chen holten sie von der Weide, denn es war mittlerweile eine Tränke, aus der die Kühe gesoffen hatten. Sie kletterten auch auf die Bühne, um den Kinderwagen zu holen. Seine hohen Räder waren rostig, das Korbgeflecht zerfasert, und das Dach fehlte. Das Mädchen nähte ein buntes Vorhängchen, damit das Kind vor der Sonne geschützt war. Beide, die Großmutter wie die Schwester des kommenden Kindes, hofften auf ein Mädchen, das gut zu pflegen und leicht zu lieben wäre.

Es war aber ein Knabe. Lisbeth hatte bei seiner Geburt zwei Tage lang gestöhnt. So schwer sei es noch nie gewesen, sagte sie nachher; man hätte meinen können, er wolle um keinen Preis auf die Welt kommen. Weil sie aus der Verwandtschaft keinen Namen mehr wußten, ließen sie ihn auf den Namen Gotthold taufen.

Zunächst war die Großmutter sogar ein bißchen beglückt. Das Kind hatte einen schwarzen Haarschopf, und nach ein paar Wochen sah sie, wie sich seine Augen dunkel färbten. Endlich hatte sich ihre Sippe durchgesetzt, denn das Kind glich ihrem Bruder. Aber mit Gotthold hatte sie ihre Not! Seine alte Mutter gab keinen Tropfen Milch für ihn. Wenn die Nahne ihm mit Haferschleim verdünnte Milch im schönen Glasfläschchen geben wollte, tat er so, als wisse er nicht, wie man saugt und schluckt. Das meiste ließ er aus dem Mund laufen. Und doch waren seine Windeln alle voll. »Wovon denn?« fragte sich die Nahne unwillig. Geschabte Äpfel oder Brei nahm er nämlich überhaupt nicht zu sich. Als Gotthold zehn Wochen alt war, sagte die Großmutter zu seinen Eltern: »Mit diesem Kind stimmt etwas nicht. Es hat noch nie gelacht, hebt sein Köpfchen nicht, strampelt und fuchtelt nie.« Anna stand dabei und lachte. »Der wird nicht viele Glasbudel aus dem Bett werfen!« »Obwohl er mehr kotzt als trinkt, wird er dick«, gab die Nahne nicht nach. Sein Vater lachte: »Die Schwarzen brauchen halt länger als die Blonden«, und Lisbeth fand es auch zum Lachen.

Anna, die der Großmutter versprochen hatte, bei der Aufzucht des späten Kindes zu helfen, mochte mit Gotthold nichts zu tun haben. Wenn er nicht schlief, schrie er. Es war kein forderndes Schreien, sondern ein jammerndes Brüllen. Mit dem Schnuller wußte er nichts anzufangen; er lullte ihn nur aus dem Mund. Auf kein Schaukeln, Umhertragen und Vorsingen reagierte er. Auch die beiden blonden Schwestern, die einmal seine Kindsmägde sein wollten, liefen vor ihm weg. »Er stinkt!« riefen sie. Er roch nach Schweiß, Erbrochenem und, noch schlimmer, von den Windeln her. Immer wieder drängte die alte Frau, das Kind müsse einem Arzt gezeigt werden, vielleicht sei es blind oder taub. Der Vater hielt eine brennende Kerze an die Seite des Kinderwagens – Gotthold drehte seinen Kopf zum Licht. Zur anderen Seite läutete er mit einer Kuhglocke – Gotthold wandte das Gesicht zum Geräusch. »Er hört und sieht! Ich hab's gesagt, die Schwarzhaarigen sind langsamer als die Blonden!«

Als Gotthold über ein Jahr alt war, konnte er noch nicht sitzen. Trotzdem versuchte die Nahne es mit dem Töpfchen. Er kippte zur Seite, nach vorn und hinten und lag in der Bescherung. »Hilf mir doch, den schweren Kerl in den Badezuber zu lupfen!« fauchte die Großmutter. So unwillig kannte man die Nahne nicht! Anna half, doch angewidert schaute sie auf Gottholds großes Geschlecht und lief weg. Allen fiel auf, daß die Nahne zunehmend mißmutiger wurde, aber Anna bemerkte am deutlichsten die Veränderung, die mit ihr vorgegangen war: Ihre Nahne fing nämlich an, laut vor sich hinzureden. Was das Mädchen hörte, war nicht schön. Wenn die Großmutter täglich die Windeln im Waschtrog wusch und sie aufhing, wo niemand sie sehen konnte, sagte sie: »Pfui Teufel.« Das murmelte sie auch, wenn sie Gotthold fütterte. Anna wollte es nicht mehr hören und schalt: »Sag wenigstens pfui Kuckuck.« Doch die Großmutter blieb beim Teufel. Wenn sie das brüllende Kind schaukelte, gewöhnte sie sich an, im Takt zum Hin und Her »wenn-ich-doch-tot-wär« zu sagen. Manchmal überkam sie der Zorn auf die Schwiegertochter. »Um den Deppen kümmert sie sich noch weniger als um die andern.« Sie schimpfte so lange, bis Anna anfing zu weinen. Wenn die Nahne manchmal versöhnlich gestimmt war, sagte sie, die neun anderen zu versorgen, die zur rechten Zeit lachten und sprangen, sei wie ein Fest gewesen im Vergleich zu diesem Kind. Es waren ein paar böse Jahre, in denen die Alte, laut oder leise, darum betete, sterben zu dürfen. Ihre Haare waren jetzt ganz grau, das Gesicht voller Falten und der Rücken krumm. Gotthold konnte noch immer nicht sitzen.

An einem schwülen Spätsommertag mußte Anna mit hinaus auf den Acker, wo viel Getreide zu binden war. Vom Osten her näherte sich drohend eine Gewitterwand. Gotthold, nun zweieinhalb Jahre alt, schrie im Kinderwagen hinterm Haus. Hier hatte ihn seine Großmutter unters Vordach gestellt, damit Vorbeigehende ihn nicht sehen konnten. Sie wollte die Wäsche abnehmen, bevor das Gewitter kam, damit sie am andern Tag trockene Windeln hatte. Sein Gebrüll war aber unerträglich, sie mußte nach ihm sehen. Er war schweißgebadet und stank schon wieder. Die schwarzen Haare klebten in seinem Gesicht. Sie schob den Wagen hin und her, immerzu, und rüttelte heftig, doch sein Geschrei wurde nur noch ärger. Da überkam die Nahne ein derartiger Unmut, wie sie ihn noch nie empfunden hatte. »Pfui Teufel!« schrie sie und gab dem Karren einen heftigen Stoß. Die Besetze war abschüssig und uneben; der Kinderwagen kam in Fahrt und fiel um. Sie lief hinterher, so schnell sie konnte, und hob Gotthold auf. Er schien leblos, als sie ihn auf dem Schoß, auf der hinteren Haustreppe sitzend, wiegte. »Ich werde sagen, der

Griff des Wagens sei mir beim heftigen Hinundherschieben aus der Hand geglitten«, murmelte sie. »Oder besser, das schwere Kind habe den Wagen selber in Bewegung gesetzt! Nein, das werden sie nicht glauben, denn alle wissen, daß er wie ein Sack im Wagen liegt.« Da kamen sie auch schon angerannt. Hanne, der ein Faulpelz war, hatte hinterm Haus gelungert und alles gesehen. Er war zum Acker gelaufen. »Die Nahne hat pfui Teufel gerufen und den Kinderwagen weggestoßen, so daß er umfiel. Der Gotthold ist tot!« Er war aber nicht tot. Gerade als sie ankamen, fing er an zu wimmern. Aber es war deutlich zu sehen, daß an seinem rechten Ärmchen die Handfläche verkehrt war. Als der Arzt kam, blitzte und krachte es. So hörte man Gottholds Gebrüll kaum, und er konnte die Hand richten und gipsen. Anna sagte zu den Eltern: »Für die Nahne ist es einfach zu viel.« »Was denn zuviel? Du tust doch alles im Haushalt!« schrie der Vater. »Jeden Tag das Windelwaschen.« »Als ob du selber keine Kindswäsche waschen könntest!« schimpfte die Mutter. »Es ist…«, stotterte Anna, »Gotthold bleibt so grausam zurück.« Darauf wollten die Eltern nicht eingehen.

Drei Wochen nach dem Unfall kam der Doktor wieder, um den Gips zu entfernen. Er war mit seinem Werk zufrieden; die Hand saß richtig. Diesmal schaute er sich das Kind genauer an. Ob man nach dem Sturz an seinem Kopf eine Verletzung gesehen habe? Der Verstand des Kindes könnte dabei gelitten haben. Die Großmutter rührte sich: »Gotthold war vorher schon nicht ganz recht.« Der Arzt zuckte mit den Schultern, und die meisten in der Familie wollten das nicht hören. Hanne, der ein Schwätzer war, wie es nur einmal in diesem Haus einen gab, lief in alle Häuser. »Der Gotthold ist beim Sturz auf den Kopf gefallen. Er hat keinen Verstand mehr, und die Nahne ist schuld daran.« Die Nachbarn wußten zwar, daß es mit dem letzten Kind dieser Familie von Anfang an nicht stimmte, doch an der alten Frau blieb etwas Böses hängen.

Wieder war es nur Anna, die an der Großmutter eine erneute Veränderung bemerkte. Kein »pfui Teufel« war mehr zu hören, keine Ungeduld mehr bei ihr festzustellen. Manchmal hörte sie, wie die Nahne laut betete: »Ach Gott, laß mich noch lange leben!« Seit man es genau wußte, daß Gotthold überhaupt keinen Verstand besaß, wollte niemand mehr mit ihm zu tun haben; er gehörte allein der Großmutter. Sie massierte liebevoll seinen rechten Arm und bewegte oft die dicken Fingerchen. Plötzlich, nicht lange nach dem Unglück, konnte Gotthold sitzen. Mit Hilfe des Töpfchens war es für die Nahne nun leichter. Er lachte jetzt sogar manchmal, vor allem, wenn Anna in seine Nähe kam. Ihr war es zwar lieber, wenn er nicht lachte, denn man konnte dann deutlich sehen, was für ein Idiot er war. Als er beinahe vier Jahre alt war, brachte ihm die Großmutter das Laufen bei. Sie band einen breiten Schal um seinen Bauch und befestigte an ihm zwei Stricke, damit sie ihn gängeln konnte. Es war sehr ermüdend für sie, und das Kreuz tat ihr weh, weil er so schwer war und selbst nicht mithalf. Endlich lief er allein, wenn auch wie ein Besoffener.

Dann fing sie an, ihn essen zu lehren. Bislang sperrte er wie ein hungriger Vogel sein Maul auf. Sein rechter Arm war zu nichts zu gebrauchen und hing wie lahm herunter. Er mußte aber ein ausgesprochener Rechtshänder sein, denn die linke Hand war denkbar ungeschickt. Gotthold läpperte und schmierte. Obwohl die Nahne mit ihm am kleinen Tisch, hinten beim Ofen, aß, konnten es die am Haupttisch nicht mit ansehen. »Wozu haben wir denn die Wohnung drüben?« fragte Baptist, der älteste. »Die Nahne und der Depp können doch dort hausen«, meinte Hanne. »Anna kann ihnen das Essen hinübertragen«, sagte eines der jüngeren Mädchen. »Wenn ich drüben Wasser habe, um ihn zu waschen, ziehe ich gerne um.« Der zweite Sohn der ersten Bubengruppe war bei einem Klempner in der Lehre. Sein Meister half ihm, die Wasserleitung über die Straße zu legen. Vom Wohnstübchen führte eine Tür in den Abstellraum. Dorthin kam ein Badeofen mit Wanne, zu allem Luxus noch ein Waschbecken mit Warmwasserboiler, eine große Neuerung zu dieser Zeit. Die Großmutter empfand es fast als Kränkung, mit welchem Tempo und Eifer sie alles installierten. Dann zog sie hinüber, mit Bett, Sack und Pack und Gottholds kleinen Habseligkeiten. Er durfte in seines Großvaters Ehebett, ganz nah bei der Nahne, schlafen. Die verlassene Stubenkammer nahm Anna in Beschlag, weil von dort der Herd nahe war. Mit den Schwestern verstand sie sich ohnehin nicht mehr. Sie durften Näh- und Kochschulen besuchen, ansonsten liefen sie der Mutter nach, um ihr bei landwirtschaftlichen Arbeiten zu helfen. Ihre Mutter hielt die beiden Blonden für sehr tüchtige Mädchen.

Jetzt hatte die alte Frau viel Zeit. Stundenlang half sie dem Enkel, die bunten Bauklötze aufeinanderzustellen. Als er etwa sechs Jahre alt war, hatte sie ihn so weit gebracht, daß er seine Hose selbst öffnen konnte, um aufs Klosett zu gehen, ja er konnte sich allein aus- und anziehen. Ins große Haus gingen sie nicht mehr; nur an schönen Tagen zog es die Großmutter zum Gemüsegarten. Da sie sich nach dem Unkraut nicht mehr bücken konnte, ging sie mit einer leichten Hacke. Gotthold folgte ihr auf Schritt und Tritt, um das zu gießen, was sie gehäckelt hatte. Manchmal begoß er ihre Füße. Dann lachte sie, und wenn das Wasser in die kleine Kanne rauschte, lachte er.

Sie gab sich große Mühe, ihm das Sprechen beizubringen, bis zu seinem siebten Jahr ohne Erfolg. Einmal schaute er hungrig zur Tür. »Die Anna kommt bald! Ruf der Anna! Sag doch Anna!« schrie sie ihn an, und als Anna mit dem Essen zur Tür hereinkam, sagte er: »Na«. Sie hörten ihn das Wort selten sagen, auch kaum zur Schwester direkt, sondern nur dann, wenn ihm etwas gefiel, etwa wenn ihm ein hoher Bauklotzturm gelungen war. Er lernte aber zwei Worte in seinem Leben. Wenn die Großmutter ihn allein lassen mußte, etwa weil sie zum Beichten ging, dann hörte Anna ihn über die Straße hinweg laut greinen. »Wart halt!« Er heulte nur noch lauter, und dann wurde auch Anna laut: »Die Nahne kommt wieder!« Im Weinen sagte er sein zweites Wort: »Naaa«. Doch auch das sagte er nicht zur Großmutter, nur dann, wenn er sie nicht sah oder ihm etwas ganz zuwider war.

Der Donner konnte rollen, die Kühe brüllen, die Brüder lärmen, nach solchem Lärm drehte Gotthold den Kopf nicht. Seit er auf der anderen Straßenseite lebte, gefiel ihm jedoch ein Geräusch. Die Badewanne hinter Großmutters Stübchen übte auf Gottholds Geschwister große Anziehungskraft aus. »Nahne! Heiz für mich den Badeofen!« schrie Hanne durchs Fenster. Der Klempner und auch einige andere heizten ihn selber. »Du kannst uns das Badewasser einlaufen lassen«, riefen die beiden jüngsten Buben. Sie wollten gemeinsam baden und dabei Unsinn machen. Jedesmal, wenn das Wasser in die Badewanne rauschte, stand Gotthold nah dabei. Der Lärm, den das herabstürzende Wasser machte, mußte ihm sehr gefallen, denn er grinste und sagte ein ums andere Mal »Na«. Erst wenn eine der Schwestern anfing, sich auszuziehen, ließ er sich aus dem Raum drängen. Die Brüder gönnten ihm das Vergnügen, dabeizusein, bis die Wanne voll war. Die Großmutter hatte ihre Freude an Gottholds Badewasserspaß. Auch gefiel es ihr, wenn fast jeden Abend ein oder zwei Enkel durch ihre Stube liefen, denn sie hätte sonst kaum mehr etwas mit ihnen zu tun gehabt. Die Enkel konnten sich nicht mehr an die Zeit erinnern, in der ihnen die Nahne wichtig war. Die Großen wußten zwar, was sie für die Kleinen tat, doch junge Leute sind Egoisten; was ihre eigene Person nicht betrifft, schert sie nicht. Jetzt waren die Eltern, die Schule und die Arbeit für sie wichtig. Wenn die Frischgebadeten durch Großmutters Stube gingen, redeten sie ein wenig mit ihr, auch wenn sie nur sagten: »Nahne, mach die dreckige Wanne sauber.« Jeder Enkel verhielt sich so, wie es sich beim Kleinkind abgezeichnet hatte, und das fand sie interessant zu beobachten.

Je älter sie wurde, desto lieber ging sie in die Kirche, um darum zu beten, noch lange leben zu können. Die Schuld, die sie Gotthholds wegen drückte, war schwer zu tragen. Früher versäumte sie oft leichtfertig die heiligen Sonntagsmessen. Lisbeth wollte, nobel hergerichtet, mit ihrem Mann die Kirche besuchen. Das sei ihr einziges Vergnügen, sagte sie, und das wollte ihr die Schwiegermutter gewiß nicht nehmen. »Gott wird mir die Sünde verzeihen«, lachte sie, »vor allem die Muttergottes weiß, daß kleine Kinder gehütet sein müssen, besonders ein solches, das sich anders als die üblichen verhält.« Sobald der jetzt Zehnjährige spürte, daß die Großmutter ihn verlassen wollte, heulte er wie ein Wolf. Als er an einem Sonntag deswegen besonders laut »Naaa« brüllte, sprach sie: »Von nun an nehme ich ihn mit in die Kirche.« »Er hat ja keine Sonntagskleider«, meinte Anna. Man hatte für ihn nie Neues gekauft; er trug die Kleider seiner Brüder aus. Sie paßten ihm aber hinten und vorne nicht, denn seine Brüder waren drahtig, und sein Rücken war breit. Nachdem man Gottholds Brust- und Bauchumfang gemessen hatte, ging Anna in die Stadt, um mit Großmutters Geld ein Sonntagsgewand für ihn zu kaufen. Was sie brachte, war passend: eine schwarze Hose, ein weißes Hemd und dazu eine olivgrüne Trachtenjoppe. Es stand ihm gut zu seinen schwarzen Haaren. »Was er für ein schöner Bub wäre!« weinte die alte Frau eine Weile. Dann gingen sie miteinander zur Kirche. Er lief im Freien keine drei Meter, ohne mit seiner Linken Nahnes Rechte zu fassen. Wenn sie die Hand gerade nicht frei hatte, packte er sie am Rock. Die Leute starrten die beiden an. Sie unterhielten sich darüber, wie sich der Schwachsinnige wohl beim Gottesdienst benehmen würde. Er verhielt sich zunächst still. Alles machte er der Großmutter nach, knien, sitzen, stehen und zum Altar sehen. Als plötzlich die Orgel zu spielen anfing, riß es Gottholds Gesicht nach hinten. Das blöde Grinsen verzerrte es noch viel mehr als beim rauschenden Badewasser. »Na!« rief er jedesmal laut, wenn die Orgel einsetzte. Die Umstehenden schauten her und lachten. Nachdem der Gottesdienst aus war und die Leute bereits gingen, zog der Orgelspieler alle Register. Als die Orgel verstummt war, lief Gotthold das Wasser aus den Augen und der Rotz aus der Nase. Die Nahne gab ihm ein Taschentuch, damit er seine Nase putzte, wie sie es ihn gelehrt hatte.

Zwei Jahre dauerten die sonntäglichen Kirchgänge. Gotthold ging gerne mit. Waren sie nah der Kirche, wollte er rasch laufen, als ob er es nicht erwarten könnte, die Orgel zu hören. Bald war er größer als die Großmutter, denn er wuchs rasch, und sie wurde immer kleiner. Wenn ein Auswärtiger das Paar gehen sah, dachte er: »Das ist ein guter Enkel, der seine gebückte Großmutter so liebevoll zur Kirche führt.« Die Einheimischen wußten es besser: Die alte Frau hatte guten Grund, den großen Enkel zu führen.

Außer dem Orgelgebrause und dem Badewasserrauschen hatte er bald eine weitere Hörfreude. Der dritte Sohn des ersten Wurfs liebte ein Mädchen im Nachbarort, das mit dem Vater in einem kleinen Haus lebte. Der Mann war Straßenwart und Gemeindediener, sie waren also nicht wohlhabend. »Du wirst doch nicht bei denen verkehren«, schimpfte Lisbeth ihren Dritten. Doch er ging wöchentlich zweimal dorthin. Er liebte nicht nur das Mädchen, sondern schätzte auch dessen Vater, den besten Trompeter der dörflichen Musikkapelle. Er schenkte dem Jungen eine alte Trompete, damit er daheim auf ihr üben konnte. Der Dritte brachte nur scheußliche Töne aus ihr heraus. »Spiel draußen«, riet ihm Anna, aber bald beschwerte sich ein Nachbar. »Geh hinüber zum Üben«, sagte die jüngste Schwester, »alle beide sind ja tollohrig.« So blies er drüben seine lauten Trompetenstöße. Die Nahne las nebenher ungestört das Sonntagsblatt. Gotthold stellte sich so nah an die Trompete, daß ihn der Bruder immer wieder wegschieben mußte. Gotthold gefiel der Lärm so sehr, daß er »Na« schrie, sobald er den Dritten nur kommen sah.

An einem schönen Septembertag brachte Anna das Mittagessen und sah, daß die Großmutter den Kachelofen heizte. »Es ist doch noch warm«, lachte sie. »Mich friert's bis ins Mark. Ja, heißen Kaffee!« Sie schob Gotthold den ganzen Berg Apfelküchlein zu. Sonst gab sie lieber zurück, was ihr zuviel dünkte, denn sie fürchtete, der Bub werde zu dick. Als Anna am Abend die Mahlzeit brachte, saß die Nahne so nah beim Ofen, daß es aussah, als wollte sie hineinschlüpfen. »Oh, warmer Tee!« murmelte sie und schob Gotthold das Vesper hin, damit er sich den Bauch vollschlagen konnte. »Die Großmutter hat mir heute nicht gefallen«, sagte Anna spät abends und ging beunruhigt nochmals hinüber. Beide schliefen nah beieinander in ihren Betten. Wie sie am nächsten Morgen das Frühstück brachte, zerrte Gotthold an Nahnes Nachthemd, weil sie nicht aufstehen wollte. Anna hatte sofort begriffen. »Laß das! Die Großmutter ist tot.« Sie sah es, er wußte nicht, was »tot sein« war.

Dann kamen alle, um die Tote anzuschauen. Ihr Gesicht war friedlich, geradezu schön. Der Pfarrer traf ein, um ihr die Letzte Ölung zu geben, obwohl sie schon kalt war. Der Doktor stellte einen Schlaganfall fest, der vor Mitternacht eingetreten war. Der Schreiner vermaß die Leiche für den Sarg, und schließlich kam die Leichsagerin, die der Toten das schöne schwarze Kleid anzog. Die beiden Mädchen plünderten im Garten die letzten Rosen und legten sie auf Großmutters Kopfkissen. Anna ordnete Blumensträuße im Stübchen und am Totenbett. Lisbeth stellte eine große Porzellanschüssel voller Weihwasser, mit Buchswedel darin, aufs Nachtkästchen. Am Abend kamen die Nachbarn, um für die alte Frau zu beten. Gotthold war den ganzen Tag über im Sterbezimmer herumgestanden. Wer versuchte, ihn im Stübchen festzuhalten oder gar ins Haus hinüberzubringen, dem gehorchte er auf keinen Fall. Wenn jemand die Tote mit Weihwasser besprengte, machte er es auch. Als man den Rosenkranz betete, ging er wiederholt hin, um die Nahne zu besprengen. Mit Wasser sparte er dabei nicht. Die Haare, das Gesicht, das Kleid der Toten mit den darüber gefalteten Händen, alles war bald klatschnaß. Einer der Betenden lachte leise, und Gottholds Mutter schämte sich dessen Blödheit. »Bringt ihn endlich hinüber«, zischte sie die beiden Mädchen an. Er ließ sich zunächst bis zur Straße zerren, fing dann aber an, sich zu wehren. Der vielen Leute wegen waren die Fenster in den kleinen Räumen geöffnet. So hörten drinnen alle, was draußen vor sich ging. Gotthold knurrte wie ein böser Hund, dann brüllte er häßlich. Diese Töne waren mit nichts zu vergleichen. Dann hörte man die Mädchen schreien. Manche sahen, was geschah: Er schlug mit seiner linken Faust den Schwestern ins Gesicht, mit aller Wucht und Geschwindigkeit – es war wie ein Trommelfeuer. Die beiden waren so überrascht, daß sie nicht sofort wegrennen konnten. Baptist und der Klempner eilten hinaus. Er schlug auch nach ihnen, doch sie wurden seiner leicht Herr und schleppten oder trugen ihn über die Straße. Die Leute beteten den Rosenkranz hastig zu Ende und gingen dann ganz betreten heim. Anna sagte zur Nachbarin: »Dabei haben wir nie eine Spur von Bösartigkeit bei ihm bemerkt.« Aber sein Gebrüll drang bis zu ihnen herüber, und da ging auch die Frau heim. Gotthold zitterte am ganzen Leib; er war so erschöpft, wie man ihn noch nie gesehen hatte. Anna streichelte ihn. »Komm, wir gehen zur Nahne«, sagte sie. Drüben half sie ihm ins Bett, wo er sich ganz nah zur Toten legte.

Wie verstörtes Hühnervolk saßen sie beisammen. Die Mädchen kühlten ihre Beulen. Alle redeten durcheinander: Er werde gefährlich, müsse weg. Am besten in eine Irrenanstalt. Das sei nicht zu bezahlen. Anna solle drüben bei ihm schlafen. Es gehe nicht ums Schlafen. Den ganzen Tag brauche er jemanden. Es gebe so viel Arbeit. Die großen Brüder waren ratlos, die Mutter schien zornig zu sein, der Vater war nicht zu Hause. Nach einer Weile stand Anna auf und sagte, sie müsse nach Gotthold sehen. Man sah ihr an, wie sehr sie sich fürchtete. Der Trompeter begleitete sie deshalb. Der Bruder schlief, aber auf dem Boden lag die Weihwasserschüssel in Scherben. »Er wollte die Großmutter gießen, damit sie sich rege.« Der Trompeter las die Scherben zusammen, und Anna wischte das Wasser auf.

Der Vater hatte des Todesfalls wegen einiges zu erledigen. Gegen Abend radelte er zum Pfarrer, zum Bürgermeister und zum Wirt, um das Totenmahl zu bestellen. Als er heimwärts fuhr, murmelte er: »Es tritt schneller ein, als ich dachte.« Vor einigen Wochen hatte er eine Anstalt aufgesucht, eine von drei Irrenanstalten in der Gegend. Er war zu der am weitesten entfernten und kleinsten Anstalt geradelt, wo nur männliche Kranke aufgenommen wurden.

Niemandem, nicht einmal seiner Frau, hatte er davon erzählt. »Ich habe einen schwachsinnigen Sohn«, hatte er zum Direktor gesagt, »meine alte Mutter versorgt ihn. Wenn sie nicht mehr da ist, müssen wir ihn weggeben. Was kostet der Aufenthalt jährlich in Ihrer Anstalt?« »Kann der Junge in unserer Landwirtschaft mitarbeiten?« Nein, das könne er nicht. Seit einem Unfall in früher Kindheit sei sein rechter Arm wie gelähmt. »Dabei ist er auf den Kopf gefallen. Seither hat er keinen rechten Verstand mehr.« Der Direktor lächelte ein bißchen. Alle, die solche Kinder haben, sprechen von Unfällen und Krankheiten. Niemand wollte zugeben, daß sein Kind blöd auf die Welt gekommen war. Er nannte den vollen Betrag, und der Vater zuckte erschrocken zusammen. »Ich könnte meinen Wald mitsamt dem schlagbaren Holz verkaufen«, sagte er und erwähnte eine Summe, die er dafür bekommen konnte. Der Direktor zeigte sich gleich einverstanden. Für diesen Wald, den er für die Anstalt wolle, werde der Sohn auf Lebenszeit aufgenommen »Sobald seine Großmutter tot ist, kann man ihn bringen. Mit den Formalitäten und Urkunden warten wir, bis es soweit ist.«

Lisbeth hatte laut aufgeschrien, als sie die Scherben der Weihwasserschüssel sah. Diese Schüssel hatte sie mit in die Ehe gebracht. Da sie sehr schön war und einen Goldrand hatte, stellte man sie nur an Festtagen als Salatschüssel auf den Tisch. Der Vater kam gerade an, als die Aufregung am größten war. Die Töchter zeigten ihm ihre zerschlagenen Lippen. »Vor allen Leuten mußten wir uns schämen!« klagte der jüngste Sohn. »Es wird ein Elend! Sie ist noch keinen Tag tot, und schon fangen die Schwierigkeiten an«, schluchzte die Mutter. »Und die Anna will nicht bei ihm schlafen!« schimpfte Hanne. Der Vater schaute diesen Sohn böse an. »Ich hätte gute Lust, es von dir zu verlangen.« Da zog Hanne den Kopf ein.

»Nein, ich habe es anders geregelt!« Vaters Enthüllung löste einen Aufruhr aus. Die beiden jüngsten Buben flohen ins Bett, und die Mutter schrie: »Allen neun richtigen Kindern zusammen kannst du eine solche Mitgift nicht geben. Das muß rückgängig gemacht werden!« »Es ist noch nicht besiegelt. Aber ich bleibe dabei.« »Und wir?« »Was bekommen wir?« lamentierten die blonden Mädchen, die sich bereits mit Heiratsgedanken trugen. »Mein Hof ist also verstümmelt«, sagte Baptist. So bleich, wie er aussah, konnte man meinen, er selbst sei verstümmelt. Solche heftigen Reaktionen hatte der Vater nicht erwartet, und er war fast froh, es noch ändern zu können. Doch dann sprach der Trompeter: »Wir haben den rechten Verstand, wir können uns selber helfen – Gotthold nicht.« Anna hatte während des Streits geweint, jetzt nickte sie ihrem Bruder zu. Allmählich legte sich der Aufruhr.

Sie hatten besprochen, Gotthold schon am nächsten Tag zur Anstalt zu bringen, damit die Großmutter in allem Anstand begraben werden konnte. »Ich fahre mit«, sagte der Trompeter zu Baptist. Hanne meinte sagen zu müssen, der Depp könnte Schwierigkeiten bereiten, da sei es besser, zu zweit zu sein. Als Anna mit dem Frühstück hinüberging, zog Gotthold gerade seine Strümpfe an. Sie brachte ihm das Sonntagsgewand, dessen Ärmel und Hosenbeine zu kurz waren. Er lachte, denn er meinte, es gehe zur Kirche. Auch als er das reichliche Frühstück sah, grinste er; ihm schien wohl, es wäre auch für die Nahne. Während er aß, packte Anna seine Habseligkeiten zusammen. Bald darauf kamen die großen Brüder. Baptist mußte das Fuhrwerk herrichten, denn sie hatten eine weite Fahrt vor sich – drei Stunden hin, drei zurück. Der Klempner und der Trompeter fingen an, die Ehebetten ihrer Großeltern abzuschlagen. Dann kam der Schreiner mit dem Sarg, und sie legten zu dritt die Nahne hinein. Sie war leicht wie ein Federwisch.

Sie wurde schön aufgebahrt, mitten in der Kammer. Gotthold schaute nicht hinüber.

Die beiden Brüder saßen vorne auf dem Kutschbock, Gotthold hinten im Wagen. Zu seinen Füßen lag der Heusack für die Pferde, daneben sein Koffer, auf der Sitzbank die verschnürte Schachtel mit den bunten Bauklötzen. Anna winkte dem Bruder lange nach, doch er winkte nicht zurück; so etwas kannte er nicht. Nur sie und der Vater standen unter der Haustür, als sich das Fuhrwerk in Bewegung setzte. Es war ein schöner Herbsttag; das Land lag noch in feinem Nebel. Als die Sonne durchkam, sahen sie, wie bunt die Bäume am Weg waren. Baptist schaute sich immer wieder um. »Nein, der Depp macht keine Schwierigkeiten«, lachte er. Dabei machte er Hannes Sprechweise nach, der etwas näselte. »Im Gegenteil«, sagte der Trompeter, »es gefällt ihm.« Er hatte immer wieder sein »Na« gehört. Wenn die Strecke eben war oder es bergab ging, fielen die Rösser in Trab. »Das Hufeklappern und Wagenrasseln gefällt ihm.« Nach einer Weile meinte der Trompeter, Gotthold habe nie eine Wagenfahrt mitmachen dürfen.

Von der Anstalt her hörten sie die Mittagsglocke läuten. Sie fuhren gerade an einem großartigen Gasthaus vorbei. »Wenn wir dort kein Mittagessen bekommen, kehren wir auf dem Heimweg hier ein«, sagte Baptist. Der Direktor kam ihnen aus dem großen Haus entgegen. »Da ist also der Gotthold«, lachte er, »wir haben hier Schlimmere.« Der Vater solle bald vorbeikommen, sagte er. Auch zwei Nonnen waren herbeigekommen. Sie schienen irgendwie stolz oder erfreut zu sein, weil der neue Insasse in einem Fuhrwerk gefahren und von zwei jungen hübschen Burschen eingeliefert wurde. Die jüngere Nonne kümmerte sich ums Gepäck, der älteren gab Gotthold die linke Hand. Die Brüder schauten ihnen nach, wie sie die Treppe hinaufstiegen und durchs große Tor gingen. Niemand wußte anscheinend, wie weit der Herweg war, jedenfalls kam niemand, sie zu fragen, ob sie etwa Hunger hätten. Also kehrten sie ins nahe gelegene Gasthaus ein. Während die Pferde das mitgebrachte Heu fraßen, aßen sie Bratwürste und tranken ein Bier. Im Wirtshaus und während der langen Heimfahrt war den beiden Brüdern so leicht ums Herz, als hätten sie eine Last, die sie schon lange drückte, abgeladen. »Es ist ein Wald samt schlagbarem Holz wert«, sagte Baptist. Die Großmutter konnten sie dann mit allem Anstand begraben.

Es kamen die Jahre der Hochzeiten. Der Klempner, der zweite Sohn, bekam die Tochter seines Meisters und war somit Geschäftsnachfolger. Arbeitskraft sei die beste Mitgift – darum feierte man eine fröhliche Hochzeit, bei der Lisbeth lustig tanzte. Weniger erfreut war sie, als der Trompeter dann doch das ärmere Mädchen heiratete. Er übernahm nicht nur die große Trompete des Straßenwärters, sondern auch dessen Amt bei der Gemeinde. Vom Vater bekam er ein paar Tausender, um am Häuschen neue Fenster und eine schöne Haustür anzubringen. So fehlte dem dritten Sohn überhaupt nichts zu seinem Glück. Bei den blonden Töchten mußte der Vater dagegen tiefer in die Tasche greifen; beide kamen auf angesehene Höfe. Mit der Mutter zusammen haderten sie wegen der gekürzten Mitgift; das sei allein dem Schwachsinnigen zu danken. Nach den Hochzeiten waren sie aber still. Anna fehlte es nicht an Bewerbern, denn sie war schöner als ihre hellen Schwestern. Ihre Haare und Augen waren von einem seltenen Braun, und außerdem war sie für ihre Tüchtigkeit weit und breit bekannt. Doch gerade als ob in der Familie noch etwas auf sie wartete, schlug sie alle Anträge ohne Begründung aus.

Für den Hoferben Baptist, der nun über dreißig war und schon drei Jahre lang eine Braut hatte, war es an der Zeit.

Seine Hochzeit hatte sich verzögert. Er bestand darauf, ins große Schlafzimmer der Eltern einzuziehen, aber seine Mutter weigerte sich, Platz zu machen. Alle wußten es: Sie fürchtete sich davor, drüben zu schlafen. Lisbeth meinte: »Anna soll dir und deiner Frau die Stubenkammer frei machen. Von dort aus, nah bei Wasser und Herd, sind Kinder bequem aufzuziehen. Das hat man bei der Nahne gesehen!« Im Haus herrschte Unmut.

Hoch über der Tenne war ein Bretterboden, auf dem man Heu und Stroh verstaute, wenn es sonst nirgends unterzubringen war. Lisbeth war gerade mit Weizensäcken beschäftigt; sie half immer noch bei landwirtschaftlichen Arbeiten. Sie beobachtete, wie eine Henne hoch hinauf fluderte und droben ein großes Gegacker aufführte. »Du willst wohl dein Ei verlegen! Dir werde ich auf die Spur kommen!« rief die Mutter. Wie eine Junge kletterte sie die Leiter hinauf. Droben lagen an manchen Stellen Strohwische, dicht unter der Dachschräge befand sich ein Heuhaufen. Dort tanzte die Henne herum. Die Frau, ein Nest voll verbotener Eier im Sinn, eilte zum Heuhaufen und trat auf Stroh, unter dem ein morsches Brett war. Sie fiel tief hinunter und schlug auf dem harten Tennenboden auf. Zuerst meinte man, sie überlebe es nicht. Bald stand es fest: Sie war gelähmt und konnte nur noch ganz mühsam sprechen. Jetzt mußte sie drüben liegen, denn Anna konnte zur Pflege nicht treppauf und treppab rennen. Der Vater ging frühmorgens herüber, denn er war gewohnt, hier zu essen und zu arbeiten. Anfangs besuchten die Kinder die Kranke des öfteren; weil man aber nicht mit ihr reden konnte, wurden die Besuche seltener. Baptist und Irmgard konnten endlich Hochzeit halten.

Das war es also! Auf Anna lag die Last der mühsamen Pflege. Die Mutter schüttelte unwillig den Kopf; es war die einzige Bewegung, die sie machen konnte. Sie war schwermütig geworden, und für Anna war es mitunter kaum zu ertragen. Zum Glück bekam sie einen Helfer: ihren Lieblingsbruder, der mittlere der zweiten Bubengruppe, Spaßvogel der Familie und außerdem der hübscheste unter den Söhnen. Sein Haar erinnerte nicht an gedroschenes Stroh, sondern an ein wogendes Weizenfeld. Er half der Schwester, die Mutter aus dem Bett zu heben und zu wenden. Mit seiner Fröhlichkeit vertrieb er manche böse Laune im Krankenzimmer. Auch in fremden Hauswesen packte er gern mit an und war deshalb überall beliebt. Wenn ihn jemand fragte, was aus ihm werden solle, lachte er. »Zur rechten Zeit suche ich mir ein warmes Nest!« Nach dreijährigem Krankenlager konnte Lisbeth sterben. Nicht nur mit üblichem Anstand, mit allen Ehren wurde sie begraben. Die neun prächtigen Kinder am offenen Grab beeindruckten alle Leute.

Eines Sonntags sagte der Vater beim Mittagessen: »Auf dem Kirchplatz hat mich der junge Huber angesprochen. Er will wegen Anna an einem Abend vorbeikommen.« »Nein!« sagte sie. »Er will um deine Hand anhalten!« Anna schüttelte energisch den Kopf. »Das ist eine wohlhabende Familie – eine solche Partie läßt man nicht aus!« Diese Worte kamen vom jüngsten Bruder, der Anna grob zurechtwies. Er war ein großer Rechner; nach dem Besuch einer Handelsschule hatte er eine Anstellung in einer Sparkasse gefunden. Weil er zu Hause wohnen und essen konnte und auch gehörig geizig war, wuchs sein Konto rasch. Er rechnete genau aus, wann er mit dem Bau eines eigenen Hauses beginnen konnte. Dem Vater lag er wegen eines Bauplatzes in den Ohren und bekam auch einen versprochen, über der Straße, wo hinterm Nahehaus der Hügel anstieg. »Dann kannst du auf uns alle heruntersehen«, hatte der Vater lachend gesagt. Nicht nur er, auch Hanne redete Anna zu. »Wenn ein Mädchen auf die Dreißig zugeht, schwinden ihre Chancen.« Seine Brüder lachten, weil gerade er von Chancen sprach, wo er doch bei den Mädchen kein Glück hatte. Wenn ein Mädchen Interesse an seiner Person zeigte, zerredete er es alsbald. Er prahlte mit seinen Krankheiten, als ob er eben Diphterie überwunden hätte oder Scharlach im Anzug sei, obwohl er seit seiner Kindheit nicht mehr ernstlich krank war. Anna überhörte ihn. »Ich wollte noch warten, ob Irmgards Kinder von der Stubenkammer aus versorgt werden müssen.« Die junge Frau lachte, denn sie stillte ihr Kind und nahm es in der Nacht zu sich. »Darum habe ich mich in einem Kloster angemeldet.« Diese Worte schlugen wie ein Blitz in die Stube ein, und jeder gab sein Entsetzen kund. So heimlich, wie der Vater vordem mit dem Direktor über Gotthold verhandelt hatte, war Anna mit der Klosterleitung in Verbindung getreten. »Ich will nicht heiraten, vor allem will ich keine eigene Familie. Seit ich denken kann, koche und putze ich, und auch von der Krankenpflege habe ich genug. Jetzt möchte ich Handarbeiten machen, lesen und beten.« »Meinst du, das sei im Klosterleben alles?« warf der Vater ein. »Am ersten Mai werde ich dort sein. Ich habe nur eine kleine Aussteuer, kein Vermögen mitzubringen.« »Wenigstens das«, sagte der Rechner. Der lustige Bruder versuchte eine Weile, Anna umzustimmen, doch sie packte ihre Aussteuer zusammen.

An einem der letzten Tage sagte sie: »Morgen will ich zu Gotthold radeln.« »Er erkennt dich gewiß nicht mehr«, meinte Hanne. »Erspar es dir«, riet Baptist. Doch sie fuhr hin, und eine ältere Nonne führte sie zu ihm. Während sie die langen Gänge entlanggingen, erzählte Anna ihrer Begleiterin, daß auch sie Nonne werde; bereits übermorgen fahre sie ins weit entfernte Kloster. Die Schwester war darauf freundlicher. »Gotthold ist gut zu haben. Er verhält sich still und ist friedlich. Mit seiner linken Hand ißt er manierlich, kann sich auch selber sauber halten.« »Die Großmutter hat uns beiden gelehrt, was wir fürs Leben brauchen.« In einem Aufenthaltsraum starrten ältere Männer auf Tischplatten, um einen abseits stehenden Tisch in der Ecke standen vier jüngere herum. Obwohl Gotthold ihr den Rücken zuwandte, erkannte sie ihn sofort. Er war groß geworden. Sein rechter Arm hing jämmerlicher herunter, als sie es in Erinnerung hatte, und seine schwarzen Haare waren lang und wellig. »Er wäre der schönste meiner Brüder gewesen«, fuhr es ihr durch den Sinn. Plötzlich erklangen ein paar Musikfetzen von der Ecke her, doch das Grammophon verstummte gleich wieder. Einer der vier Burschen meinte, die Nadel auswechseln zu müssen. Erneut drang Musik aus dem Schalltrichter, zu langsam und kläglich. Ein anderer wußte, wo man kurbeln mußte. Daraufhin waren die Töne überlaut, weshalb der dritte Bursche die Platte wechselte. »O du fröhliche« war zu hören, »Welt ging verloren, verloren, verloren, loren« – weiter ging es nicht. Die Nonne lachte laut. Einer der vier weinte, zwei strahlten Gotthold an. Er hatte nichts gemacht, nur nah beim Trichter stand er. »Das Grammophon gehört ihm. Ein Bruder hat es ihm gebracht. Anfangs hat es funktioniert.« Anna wußte, welcher Bruder es war, und seinetwegen durchfuhr sie ein Glücksgefühl. Dann gingen sie in die Ecke. »Deine Schwester Anna will dir ade sagen«, schrie die Nonne Gotthold an. Sie brüllten mit allen Insassen, denn sie waren allesamt schwerhörig. Anna erschrak nun doch, als sie das Gesicht ihres Bruders sah. Nicht nur wegen der Blödheit, die man darin erkennen konnte, war sie erschrocken, auch weil es schwarzbärtig, nicht mehr sein Bubengesicht war. Die Pflegerin hatte bemerkt, daß er das Adesagen nicht begriffen hatte, und schrie deshalb nur noch: »Anna! Anna!« Da sahen sie, daß es in seinem Gehirn arbeitete. Er lachte und rang nach einem Wort.

Erfreut wartete Anna auf sein »Na«, doch sein Gesicht verzog sich zu einer häßlichen Grimasse. »Naaa« stieß er heraus. Sie weinte und streichelte seinen linken Arm. Weil aber die schwachsinnige Teilnahmslosigkeit alsbald wieder in Gottholds Gesicht stand, ging sie weg. Draußen sagte die Nonne: »Er spricht nichts. Nur wenn am Sonntag in der Kapelle Harmonium gespielt wird, wo er nah dabei sein will, hört man ihn dieses eine Wort sagen. Er sagt's aber kürzer als eben.« Anna nahm trotz der späten Tageszeit einen Umweg und radelte zum Friedhof. Von den Gräbern hatte sie schon Abschied genommen, darum lief sie am prächtigen Grab der Mutter vorbei, zum Reihengräblein der Nahne hin. Niemand war mehr da, so daß sie laut sagen konnte: »Immer noch ist er traurig, weil du nicht mehr bei ihm bist. Er hat dich nie vergessen.« Danach war ihr's leicht ums Herz. Als Baptist sie zur Bahn brachte, stand nur der Vater unter der Haustür und schaute dem Fuhrwerk nach. Das Kloster war vierhundert Kilometer von der Heimat entfernt. »Sicher darfst du immer wieder heimkommen«, sagte der Bruder, am Bahnhof angekommen.

Nach einer Probezeit war Anna nicht mehr Anna, sondern Schwester Gundis. Man setzte sie zu allen möglichen Arbeiten ein, wieder zum Kochen und Putzen, aber auch zur Krankenpflege. Sie hatte sich mit dem Eintritt ins Kloster verspätet, denn die Hochachtung vor den Nonnen war im Schwinden. Man hatte ihnen viele ihrer angestammten Aufgaben weggenommen. Weltliche Einrichtungen waren nun dafür zuständig, und politische Eiferer waren an ihre Stelle getreten. So zogen sich die Schwestern in die Mutterhäuser zurück, um für die Menschheit zu beten. Es schien, als ob auch Gott sie nicht mehr für voll nehme, denn es begann der grausame Krieg. Jetzt durfte Gundis Handarbeiten machen, lesen und beten, wie sie sich es immer gewünscht hatte. Die stille Betätigung steigerte ihr Heimweh. Glücklicherweise war eine Mitschwester an Gundis sehr interessiert, das heißt an der Familie, aus der sie kam. Obwohl man es im Kloster nicht gerne sah, wenn Schwestern sich anfreundeten, redeten sie oft miteinander. Schwester Kleta konnte nicht genug davon bekommen, von Gundis' Heimat zu hören, die des Heimwehs wegen gerne darüber erzählte. Bald kannte Kleta deren Geschwister, als ob es ihre eigenen wären: die egoistischen Schwestern, den Trompeter, den Verrückten, den Lustigen und den Schwätzer. Schwester Kleta war als Einzelkind in einem Stadthaushalt aufgewachsen. Ihre Eltern hatten sich Sorgen gemacht, es könnte ihr etwas passieren, auch bei einer Heirat. Darum hatte man sie als junges Mädchen ins Kloster gesteckt. Aus Gundis' Erzählungen und später aus Briefen erfuhr Kleta endlich, wie das Leben war. Keiner der Brüder schrieb Schwester Gundis, der Vater sowieso nicht, aber auch nicht die Schwestern. Es war allein die Schwägerin Irmgard, die Gundis schrieb, was in der Heimat geschah.

Der Krieg dauerte bereits ein Jahr, als Irmgard schrieb: »Richard ist gefallen.« Es war Schwester Gundis' liebster, fröhlicher Bruder, der plötzlich tot sein sollte. Gundis wollte es nicht wahrhaben! So viel hatte sie noch nie geweint, und Kleta weinte mit: »Keiner lebte so gerne wie er«, schluchzten sie und jammerten, wie leicht es für ihn gewesen wäre, sich in ein warmes Nest zu setzen, jetzt, wo viele Bauernmädchen keinen Bruder mehr hatten. »Nun hat er in fremder Erde ein kaltes Nest«, sagte Kleta, die, weil sie selber nichts erlebt hatte, sich drastisch ausdrückte, wenn's für andere tragisch war. Seinerzeit kam Gundis in Versuchung, mit Gott zu hadern.

Gegen Ende des zweiten Kriegsjahres schrieb Irmgard einige Male wegen Gotthold. Die kleine Irrenanstalt, in der er lebte, war jetzt ein Gefangenenlager. Die arbeitsfähigen

Behinderten hatte man in die große Anstalt verlegt. Manche Angehörige erhielten eine Nachricht, in der es hieß, ihr Sohn sei an einer Lungenentzündung gestorben. Über Gotthold hörten sie nichts. Schließlich fragte der Vater nach, doch keine Stelle gab ihm Auskunft. »Wir wissen es, man hat sein Leben gewaltsam beendet, weil es keinen Wert hatte«, schrieb Irmgard. In einem anderen Brief war davon die Rede, daß sich Hanne und der Vater stritten. Täglich halte Hanne dem Vater vor, daß er für ein Dutzend Jahre Zigtausende Mark bezahlt und die Geschwister so um ihre Mitgift gebracht habe. »Halt's Maul!« schreie der Vater ihn nur noch an. Im nächsten Brief klagte Irmgard, daß für Gotthold nicht einmal eine Messe gelesen werden könne, da sein Tod nicht gewiß sei. Mit diesem Brief rannte Schwester Kleta zur Oberin, die anordnete, daß für den armen Bruder der Mitschwester ein Totenamt gehalten werden sollte. Der Hausgeistliche sprach: »Selig sind die Armen im Geiste, denn ihrer ist das Himmelreich.« Viele Nonnen beteten für Gottholds Seele. Vierhundert Kilometer von seiner Heimat entfernt hörte man seinen schönen Namen wohl zum letzten Mal.

Schwester Gundis scheute sich aus Furcht vor weiteren schlimmen Nachrichten, den nächsten Brief zu öffnen, und zu Recht: Der Mann der jüngsten Schwester Lisbeth war bei der Flak ums Leben gekommen. Sie hatte noch schulpflichtige Kinder, und Hanne zog zu ihr, um zu helfen. Es sei ein Glück, den Streithammel los zu sein, schrieb Irmgard. Baptist müsse nicht zu den Soldaten, denn jemand müsse ja fürs Brot sorgen. Klempner Karl, der mit Eisen umzugehen wußte, war ebenso unabkömmlich wie Anton, der nicht mehr als Gemeindediener arbeitete, sondern stellvertretender Bürgermeister geworden war.

Gegen Ende des Krieges kam ein verzweifelter Brief aus der Heimat: Fritz, der Lieblingsschwager Irmgards, war gefallen. Ihre Schwester war seine Braut, und sie hatten die mittlere, schönste Wohnung in seinem Haus beziehen wollen. Da er mit Geld gut umgehen konnte, wäre er eine große Hilfe für den Hof gewesen. Sein Tod sei der sinnloseste von allen, haderte sie. Dann kam der Brief, der Vaters Ableben anzeigte. Er sei nicht lange krank gewesen; nur dreimal habe sie ihm das Essen über die Straße tragen müssen. Nun, er war sehr alt geworden! Aber Gundis' und Kletas Gebete um sein Seelenheil wurden bald durch ein weiteres Schreiben unterbrochen: Die Schwägerin war über den toten Schwiegervater erbost, denn in seinem Testament hatte er verfügt, daß Hanne Fritzens Haus bekommen sollte. »Wir meinen, es gehöre zu unserm Hof. Seinen Nichtsnutzen hat er von jeher mehr gegönnt als seinen tüchtigen Söhnen.« Diesmal wußte Gundis lange nicht, was sie der Schwägerin zurückschreiben sollte. Es muß nicht das Richtige gewesen sein, denn sie hörte vier Jahre nichts mehr von der Heimat. Der Krieg war zwar aus, aber das Durcheinander dauerte noch länger.

Endlich kam etwas Erfreuliches von daheim! Lisbeth hatte einen tüchtigen Bauern gefunden, einen braven Mann und guten Vater für ihre Kinder. Auch Hanne hatte Hochzeit gehalten; in seinem Haus saß eine Flüchtlingsfrau im Dachgeschoß. Hanne wohnte bei ihr, damit die Mieteinnahmen nicht geschmälert wurden. Dann kam die Nachricht von einer weiteren Hochzeit: Antons einzige schöne Tochter heiratete den jungen Bürgermeister. Ein prächtiges Fest für die ganze Gemeinde! Anton, der nur noch mit Krawatte ins Rathaus gehe, habe zur Gaudi ein Trompetensolo geblasen. »Die Braut heißt Anna, der Großmutter und mir zu Ehren«, sagte Gundis stolz zu Schwester Kleta. Nach geraumer Zeit gab's eine weitere Festlichkeit in der Familie, das fünfzigjährige Geschäftsjubiläum des Klempnerbetriebs. Es war nun keine kleine Werkstatt mehr, sondern fast eine Fabrik. Die Gesellen und Söhne arbeiteten bei Karl, die beiden Söhne waren wohl noch tüchtiger als Vater und Großvater. »Die Klempnerin ist die nobelste Frau der Gegend«, endete Irmgards Bericht. Auch von Irmgards Familie war über die Jahre Gutes zu vermelden: Die Bauern waren jetzt wirtschaftlich gut dran. Außerdem verkaufte Baptist Bauplätze droben auf dem Hügel, bei Hannes Haus. Er stellte fürs Alter dort selbst ein Haus hin. »Du würdest dich wundern, wie es jetzt bei uns aussieht!« schrieb Irmgard. Ja, die Kinder seien wohlgeraten, der Sohn arbeite gut mit, und das Mädchen wolle Ärztin werden. Wegen der guten Nachrichten lockte es Schwester Gundis sehr, in die Heimat zu fahren. Das Kloster hatte nichts dagegen einzuwenden, wenn sie in Begleitung von Kleta fuhr. Doch nie wurde sie direkt eingeladen. Sie wolle gerne die Gräber der Eltern und der Nahne besuchen, bettelte sie sogar vergeblich.

Statt einer Einladung in die Heimat kamen nun wieder Meldungen von Todesfällen. Das Schicksal Marias, der anderen Schwester, lastete lange Zeit auf den Gemütern der Geschwister. Sie war an einer unheilbaren Krankheit gestorben, und alle sagten, es sei ein Glück, daß die Kinder schon selbständig seien. Gegen Ende der siebziger Jahre kam dann die Reihe an Hanne. Als reicher Hausbesitzer hatte er in den Dachkammern gut gelebt. Seine Frau, die in einer Fabrik arbeitete, kutschierte ihn im Auto durch die Gegend. Man lachte oft über ihn, denn er hatte sein Haus nacheinander den Neffen und Nichten, den beiden vom Hof, Marias und Lisbeths Kindern, der schönen Bürgermeisterin und sogar den Klempnersöhnen versprochen. Als Gundis den Brief vorlas, mußte Kleta ebenfalls lachen. »Es ist gut, daß es nur zehn Nachkommen sind. Wenn sich die Geschwister so wie die Eltern vermehrt hätten, wären es mehr, denn zehn mal zehn ist hundert.« »Ja«, sagte

Schwester Gundis, »Gott versteht es, Riegel vorzuschieben.« Jetzt war Hanne also tot. Seine Frau war mit dem Auto verunglückt, und er war am Unfallort gestorben. »Herr, gib ihm die ewige Ruhe«, betete Kleta. Seine Frau war nur leicht verletzt; sie hatte selber Neffen und Nichten.

Nach längerer Zeit kam der letzte Brief der Schwägerin im Kloster an. »Unser Baptist hat sich in seinen jungen Jahren das Leben genommen. Ich weiß nicht, warum! Er hatte doch alles, was er brauchte! Wir gaben ihm mehr, als er wollte! Wenn ich nur wüßte, warum er es getan hat! Was soll jetzt aus unserem Hof werden?« Gundis nahm all ihren Verstand zusammen, um die Schwägerin zu trösten. Sie bekam aber nie eine Antwort auf ihren Brief. Es kam überhaupt keine Nachricht mehr von der Heimat.

Mit Kleta ist dann doch noch etwas passiert: Sie bekam Krebs. Schwester Gundis, die trotz ihres Alters noch arbeiten mußte – Kochen, Putzen und Krankenpflege –, betreute diese Kranke besonders liebevoll. Wenn Schmerzen oder Mutlosigkeit Schwester Kleta besonders bedrängten, bat sie Gundis, von daheim zu erzählen. Das Traurige ließ sie dann unerwähnt, und sie fand immer wieder, immer mehr, Gutes zu berichten: Wie schön es bei ihnen im Frühling war, wie leicht die Arbeit auf Äckern und Wiesen war, von den lustigen Spielen der vielen Geschwister, wie Gotthold die Nahne im Garten begoß, von den Badespässen hinter Nahnes Stube und den Trompetenstößen, von damals, als Gundis eben noch Anna war.

Sie war nun sehr alt geworden. Jetzt dürfe sie nicht mehr arbeiten, sie solle für die Menschen beten, sagte die Oberin. Das tat Gundis täglich, mit Hilfe der schönen Gebetsbücher und mit Rosenkranzperlen. Gegen Abend war sie recht müde und durfte ein bißchen fernsehen. Es gab dann Gründe genug, anderntags erneut für die geplagte

Menschheit zu beten. Manchmal schien ihr das Beten für die Welt vergeblich zu sein.

Es ging Schwester Gundis wie allen alten Leuten: Kindheit und Vergangenheit traten in den Vordergrund. So glitt sie beim Beten zu den Ihren und tat es für die Lebenden und Toten. Mit der Zeit war ihr entfallen, wer zu diesen und wer zu jenen gehörte.

Gerettet

Ein geistlicher alter Herr hielt die Leichenrede für Xaver Abele, der im Alter von dreiundsiebzig Jahren verstorben war. Xaver sei früher kein Kirchgänger gewesen, sagte er gegen Ende seiner Rede, doch in seinen letzten Jahren habe er das große Glück gehabt, eine Gefährtin zu finden, die imstande war, ihn zu retten. Nun sprach der Pfarrer diese Frau direkt an: »Was einst als Sünde galt, wenn unverheiratete Leute zusammenlebten, haben Sie zur guten Tat erhoben. Sie haben nicht nur für sein körperliches, sondern vor allem für sein seelisches Wohl gesorgt. Ich sah ihn oft in der Kirche! Wenn Sie mich zu Krankenbesuchen zu ihm riefen, bekreuzigte er sich, also konnte er wohlversehen sterben! Das ist das große Verdienst unserer Mitschwester Frieda Sucher«, wandte er sich wieder dem Kirchenvolk zu. »Die ganze Gemeinde hat ihr dafür zu danken.«

Sie saß in der ersten Reihe, eine hübsche, in Schwarz gekleidete Frau, einiges über Sechzig. Zum hohen Lob verzog sie keine Miene. Neben ihr saß ihr jüngeres Ebenbild, ihre Tochter, die sich nah an den Mann an ihrer Seite lehnte, als ob er sie beschützen sollte. Außerdem saßen in der ersten Reihe vier Kinder. Des Toten Enkel, konnte man meinen.

Zwei Verwandte des Xaver, ein Ehepaar, waren mit der Bahn von ziemlich weit her zur Beerdigung gefahren; sie hatten in der zu kleinen Einsegnungshalle keinen Sitzplatz mehr bekommen. Sie konnten alles übersehen. Dicht vor ihnen, seitlich in der letzten Stuhlreihe, saß die einzige

Tochter des Verstorbenen mit ihrem Mann. Sie weinte unentwegt in einen wenig prächtigen Blumenstrauß. Auf der anderen Seite in derselben Reihe stand Xavers einziger Sohn. Er sollte sich besser setzen, dachten die Leute, so krank wie er aussieht! Seine Frau, die ebenfalls einen kümmerlichen Eindruck machte, blieb stehen wie er, ganz starr. Nur ihre drei Kinder, die gekleidet waren, als ob man sie eben vom Spiel auf der Straße geholt hätte, flegelten unruhig auf ihren Stühlen hin und her. »Warum sitzen Xavers Sohn und Tochter nicht wenigstens nebeneinander?« flüsterte die Frau des Verwandten ihrem Mann zu. Er zuckte die Schultern.

Er war Xavers Vetter, ihre Mütter waren Schwestern. Vor den vom Pfarrer erwähnten letzten guten Jahren Abeles hatten sich die Familien manchmal besucht. Nach dem Tod von Xavers Frau änderte sich das aber. Er hatte zwar von da an zu jedem neuen Jahr eine Glückwunschkarte geschrieben, auf der abschließend »Mit Lebensgefährtin Frieda« zu lesen war. Von ihr hatten sie jetzt Xavers Todesanzeige erhalten. »Dieser Frau zuliebe müssen wir zu seiner Beerdigung«, hatten sie beschlossen.

Endlich ging es nach unendlich langen Gebeten mit dem Sarg hinaus zum offenen Grab, die Trauernden hinterher in derselben Reihenfolge, wie sie zuvor saßen. Am Erdloch stand Frau Sucher mit Anhang und ließ sich die Teilnahme gefallen. Es war ein Tag im frühen Dezember; ein kalter Wind trieb Schneeflocken vor sich her. Nie liebt man Schneegestöber im Winter so sehr wie an diesen Tagen, denn es verspricht eine heimelige Zeit und verschneite Weihnachten. Von den hohen Friedhofsbäumen krächzten ein paar Raben. Ein Flugzeug donnerte übers offene Grab. »Alles paßt«, sagte Xavers Vetter zu seiner Frau. Dann war die Reihe an ihnen, Weihwasser zu versprengen und Frau Sucher zu kondolieren.

Der Mann nannte den Namen, weil sie ihr nicht persönlich bekannt waren. »Danke«, sagte Frau Sucher, sah dabei aber recht verstört drein. Die beiden hatten keinen Kranz mitgebracht und wollten statt dessen den Hinterbliebenen ein paar Hunderter geben. Doch niemand lud sie zu einem Gespräch oder gar zum Totenmahl ein. So standen sie unschlüssig herum. »Die Tochter muß doch ans offene Grab des Vaters«, meinte die Frau. Als ihr Mann wieder nur die Achsel zuckte, tröstete sie sich laut: »Sicher kommt sie, wenn die Leute sich verlaufen haben.« »Ich wollte mit dem Sohn sprechen«, sagte der Verwandte fast zornig. Xavers Kinder waren aber nicht zu sehen. Eine alte Frau sprach schließlich den Vetter an: »Sie kommen mir bekannt vor! Ich bin Abeles Nachbarin. Seine Mutter wird sich wohl im Grab umdrehen. Sachen könnte ich erzählen!« Er ging unhöflich weg, obwohl seine Frau gerne einige dieser Sachen gehört hätte. Vom abgelegenen Friedhof gingen sie durch den stillen Ort. Schwarzgekleidete Menschen schlüpften da und dort vor dem kalten Wind in die Häuser. »Alles paßt«, sagte der Mann wieder.

Als sie am Bahnhof angekommen waren, sahen sie, daß ihnen zur Abfahrt noch eine Stunde blieb. Sie bestellten sich einen Kaffee, als Evi, Xavers Tochter, mit ihrem Mann das Gasthaus betrat. »Oh, der Onkel!« schrie sie, umarmte und küßte abwechselnd ihn und seine Frau, wobei sie lauthals weinte. Ihre Schminke war verlaufen und verschmierte alle Gesichter. Der Onkel, dem das nicht gefiel, putzte sich heftig. Schon oben in der Leichenhalle hatte er gedacht, daß aus Xavers hübschem Mädchen keine nette Frau geworden ist. »Habt ihr's mitbekommen? Diese verfluchte Sucherin! Wartet, ich muß euch alles erzählen!« »Warum bist du nicht bei deinem Bruder gesessen?« »Auch das hat sie fertiggebracht! Wir sind miteinander verfeindet. Bestimmt habt ihr's gesehen: Hansi macht es nicht mehr lange.«

Darauf fing Evi wieder laut an zu schluchzen. Dem Onkel war die Szene peinlich, denn andere Gäste schauten schon neugierig herüber. Er blickte auf die Uhr. »Wir müssen zum Zug!« drängte er. Während er den Mantel anzog, flüsterte seine Frau: »Gib doch ihr das Kuvert mit den dreihundert Mark.« »Diese Ära ist vorbei«, sprach er, nachdem er sich von den Verwandten oberflächlich verabschiedet hatte. »Nun erfahre ich nichts übers Ende deines Vetters«, klagte die Frau. »Du kannst es dir ja denken«, sagte er nur.

Xavers Mutter war die ältere der beiden Schwestern. Sie hatte das Elternhaus im kleinen Städtchen nahe am See bekommen. Die jüngere hatte in eine große Stadt im Badischen geheiratet, sehnte sich aber immerzu nach der Heimat. Darum verbrachte sie mit ihrem Sohn viele Wochenenden und alle Ferien am See. Kurt drängte selbst darauf, sooft es nur ging, bei den Verwandten zu weilen. Seine Tante liebte und verhätschelte ihn. Nie sagte sie zu irgend jemandem ein Wort, wenn er das fremde Bett genäßt hatte, was ihm manchmal passierte. »So einen Sohn möchte ich haben, so einen anständigen und gescheiten, wie Kurt es ist, keinen solchen Rabauken wie Xaver«, beteuerte sie stets. Kurts Mutter redete dagegen viel davon, was für ein prächtiger Junge Xaver sei. Die beiden Vettern kümmerten sich nicht darum, was ihre Mütter meinten. Sie spielten herrliche Bubenspiele ums Haus ihrer Großeltern, an die sie sich noch erinnern konnten. In der Nähe befand sich eine Kiesgrube, und als Kurt groß genug war, tollten sie am Seeufer. Er war nämlich fünf Jahre jünger als sein Vetter. Der Große ließ es den Kleinen nie merken, wie sehr er ihm überlegen war. Darum war es auch kein Wunder, daß Kurt in seinen Kinderjahren Begeisterung, Verehrung und viel Sehnsucht für seinen Vetter Xaver hegte.

Als Kurt über seinen Schulbüchern saß, machte Xaver eine Mechanikerlehre. Außerdem zählte er zu den besten

Fußballspielern des Ortes. Alle Wettläufe, die zu gewinnen waren, hatte er gewonnen. Auch bei den Mädchen war er beliebt. Sobald er seine Lehre abgeschlossen hatte, meldete er sich zu den Fliegern. Fliegen! Da kam man schneller voran als auf dem Boden, und das war sein Traum. Als Bordmechaniker war er bei den Kondoreinsätzen über Spanien dabeigewesen. Er hatte es aber nie versäumt, in jedem seiner Urlaube den Vetter einzuladen, um ihm alle Abenteuer zu schildern und seine Auszeichnungen zu zeigen. Kurt fluchte auf Jugend und Schule. Er konnte es kaum erwarten, seinem Vorbild nachzueifern.

Dann begann der große Krieg. Xaver war in Norddeutschland in einem Fliegerhorst stationiert, und bei den Flügen nach dem »jämmerlichen Engelland« war er als Bordschütze eingesetzt. Von den gefährlichen Angriffen kam er viele Male heil zurück. Wenn eine feindliche Maschine getroffen war und abstürzte, freute er sich unbändig. In seiner Einheit war er als Draufgänger berühmt, der weder Tod noch Teufel fürchtete. Nach mehreren Einsätzen erhielten die Soldaten Ausgang, und da die große Stadt zu weit weg war, spazierten sie in der kleinen Ortschaft herum, die nahe beim Flugplatz lag. Es gab dort hübsche, meist hellblonde Mädchen, die vor allem darauf schauten, ob die strammen Flieger auch Auszeichnungen auf der Brust trugen. Damit konnte Xaver aufwarten! Er konnte sich die Mädchen aussuchen, und bald war seine Wahl auf ein sehr nettes gefallen. Es hieß Lilli; sie liebten sich sehr und sooft es möglich war. Sie erzählte ihm, daß sie in einer Reinigungsanstalt arbeitete. Weiter mochte sie nicht gerne Auskunft geben. Xaver aber prahlte vor ihr mit seiner süddeutschen Heimat. Den Dialekt hatte er sich freilich abgewöhnt. Er sei der einzige Sohn, sie hätten ein Schloß im Ort, und der Bodensee sei ganz nahe. So nistete sich in Lillis Sinn die Vorstellung ein: Ihr Held mußte von großartiger Herkunft sein und in ausgezeichneten Verhältnissen gelebt haben, bevor er ein tapferer Flieger wurde. Gut zwei Jahre lang dauerte das Glück der beiden.

Der Krieg hatte sich auf ganz Europa ausgedehnt, und beim Luftkrieg im Norden zeichnete sich eine Niederlage ab. Die Soldaten des Fliegerhorstes wurden von einem Tag auf den andern nach Süden verlegt, abrupt und hektisch. Xaver und seine Liebste hatten gerade noch Zeit für ein paar flüchtige Abschiedsküsse. Sie trennten sich ohne weitere Pläne oder Versprechungen.

Die Flüge und Kämpfe über dem Mittelmeer waren wie die Luftschlachten überm Nordmeer. Wieder freute sich Xaver unbändig über getroffene, brennende, abwärts trudelnde Maschinen, die im Meer versanken. Bei einem Luftkampf wurde jedoch das Flugzeug, in dem er Bordschütze war, schwer getroffen. Der Pilot hatte die Maschine nochmals in die Höhe gerissen, so daß Xaver mit dem Fallschirm abspringen konnte, bevor sie auf das Wasser aufschlug. Er erschrak, wie kalt das Meer war. Zwischen Italien und Afrika, so hatte er gemeint, sei das Wasser warm. »Es ist doch Sommer«, fluchte er. Die Wellen waren aber eisig und wogten hoch. Sie rissen den Fallschirm hin und her, immer mehr der Tiefe zu. Xaver befreite sich aus den Schlingen und begann zu schwimmen. Er mußte an das ruhige Wasser des Bodensees denken, wo er oft stundenlang geschwommen war und meinte, er könne niemals untergehen. »Das darf doch nicht mein Ende sein«, dachte er immerzu und strengte sich unmäßig an. Als ihn schließlich die Kräfte verließen und er den sicheren Tod vor Augen sah, schwamm etwas auf ihn zu, ein Trümmerholz von einem Flugzeug. Xaver schaffte es, sein Koppel zu lösen und sich an dem Gegenstand festzubinden. Nun schaukelte er mit den Wellen, mal hoch oben, mal in Wellentälern. Er dachte, er sei nun gerettet, aber eine entsetzliche Kälte drang in seine Glieder.

Allmählich schwand seine Besinnung. Er war bei der Mutter, die den Kohlenofen heizte, dann saß er mit seinem Vetter Kurt am Lagerfeuer oder lag bei Lilli, die so schön warm war. Mit Kameraden trank er ein Bier, denn großer Durst hatte ihn in all dem Wasser befallen. Wenn er ab und zu zu sich kam, war Dunkelheit, Einsamkeit und Kälte um ihn. Doch plötzlich war es wieder hell! Ein Gegenstand schaukelte näher, ein Trümmerteil, an dem ein Mensch, genau wie er, angebunden war. Xaver sah die fremde Uniform. Der feindliche Soldat kam so nahe, daß er ihn hätte berühren können. Seine Augen starrten in die gerade aufgegangene Sonne. »Er ist tot!« Diese Begegnung traf Xaver wie ein Schlag. Eine Welle riß den Toten von ihm weg, und er fing an zu brüllen, denn eine Erschütterung erfaßte ihn, die alle seine Glieder zittern und seine Zähne klappern ließ. »Und ich habe mich gefreut, wenn sie abstürzten«, lallte er. Xaver wäre wohl irrsinnig geworden, wenn ihn seine Sinne nicht verlassen hätten. Etwas Glänzendes an der Uniform des toten Amerikaners hatte das Suchflugzeug zu ihm gelenkt. Xaver war ohnmächtig, als er gerettet wurde.

Das Lazarett lag im Alpengebiet. Xavers Eltern und Kurt, die ihn besuchen konnten, erschraken, als sie ihn sahen. Seine einst gesunde, hübsche, rötliche Gesichtshaut war grau wie die Haut eines alten Mannes. Zwischen den robusten braunen Haaren waren schlohweiße Strähnen zu sehen. Noch mehr erschraken sie wegen seines Verhaltens. Wie abgestorben schien er zu sein. Der Vetter, der ihn aufmuntern wollte, sagte das Ungeschickteste: »Endlich habe ich den Stellungsbefehl.« Darauf machte Xaver nur eine wüste Grimasse und eine eigenartig müde Handbewegung. Er schloß die Augen und machte damit deutlich, daß er wieder allein sein wollte. Frau Abele weinte. Ein Arzt, der hinzukam, sagte: »Er hat einen schweren Schock. Es wird ein paar Jahre dauern, bis er wieder der Abele von früher ist.« »Hauptsache, er ist gerettet«, tröstete Xavers Vater seine Frau und den Neffen Kurt. Bis zum Kriegsende lag Xaver in jenem Krankenhaus; nur selten wollte er ein wenig spazierengehen. Sprechen mochte er mit niemandem. Die wunderschöne Landschaft nahm er nicht wahr. Dann entließ man ihn in seine Heimatstadt. Nach jenem Besuch bei Xaver hatte sich Kurt nicht mehr auf seinen Einsatz gefreut. Wie sich bald herausstellte, hatte er auch keinen Grund dazu. In Holland geriet er in ein grausiges Gemetzel und danach in englische Gefangenschaft.

»Man sagte mir, das sei Abeles Haus«, sagte ein Mädchen in schönem Deutsch zu Xavers Mutter, die an einem rauhen Herbsttag im Vorgarten Dahlienwurzeln zum Überwintern ausgrub. Die Fremde war hübsch, für den kalten Wind aber viel zu leicht bekleidet. Auch müde sah sie aus, als sie sich auf die Haustreppe setzte, den vollgestopften Rucksack vor den Füßen. »Warum? Wer sind Sie?« fragte Frau Abele unfreundlich. »Drei Tage war ich nun unterwegs, wie durch ein Wunder kam ich durch alle Zonen.« »Wo kommen Sie denn her?« Das Mädchen nannte den Namen einer Stadt, der Xavers Mutter erröten ließ. Dorthin hatte sie einst viele Briefe an ihren Sohn geschrieben. Jetzt wußte sie, wer das Mädchen war, denn der Sohn hatte in seinen Briefen und während der Urlaubstage von einer schönen Blonden geschwärmt. Lilli spürte, was in der Frau vorging. »Was wollen Sie denn?« Sie zögerte, denn sie fürchtete sich vor der Frage. »Wo ist Xaver? Lebt er noch?« Statt eine Antwort zu geben, ging die Frau zur Hausecke und schrie nach hinten: »Xaveeer!« Lilli lachte, zum einen, weil sie nun am Ziel war, zum andern war sie belustigt, wie Xavers Mutter seinen Namen rief. Aber Xaver meldete sich nicht. »So ist er wieder weggelaufen, anstatt den Garten umzugraben«, schimpfte die Frau. »Kommen Sie herein.« Drinnen zeigte sie auf eine Tür. »Wir haben ein Bad.«

Den Rucksack ließ das Mädchen im Flur liegen. Über eine Stunde saß Lilli bis zum späten Nachmittag allein in der Stube. Als sie den Bahnhof verlassen hatte, hatte sie nach dem Schloß Ausschau gehalten und in seiner Nähe Abeles Haus gesucht. Die Leute wiesen sie weiter, dorthin, wo einfache ältere, von Gärten umsäumte Häuser standen. Das Wohnzimmer war voller dunkler Möbel, wie die Städter sie hatten, die zu den besseren Leuten gehören wollten. In der Ecke, beim Eßtisch, stand ein Altar. Halbverwelkte Dahliensträuße, heruntergebrannte Kerzen und vor allem eine Gipsfigur, die ein blutrotes Herz auf der Brust zeigte, nahmen Lillis Blick in Bann. Auf sie, die protestantisch war, wirkte der Hausaltar abstoßend. »Ich sollte wieder gehen«, fuhr es ihr durch den Sinn. Sie hörte Frau Abele treppauf, treppab laufen; dann hörte sie von der Küche her eine Männerstimme. Als der Mann in die Stube kam, meinte sie einen Moment lang, es sei der Geliebte, so ähnlich sah er seinem Vater. Er gab ihr freundlich die Hand. »Sie wollen zu Xaver! Seit er einen halben Tag und eine Nacht lang im kalten Wasser trieb, ist er nicht mehr wie früher.« Jetzt hörten sie die Haustür. »Nun, Sie werden sehen«, sagte der Mann. Lilli erkannte Xavers Stimme, als er schimpfte: »Was soll denn der Rucksack hier?« Sie war aufgesprungen, erschrak aber wegen seines veränderten Aussehens so sehr, daß sie ihn nicht, wie sie eigentlich vorgehabt hatte, umarmen konnte. Er tat's auch nicht. »Warum bist du gekommen?« »Warum wohl?« schrie Abele seinen Sohn an. Die Frau brachte im rechten Moment das Abendbrot auf den Tisch. »Bei uns im Süden geht es hungrig zu. Vater arbeitet bei einem Bauern, darum haben wir Kartoffeln.« Sie sahen, wie hungrig Lilli war. »Ich habe in Kurts Zimmer – im Gästezimmer –« verbesserte sie sich »gleich oben an der Treppe das Bett für Sie bezogen.« Das Mädchen, die Augen voller Tränen, konnte nur »danke« sagen und rasch mit dem Rucksack nach oben gehen. Obwohl Lilli todmüde war, lag sie wach und wartete. Von unten hörte sie monotones Gemurmel: Gleich nach dem Abendessen zündete nämlich Frau Abele die Kerzen an. Allabendlich beteten sie vor der Herz-Jesu-Figur den Rosenkranz. Die Mutter förderte Xavers Frömmigkeit, dem Vater dagegen gefiel sie nicht; sie sei abnormal für einen jungen Mann. »Früher hatte er nie etwas mit Beten am Hut«, schimpfte er. Als es unten still war, setzte sich Lilli im Bett auf, voller Sehnsucht nach Xaver. Seinetwegen hatte sie sich mit den Eltern überworfen und war ohne weitere Überlegung zu ihm geflohen. Er kam die Treppe herauf, rumorte in seinem Zimmer, und dann war Stille. »Morgen werde ich weggehen«, flüsterte sie.

Bei der Herfahrt hatte ihr ein Mann im Bahnhof der Hauptstadt ein unmißverständliches Angebot gemacht. »Du bist ein tolles Mädchen! Ich will dir helfen, damit du ein schönes Leben haben kannst.« In jener Stadt, wo viele Amerikaner waren, wollte sie ihr Geld verdienen. »Xaver hat mich sowieso verdorben«, war ihr letzter Gedanke, bevor sie einschlief.

Unten, im Elternschlafzimmer, lagen sie wach. Sie horchten nach oben, hörten aber nichts. Trotzdem sagte die Frau: »Was werden die Leute sagen!« »Das geht niemanden etwas an. Jedermann hat jetzt mit sich selber zu tun.« »Sie ist ein schönes Mädchen.« »Vielleicht ist es gut für Xaver, daß sie gekommen ist.« »Ich sorge dafür – sie soll bleiben«, war Herr Abeles letzter Satz, bevor er einschlief.

Frühmorgens am andern Tag schleppte Lilli den Rucksack wieder die Treppe hinunter. Xavers Vater stand im Flur. Er duzte sie: »Was willst du?« »Wieder gehen, er macht sich nichts mehr aus mir.« »Wo willst du denn hin? Draußen stürmt und regnet es. Ein Arzt meinte, er brauche einige Jahre, bis er wieder ist wie vorher. Wir müssen Geduld mit ihm haben.« Sie setzte sich ratlos auf eine Treppenstufe. »Sitzt sie schon wieder auf der Treppe? Sie sollte lieber zum Frühstück kommen«, sagte Frau Abele. Sie wollte barsch klingen, doch man hörte die Freundlichkeit aus ihren Worten heraus. Xaver war bereits am Essen. Er gab Lilli keinen Blick und ging dann einfach weg. »Wo geht er denn hin?« »Meistens zum See, es sind anderthalb Stunden Fußmarsch dorthin. Das Wasser zieht ihn irgendwie an.« An diesem Tag kam er des schlechten Wetters wegen früh heim. Er saß aber in seiner Kammer, als warte er nur auf das Rosenkranzbeten am Abend. »Seinem Vater zuliebe bleibe ich hier«, dachte Lilli.

Mittlerweile waren schon einige Monate vergangen. Frau Abele wollte den Haushalt gerne allein schaffen, während Lilli Arbeit suchte. Bald tat sie das, was sie gelernt hatte – sie reinigte, flickte und bügelte Xavers und seiner Eltern Kleider. Im Schneidern war sie geschickt, aus alten Dingen konnte sie Kleider und Kostüme machen, die wie neu aussahen. Xaver zog die gebügelten Hosen an, gab aber nie einen Kommentar dazu. »Im Frühling, wenn es warm wird, werde ich wieder gehen«, murmelte Lilli oft vor sich hin. In der Stadt wurde sie von einer Frau auf der Straße angesprochen, denn das schöne Mädchen fiel auf. »Frau Abele hat mir erzählt, wie geschickt Sie mit Textilien umgehen können.« Bei ihr ließen Franzosen, von denen es am Ort wimmelte, ihre Uniformen und Zivilwäsche in Ordnung bringen. Ob das Fräulein ihr Arbeit abnehmen könne? So kamen bald jeden Tag französische Herren in Abeles Haus, die mit der Arbeit des Mädchens sehr zufrieden waren. Sie gaben kein Geld, das ohnehin keinen Wert hatte, sondern Seife, Schokolade, Seidenstrümpfe, Kaffee und Zigaretten als Bezahlung. Darum mochte Lilli, als der Frühling kam, nicht weggehen, denn hier ging es ihr gut. Xaver rauchte die Zigaretten und aß die Köstlichkeiten, ohne zu fragen, woher der Segen kam, den ganzen Sommer und einen weiteren Winter lang. Da sich an seinem Wesen nichts änderte, spielte Lilli beim nahenden Frühling wieder mit dem Gedanken, wegzulaufen.

Eines Abends – Xaver war früher als üblich nach Hause gekommen – stand ein Franzose in der Stube, um sein Wäschepaket abzuholen. Er legte ein Butterpäckchen auf den Tisch. Kaum nachdem er draußen war, fing Xaver an zu fluchen. Ob denn sein Elternhaus ein Bordell sei, und noch häßlichere Sätze schrie er. Seine Eltern und Lilli konnten kaum ihre Freude darüber verbergen, daß er eines solchen Ausbruchs fähig war. Seinem Gebrüll war deutlich zu entnehmen, daß er eifersüchtig war. Sein Vater tätschelte Lillis Rücken, und die Mutter sagte immer wieder: »Bleib nur!« Mit einer leisen Hoffnung im Herzen blieb sie auch diesen Frühling da, und ihre Hoffnung bekam Nahrung. Immer öfter lief Xaver abends von der Herz-Jesu-Figur weg. Sie erfuhren, daß er frühere Kameraden traf, mit denen er auch in Kneipen saß und an manchen Sonntagen sogar zum Fußballplatz ging. An einem Herbsttag hörte Lilli, wie er spät nachts die Treppe heraufsteigend den Schlager von der »Lilli Marleen« trällerte. Sie klopfte an die verschlossene Kammertür, er öffnete aber nicht. Am andern Morgen schaute er sie an, als ob er sich vor ihr fürchtete, und er verhielt sich danach so abweisend wie bei ihrer Ankunft.

Dann kam der böse Winter. Die freundlichen Franzosen waren verschwunden, und diejenigen, die nun gekommen waren, hatten ihre Frauen dabei, die ihnen die Hemden wuschen. So ging es bei Abeles wieder hungriger zu. Der Vater, der oft beim Bauern arbeitete, half dem Sohn des Bauern, die stinkenden Wische zu gabeln. Plötzlich lagen beide in den giftigen Gasen des fast leeren Futtersilos. Sie konnten nur noch tot geborgen werden. Nun begann wieder, was Lilli so sehr mutlos gemacht hatte: das allabendliche monotone Beten. Ihre letzte Hoffnung war verflogen. »Jetzt hält mich nichts mehr«, war ihr steter Gedanke. Als sie im geheimen schon Vorbereitungen für ihre Abreise getroffen hatte, kam Kurt auf Besuch. Die lange Gefangenschaft hatte bei ihm kaum Spuren hinterlassen. Seine Tante lachte, weil er als gesunder und hübscher Mann zurückgekommen war. Sie weinte deswegen auch ein bißchen. Das gesellschaftliche Leben begann sich wieder zu regen; in einem Cafe war sogar Tanz angesagt. Lilli wollte tanzen! Kurt war von der hübschen Person beeindruckt und bat Xaver, mitzukommen. Doch er machte jene Handbewegung, die sein Vetter aus dem Sanatorium in Erinnerung hatte. Lilli drängte. Ihre Verfassung war jetzt erregt, gar übermütig. Sie ließ Xaver gerne am Tisch zu Hause sitzen und hüpfte mit Kurt davon. »Das ist Xavers Vetter«, sagte sie zu ihren Bekannten, und sie sagte es so, als ob sie nun endlich am Ziel wäre. Sie tanzten lustig miteinander, und auf dem Nachhauseweg küßten sich die beiden. »Bald werde ich fortgehen! Vom Xaver habe ich endgültig genug.« Kurt bat sie, noch eine Weile damit zu warten.

Die Art und Weise, wie er das sagte, ließ bei ihr neue Hoffnung aufkeimen. Als sie aber weit nach Mitternacht heimkamen, saß Xaver immer noch am Tisch. Sein Gesicht war ungewohnt rot und zornig, und sie hatten den Eindruck, daß sich seine weißen Haarsträhnen aufrichteten. Er riß Lilli an sich und umklammerte sie, während Kurt ins provisorische Gastzimmer floh. Eigentlich wollte er mehrere Tage bleiben, aber beim Frühstück beteuerte er, er müsse wegen seiner in Aussicht stehenden Anstellung gleich wieder zurück. Xaver war fröhlich, als er ihn zum Bahnhof begleitete. Sie redeten von längst vergangenen Bubenstreichen. Während der Heimfahrt wurde Kurt das glückliche Gefühl nicht los, daß der Vetter gerettet sei. »Was lamentiert und jammert ihr denn, du und die Abelin, wegen des verstörten Xavers? Er ist so normal wie wir alle, und Lilli ist ein prächtiges Mädchen«, sagte er zu seiner Mutter. »Du solltest dich auch nach einer Frau umsehen«, meinte sie.

Vorerst hörten sie nichts mehr von der Verwandtschaft beim See. Da die Währungsreform stattgefunden hatte, besaßen die Leute wieder richtiges Geld, doch zunächst noch viel zu wenig. Im Herbst kam ein Brief von Frau Abele: Sie wollten zu gerne eine schöne Hochzeit feiern, mit Kurt als Trauzeugen! Lilli sei jedoch schwanger, das Trauerjahr wegen des Vaters sei noch nicht vorbei, und das Geld habe gefehlt. So hätten sie das Fest in aller Stille gemacht. »So redet man bei Beerdigungen, wenn nicht alles stimmt«, lachte Kurt.

Lilli, die so sehr und so lange auf das große Glück mit Xaver, wie sie es einmal erfahren hatte, gewartet hat, konnte es nicht erleben. »Vorher«, sah sie ein, war es eine leichtfertige Soldatenliebelei, jetzt aber eine komplizierte Sache. Es stand etwas zwischen ihnen, das sie nicht zu benennen und zu ändern wußte. Er kam ihr wie ein Fisch vor, kalt, als ob er ihr wieder entgleiten könnte. Dann meinte sie, sie sei ihm wie ein Bremsklotz. Manchmal ließ er ihr alle Freiheit, dann wieder sträubten sich seine Strähnen, wenn er den Verdacht hatte, sie wolle über ihn bestimmen. So war sie enttäuscht und oft traurig; sie bereute es, hiergeblieben zu sein. Doch Lilli fand ihren Weg. Die Frau, die ihr den Verdienst bei den Franzosen vermittelte, hatte nämlich ein Reinigungsgeschäft aufgemacht. Bei ihr arbeitete sie trotz Schwangerschaft und bald nach der Geburt des Mädchens jeden Werktag. Den doppelten Verdienst konnten sie gut gebrauchen – denn Xaver hatte inzwischen in der Maschinenfabrik, in der er lernte, eine Anstellung gefunden. Wenn jemand Frau Abele fragte, wie es dem jungen Paar gehe, schwärmte sie davon, wie normal alles bei ihnen sei.

»Nun ja, viel Arbeit habe ich mit dem Haushalt und dem Enkelkind, dafür aber auch Freude«, sagte sie allen, die es hören wollten. Als die Tulpen im Vorgarten blühten, überkam Lilli der Wunsch, wegzulaufen, wieder in einer Stärke wie in den Jahren zuvor, doch das hätte Scheidung bedeutet, und das wollte sie seiner Mutter nicht antun.

Drei Jahre nach der Geburt des ersten Kindes bekamen die Verwandten im Badischen eine Einladung zum Tauffest des Sohnes. Kurt sollte Taufpate sein! Er fuhr mit seinem schönen Auto, die Mutter neben sich und Geschenke auf dem Rücksitz, den weiten Weg. Sie spürten sofort, daß bei der Familie Abele ungute Stimmung herrschte. Vordem, bei der Taufe des Mädchens, hatte Xaver die Phase, in der er seiner Frau jeden Willen ließ. Sie bestimmte, daß es den Namen »Evi« und den protestantischen Glauben bekam. Den Sohn wollte sie nun Edgar, das heißt »Eddi«, rufen. Jetzt aber hatte Xaver das Sagen: »Der Bub wird katholisch getauft! Er heißt Johannes nach meinem Vater! Lilli, Omi, Evi, Eddi – es fehlt nur, daß ich der Xavi bin!« Nach dem Festessen beklagte er sich beim Taufpaten darüber, daß Lilli beim kleinen Mädchen kein schwäbisches Wörtchen duldete, genauso wie sie selbst kein schwäbisches Wort über die Lippen brachte. Kurt meinte, für die Kinder werde es in der Schule nur von Vorteil sein, wenn sie richtig Deutsch sprechen könnten. Bevor Kurt mit der Mutter wegfuhr, beklagte sich Frau Abele bei ihrer Schwester, weil sie nun ein evangelisches und ein katholisches Kind aufziehen müsse und dabei auch noch ziemlich alleingelassen werde. Während der Herfahrt zum Fest hatte sich Kurts Mutter darüber beklagt, immer noch kein Enkelkind zu haben. Bei der Heimfahrt sagte sie davon kein Wort mehr. »Die Hauptsache ist, daß Xaver wieder der Alte ist«, bemerkte ihr Sohn zum Verlauf des Festes.

Das schien der Fall zu sein. Seine Gesichtshaut hatte das Fahle verloren. Die erschreckend weißen Haarsträhnen fielen nicht mehr so sehr auf, denn die braunen Haare fingen an zu ergrauen. Wenn ein Bursche ihn fragte, woher er denn seine gescheckten Haare habe, lachte er. Im Betrieb, wo er bereits eine gute Stellung hatte, konnte er sich noch weiter verbessern. Sein Draufgängertum machte sich wieder bemerkbar, und solche Männer waren zu dieser Zeit gefragt. Wenn er mit Männern seines Alters nach Geschäftsschluß in der Kneipe saß, redeten sie von den Erfolgen im Betrieb, nie aber von der vergangenen Zeit oder gar von Kriegserlebnissen. Weder von Kämpfen, noch Kameraden, noch Offizieren wollten sie reden, als ob sie bei einer Verbrecherbande gewesen seien!

Beim großen Hausputz entdeckte Xavers Mutter in der hintersten Ecke seiner Nachttischschublade ein Päckchen; etwas war in braunes Papier eingewickelt. Sie lief damit zu Lilli. »Oh!« rief sie. Es waren Xavers Kriegsauszeichnungen, die sie sehr wohl kannte. Doch er bemerkte die Stöberei. Als es dämmerte, grub er wütend ein Loch im Garten, in dem er das Päckchen verscharrte. Seine Mutter sah ihm dabei zu und dachte traurig an ihren Mann, der nie müde davon wurde, von seinen Erlebnissen im ersten Krieg zu erzählen. Wenn Kinderkommunion, Fronleichnam oder Heldengedenktag gewesen war, hatte er Frack und Zylinder angezogen und seine einzige Auszeichnung an die Brust geheftet, um stolz im Kriegerverein mitzumarschieren. Wenn die Musik spielte, sangen diese Männer am Schluß solcher Veranstaltungen das Deutschlandlied und das Lied vom guten Kameraden, als hätten sie den Krieg nicht ebenso verloren wie ihre Söhne!

»Mensch, Abele, du warst doch der beste Fußballspieler der Stadt!« sagte man zu Xaver. Sie bräuchten einen Berater oder Trainer im Verein. Er machte gerne mit, und so wurden die wenigen Stunden am Samstagmittag und Sonntag, die er mit Frau und Kinder hätte verbringen können, vom Fußball vereinnahmt. Viele Abende saß Xaver fasziniert vor dem Fernseher, um Fußballspiele aus der ganzen Welt anzusehen, bis spät in die Nacht hinein. Lilli ging meist früh zu Bett, denn die Arbeit in der Reinigung war schwer.

Mit der verschiedenen Religionszugehörigkeit ihrer Enkel hatte Frau Abele keinen Kummer. Die Kindergebetchen sagten beide gleich: »Jesuskindlein komm zu mir, mach ein frommes Kind aus mir«, und zwar vor der Herz-Jesu-Figur in Omis Schlafkammer. Lilli hatte den Hausaltar nicht mehr im Wohnzimmer sehen wollen. Ihretwegen hätte man beide Kinder katholisch taufen können, denn deren Frömmigkeit war ihr gleichgültig. Von der Schule brachten sie zwar verschiedene Religionsbücher mit nach Hause, doch ihre Großmutter sah bald, daß in ihnen etwa dasselbe geschrieben war. Zu Hansis Erstkommunion veranstalteten sie ein Fest. Kurt photographierte vor und nach dem Gottesdienst, den Buben allein, mit der Schwester und mit der ganzen Familie. Hansi war ein blonder magerer Kerl, von dem seine Mutter behauptete, er gleiche ihrem gefallenen Bruder. Dazu lachte Xaver: »Als ob du noch wüßtest, wie der ausgesehen hat!« Frau Abele hatte für diesen Tag großartig gekocht und viele treffliche Kuchen gebacken. Ihre Schwester, die ja jünger war, bewunderte diese Leistung sehr. Drei Jahre später feierten sie dann Evis Konfirmation, und Kurt kam wieder als Photograph. Jedesmal, wenn er das Mädchen knipste, dachte er, es sei eine Braut, so groß und vollentwickelt war es schon. Vom Vater hatte Evi die braunen Augen, von der Mutter die blonden Haare, was ihr nicht wenig Reiz verlieh. Die Großmutter war bei dem ihr fremdartigen Fest bedrückt. Die Suppenklößchen waren zerfahren, eine Torte speckig. Sie war froh, daß ihre

Schwester nicht mitgekommen war. Ihr Kummer war, und man konnte es deutlich bemerken, daß sich beide Kinder nicht um die religiösen Dinge scherten.

Einige Jahre später war Frau Abele gestorben, und die Verwandtschaft konnte beim Totenmahl erstmals miteinander reden. Xaver, der ungewohnt weinerlich war, sagte immer wieder, seine Mutter habe zu viel und zu schwer arbeiten müssen, darum sei sie so früh gestorben. Lilli erhob keine Einwände und sagte nur, sie müsse in der Reinigung sein. »Mußt du? Du willst doch!« und dabei liefen ihrem Mann die Tränen über die Wangen. Auch seine Tochter fühlte sich nicht von seinen Vorwürfen betroffen. Sie war gerade achtzehn Jahre alt und saß bereits neben ihrem Mann, dem Sohn eines reichen Immobilienhändlers. Er wollte die Gesellschaft unterhalten und machte ein paar Witze, die wirklich nicht paßten. Xaver weinte wieder, was vor allem Kurt peinlich war. Lilli aber lachte mit ihrem Schwiegersohn.

Jetzt, im Februar, war die hohe Zeit der Fasnachtsnarren gekommen. Schon seit Jahren hüpfte Lilli als Hexe durch oberschwäbische und badische Orte. Kurt meinte: »Es wundert mich, daß du daran Spaß findest, wo dir doch das Schwäbische so zuwider ist«, aber er bekam darauf keine Antwort. Genausowenig antwortete ihm Hansi, den er nach seinen Berufsplänen fragte. Kurts Mutter, die um ihre Schwester sehr trauerte, fragte, wer denn nun den Haushalt schaffe. Dazu lachte Lilli: »Damit haben wir kein Problem. Xaver bekommt sein Essen in der Kantine, Hansi und ich finden am Ständchen was. Evi kommt manchmal putzen.« Evi fiel mit ihrem jungen Mann in ein Gelächter. Bei der Heimfahrt weinte Kurts Mutter in Schüben und sprach dazwischen manchmal einen Satz: »In meine Heimatstadt werde ich nicht mehr kommen.« »Xaver hat sich doch nicht vom Schock erholt.« »Jetzt bin ich froh, daß ich keine

Enkelkinder habe.« Kurt streichelte ihre Wange. »Ich habe ein Mädchen. Wir werden bald heiraten, und sollten wir noch Kinder bekommen, ziehen wir sie selber auf.«

Jahre später bekamen sie erneut eine Todesnachricht von ihren Verwandten. Lilli war tot. Kurt fuhr nun mit seiner Frau zur Beerdigung. Sie hatten kein Kind bekommen, aber Kurts Eltern hatten dafür eine gute Schwiegertochter. Lilli war in einer fremden Stadt an Fasnacht als Hexe gehüpft. Das war recht unvernünftig von ihr, denn seit einiger Zeit war sie nicht mehr gesund, hatte oft Herzschmerzen und Atemnot. Die giftigen Dämpfe am Arbeitsplatz hatten Herz und Lunge geschadet. Bei einem besonders hohen Hexensprung versagten beide Organe ihren Dienst. Man hatte sie mit einem Hubschrauber in eine Klinik geflogen, aber es war zu spät. Xaver küßte Kurts Frau, die er noch nie gesehen hatte, und weinte dabei bitterlich. Kurt war beides zuwider, das Küssen wie das Weinen. Evi saß neben ihrem zweiten Mann; der erste war zu oft fremdgegangen. Ihr jetziger Mann machte nicht den Eindruck, als ob er daran Gefallen hätte. Bei Hansi saß ein junges Mädchen. »Sie führt unseren Haushalt«, klärte Xaver die Verwandtschaft auf. »Sie heißt Katrin, doch Lilli, die sie gerne mochte, hieß sie Kati.« Kurts Frau sah sie zweifelnd an. Das Mädchen sah nicht wie eine Hausfrau, eher wie ein struppiger Gassenbesen aus. Doch Kati war freundlich und gesprächig, erzählte von Lilli und Hansi. Weil er keine Lehre zu Ende machte, hatte ihn seine Mutter mit in die Reinigungsanstalt genommen. Dort bediente er Maschinen, schleppte Berge schmutziger Klamotten und fuhr mit einem Lieferwägelchen die saubere Wäsche aus. Damit verdiente er ein wenig Geld, bei weitem nicht so viel wie Lilli. »Wir können in Abeles Haus leben«, sagte Kati und deutete dabei auf ihren Bauch. Kurt und seine Frau fuhren schweigsam heim. »Meine Mutter will nicht mehr dorthin. Mir ist es auch danach«, sagte er, als sie fast schon zu Hause waren. Das war wiederum im Februar gewesen. Zum nächsten Neujahr bekamen sie eine Karte von Xaver; mit Lebensgefährtin Frieda wünschte er Glück. »Nun gut!« lachte Kurt.

Bald nach Lillis Tod war Xaver pensioniert worden. Er war immer noch ein hübscher Mann, und alle seine Haare waren weiß. Seine Gesichtshaut hatte ihre rötliche Farbe zurückbekommen, weil er beim Fußballspielen viel im Freien war und wieder wanderte. Die Schwiegertochter, die jetzt ein Kind hatte, kochte und sorgte für ihn. So konnte Xaver allen, die nach seinem Befinden im Witwenstande fragten, die Auskunft geben, er sei zufrieden.

In der Stadt lebte eine Frau, die vor vielen Jahren für Xaver geschwärmt hatte. Als er am Ende des Krieges und noch längere Zeit danach bei den Leuten als Sonderling, gar als verrückt galt, hatte sie geheiratet, war aber vorzeitig Witwe geworden. Da ihre Witwenrente gering war, nahm sie die Tochter mit Familie in die Wohnung, damit sie die Miete leichter bezahlen konnte. Mit ihr hatte sie aber, weil Alt und Jung so nah beieinander lebten, viel Streit. Dann sah sie sich nach Xaver um. »Eine richtige Schwäbin bist du!« lachte Xaver. Frieda gefiel ihm, weil sie so ganz anders war als Lilli. Nach all der norddeutschen Kühle taten ihm ihre Zärtlichkeiten gut. Und nach so viel Freiheit war ihm ihre Fürsorge angenehm.

Frieda kümmerte sich um vieles: Wo gewandert wird, in welchem Gasthaus was gegessen wird, und schließlich wo geschlafen wird – bei ihr oder bei ihm. »Wollen wir heiraten?« fragte Xaver. »Zu was denn? Heute kann man so zusammenleben.« Zur großen Freude ihrer Tochter zog Frieda bereits im Herbst in Abeles Haus, ins ebenerdige Zimmer, das Xavers Eltern, die längst nicht mehr waren, vorbehalten gewesen war. So fromm Frieda auch war, die Gipsstatue warf sie bald in den Mülleimer. Leider hatten Frieda und Hansis Frau Kati bald heftige Streitigkeiten miteinander, im gemeinsamen Wohnzimmer und in der einzigen Küche. Auch das war etwas Neues für Xaver. Mit seiner Mutter war Lilli trefflich zurechtgekommen. Wegen Evi gab es nie Schwierigkeiten; sie durfte tun und lassen, was sie wollte. Besonders zu loben war, daß Kati und ihre Schwiegermutter sich wie Freundinnen verstanden hatten. »Deine Schwiegertochter ist eine widerliche Schlampe«, schimpfte Frieda nun bei Xaver. »So schlimm ist es nicht«, meinte er, denn er war froh, daß sein wenig tüchtiger Sohn diese Frau hatte. Frieda verbündete sich deshalb mit seiner Tochter, denn sie wußte, daß die beiden Schwägerinnen sich nicht liebten. »Kati läßt dein Erbe, das Elternhaus, vergammeln.« Dafür wußte sie Beispiele: »Dein Vater steckt ihr Geld zu, da bist du schwer im Nachteil.« Evi kam und sah's bestätigt. Die jungen Frauen zankten bös miteinander, rauften sich sogar die Haare. Xaver stand dabei und weinte. »Weichling!« flüsterte Frieda Evi zu, »ich werde es für dich in die Hand nehmen.« Der Vater fand die Lösung: Als Lilli starb, hatte sie eine schöne Summe auf ihrem Konto. Sie war nämlich ganz darauf versessen gewesen, Geld zu verdienen, und sie hatten das Vermögen brüderlich geteilt: Xaver, Evi und Hansi bekamen je zwanzigtausend Mark. Damit wieder Friede im Haus herrschte, gab der Vater dem Sohn seinen Anteil an Lillis Geld, damit er eine Wohnung bezahlen könnte. »Sag Evi lieber nichts davon«, flüsterte er Kati zu. Hansis Familie zog also in eine schöne Wohnung, für die sie eine hohe Kaution bezahlen mußten. Bei jeder Gelegenheit sagte Xaver zu Sohn und Tochter: »Ich möchte mit Frieda noch einige Zeit in Frieden leben. Das Haus und mein Vermögen bekommt ihr nach meinem Tod.«

Bald ging es aber los: Im Erdgeschoß war nur ein altes Bad! In den oberen Stock sollte ebenfalls ein Bad eingerichtet werden, und eine Küche gleich dazu. Wie sollten sonst die Kinder einmal das Haus vermieten oder gut verkaufen können? Diese alte Kohleheizung! Alle Welt heizt doch heute mit Öl. In den riesigen Speicher gehören zwei Kinderzimmer eingebaut! Das Dach mußte sowieso neu gedeckt werden. Alle notwendigen Baumaßnahmen sah Xaver ein. Er hatte sogar ein schlechtes Gewissen, weil er sich nie um den Zustand seines Hauses gekümmert hatte. So schrumpfte sein Vermögen beträchtlich. Tochter und Schwiegertochter kamen, um gegen diese Geldverschwendung zu protestieren. Darüber waren sie wieder gut Freund geworden. »Das schön hergerichtete Haus kommt euch in der Erbschaft zugute«, beschwichtigte sie Xaver, indem er das Argument Friedas nachschwätzte. Kati lachte: »Mit deinem Geld schön wohnen und gut leben, das will sie doch!« »Wer sorgt denn für euren Vater?« schrie Frieda. Jeder Streit war noch häßlicher als der vorherige. Frieda forderte, daß Xaver den Jungen das Haus verbiete. Zwar gehorchte er nicht, aber sie kamen sowieso nicht mehr heim.

Fünf Jahre lang dauerte nun schon Xavers umsorgtes Leben mit der Lebensgefährtin. Jeden Sonntag ging er mit ihr in die Kirche. »Seit er diese Frau hat, ist er wie verwandelt – ganz normal«, sagte die Nachbarin zu ihrem Mann. »Mir hat er vorher besser gefallen«, murmelte der Nachbar.

Eines Tages kam Kati. Sie war mit dem dritten Kind schwanger und weinte. Das hatten sie bei ihr selbst beim schlimmsten Streit noch nie gesehen. Hansi war krank und konnte nicht mehr zur Arbeit. »Wir wissen, es ist unheilbar – er hat keine zehn Jahre mehr.« Xaver war bleich geworden, was bei ihm erschreckend komisch aussah. Kati schluchzte lauter: »Wir kommen in Not! Die große Wohnung! Die Krankheit! Die Kinder!« »Wer unheilbar krank ist, setzt keine Kinder in die Welt«, sagte Frieda und zeigte auf Katis dicken Bauch. »Der Vater muß uns Geld geben!« »Niemals! Euch noch mehr Geld geben! Ihr könnt es ja nicht halten, es rinnt euch durch die Finger, oder ihr werft's zum Fenster hinaus. Das hat man bei Lillis Erbe gesehen!« Hansis Frau sah nun aus, als wolle sie Frieda an den Kragen, aber sie beherrschte sich. Sie schrie jedoch so laut, daß es auch die Nachbarin verstehen konnte. »Es steht uns zu! Wenn Hansi tot ist, braucht er kein Geld mehr!« »Sei ruhig! Ich überweise euch zwanzigtausend Mark.« »Dankeschön!« sagte Kati. »Sag aber Evi nichts davon«, rief Xaver der Schwiegertochter nach, die eilig das Haus verließ. Danach wunderte sich Xaver über seine Lebensgefährtin, denn Frieda war liebevoll wie nie zuvor. Immer wieder streichelte sie seine Hände. »Du hast Sorgen mit deinen Jungen! Aber du weißt, wie Kati ist, man darf ihr nicht zu viel Geld auf einmal geben. Nur gut, daß du ein Vermögen hast – so kannst du ihnen noch oft helfen.« Bald nachdem der Sohn aus Abeles Haus gezogen war, hatte Xaver nämlich auf Friedas Drängen den größten Teil seines Gartens verkauft. Nach seiner Mutter war keine Frau mehr da, die sich um den Garten kümmerte. Sie hatte viel in ihm gearbeitet, Gemüse gezogen, Beeren, Birnen und Quitten geerntet. Danach verwahrloste das Grundstück, war nur noch eine Unkrautwiese. Der Mann, der hinter ihnen ein Haus baute, war darauf versessen, seinen Bauplatz zu vergrößern. Er bot ein schönes Geld dafür, doch Frieda verstand es mit ihrem Jammern, wie schwer es für Xaver sei, eigenen Grund und Boden zu verkaufen, den Preis in die Höhe zu treiben. Ein paar Meter hinterm Haus, nur zwei Handbreit weit von der Stelle entfernt, wo Xaver seine Auszeichnungen vergraben hatte, verlief die Grenze. So konnte er auch nach der Renovierung des Hauses vor den Kindern von seinem Vermögen sprechen.

Frieda hatte ein feines Gespür dafür, wann die rechte Stunde kam. Es kostete sie zwar viel Überwindung, Evi aufzusuchen. Sie schien ihr die Gefährlichere zu sein, darum haßte sie sie mehr als Kati. »Dein Vater gibt den andern Geld. Jetzt hat er wieder zwanzigtausend Mark überwiesen. Sie behaupten, Hansi sei unheilbar krank. Wer weiß, ob das wahr ist!« Evi, die vom Vater die rötliche Haut geerbt hatte, konnte auf dieselbe Art erbleichen wie er. »Damit schmälert er dein Erbe, ich meine es gut mit dir«, sagte Frieda zur Erbleichten, Sprachlosen. Dann zeigte Evi ihre Krallen. Von Kind an hatte sie einen Hang zum Ordinären. Die Eltern hatten ihr nichts verwehrt, und bei den beiden Ehemännern hatte sie keine Bildung erhalten. Sie überschüttete ihren Vater mit üblen Schimpfworten, und Xaver verbot der Tochter das Haus. Noch viel häßlicher gebärdete sich Evi bei ihrem Bruder. Sie nannte ihn einen Erbschleicher, Dieb, Gauner und trieb es so weit, daß Kati, die von klein an gewohnt war, sich mit Schlägen zu wehren, zuschlug. Evi riß die Hochschwangere an den Haaren. Hansi, der sich seit jeher davor hütete, sich irgendwo einzumischen, sagte: »Schwägerinnen – Zänkerinnen.« Das Kind kam dann zu früh auf die Welt. Die Angehörigen der Familie Abele waren jetzt völlig miteinander verfeindet, keiner konnte den andern mehr sehen.

Nicht lange nach diesem großen Streit bezog Friedas Tochter die oberen Stockwerke in Abeles Haus. Sie war eine liebenswerte, fleißige Frau, hatte vier Kinder und einen angenehmen Mann. Die Nachbarin, die vom Zank so manches mitbekommen hatte, betrachtete neugierig die Namensschilder an den Klingeln von Abeles Haustür.

»Maier« stand auf dem oberen Schildchen; das »Abele« auf dem unteren war kaum lesbar. Evi hatte den Namen einst, als sie Tippfräulein war, mit der Maschine geschrieben. Dafür sprang einem daneben der Name »Sucher«

deutlich in den Blick. Maiers Kinder waren wohlerzogen, viel ruhiger als Hansis Schreihälse zuvor. Sie nannten Xaver Opa und spielten in seinem Gärtchen. Dort gruben sie gerne Löcher, buddelten aber nie so tief, daß sie auf Opas Orden hätten stoßen können. Abends spielte Maier mit Xaver oft Karten, oder sie schauten im Fernsehen Fußballspiele an. Der Alte freute sich darüber, daß er davon mehr verstand als der Junge. Mit seinem Auto unternahm Maier zusammen mit Xaver Fahrten an den See, den dieser seit seinen einsamen Wanderungen, bei denen er verstört am Ufer entlanggelaufen war und ins Wasser gestiert hatte, möglichst gemieden hatte. Wenn Xaver vorm Haus wieder aus dem Auto kletterte, stand die Nachbarin wie zufällig herum. »So gut ist es mir noch nie gegangen!« lachte er ihr dann zu.

Gut sieben Jahre lebte nun Frau Sucher schon bei ihm, als er anfing, sich krank zu fühlen. »Deine Kinder haben dir zugesetzt«, vermutete sie als Ursache. Xaver bekam Schmerzen im Unterleib. Der Arzt stellte eine Krankheit fest, die Männern seines Alters das Ende ansagt. Für eine Operation sei es zu spät, er hätte viel früher zur Behandlung kommen müssen, teilte der Arzt Frieda mit. »Du wirst wieder gesund, es ist gutartig«, beteuerte sie dem Kranken, der bald bettlägerig war. Das Wörtchen »gutartig« beschäftigte ihn: »Frieda will gutartig scheinen, darum belügt sie mich. Vielleicht war Lilli gutartiger, denn sie hat mir immer die Wahrheit gesagt.« Eines Abends – zu dieser Tageszeit war Xaver stets müde und am ärgsten von Schmerzen geplagt – fing Frieda an: »Mit deinen Jungen will ich nie mehr etwas zu tun haben. Es wäre gut, wenn du meinen Schwiegersohn als Erblasser einsetzen würdest. Er ist gut und gerecht – du kennst ihn ja! Auch mit den Gesetzen kennt er sich aus. Evi und Hansi bekämen ihren Anteil, ohne daß wieder die Fetzen fliegen müssen.« Nein, Xaver wollte keinen

Streit mehr – er war damit einverstanden. Im Spätherbst hatte sich Xavers Befinden sehr verschlechtert. Maier setzte sich an sein Bett. »Weißt du, wem ich heute begegnet bin? Deiner Schwiegertochter! Ich grüßte sie, und was tat sie? Sie spuckte mir vor die Füße! Sie hatte ein Kind auf den Rücken gebunden wie eine Zigeunerin.« Xaver gab einen Jammerlaut von sich. Dann redete Maier davon, daß er mit solchen Leuten auf keinen Fall etwas zu tun haben wolle, schon gar nicht als Erblasser. Xaver weinte. »Du wirst wieder gesund! Meine Schwiegermutter päppelt dich hoch!« Für später sehe er nur eine einzige anständige Lösung: Seine Kinder bekämen gleichermaßen ihr Erbteil ohne schandbare Händel, wenn er Frieda als Alleinerbin einsetzte. »Mit ihr kann man verhandeln! Ihr kannst du in allem vertrauen!« Maier bereitete das Testament vor, und Xaver schrieb es mit großer Mühe ab. Dabei hatte er das beglückende Gefühl, etwas Gutes zu tun. Maier hinterlegte die Schrift beim Notar, und Frieda tat, als wüßte sie von nichts. Sie hatte alle Hände voll damit zu tun, Xaver zu pflegen. Der Arzt und alle in ihrer Umgebung waren des Lobes voll, wie aufopfernd und liebevoll sie sich um ihn kümmerte. Seine Schmerzen wurden nun schlimmer; oft warf er das Bettzeug weg und lag blank. Sie deckte ihn zu und holte den Pfarrer. Manchmal mußte sie die Hand des Kranken führen, damit er das Kreuzzeichen machen konnte.

Die Schmerzen waren für Xaver wie Meereswellen. Er lag am Rand des Gewässers, um ihn war es steinig und still. Wenn eine Welle auf ihn zukam, hörte er sie nicht, fühlte aber, wie sie an seine Fußsohlen stieß, höher schwappte, Waden und Knie und den Unterleib erreichte, wo sie unerträgliche Schmerzen verursachte, dann zerrann, und dies immer und immer wieder. Jetzt kam eine besonders hohe Woge auf ihn zu. Er fürchtete sich vor ihr, denn er wußte, wie sehr sie ihm im Leib weh tun würde. Es war noch

schlimmer, als er erwartet hatte; seinen ganzen Körper über-
spülte sie. Als sie verebbte, sagte er: »Ich bin gerettet worden.« »Freilich! In den Schoß der Kirche«, sprach Frieda
munter. Bald kam aber die nächste, noch höhere Welle. Etwas
Schwarzes schwamm auf ihr, und wie sie ihn schmerzhaft
überschwappte, sah er den toten Amerikaner mit den offenen Augen vorbeischaukeln. Danach war er ohnmächtig.
Als er wieder zu sich kam, sagte er: »Ich habe mich gefreut,
wenn sie starben.« Maier stand wegen der Ohnmacht neben
Xavers Bett. »Das ist so im Krieg. Das kannst du vergessen.« Frieda durfte ihm eine Morphiumspritze geben.
Jetzt waren die Wellen sanfter. Nach jedem Schub dachte er
sich etwas: »Warum haben sie mich gerettet – ich wäre damals ohne Schmerzen untergegangen. Für wen bin ich
denn gerettet worden – für Lilli? Ich habe sie nur enttäuscht. Für die Mutter? Sie hatte bloß Kummer mit mir.
Für die Kinder? Besser wäre es, sie wären nicht auf die
Welt gekommen.« Zwischen den kleineren Schmerzwellen
konnte er sogar ein bißchen schlafen. Dann kam ein ent-
setzlicher Schwall auf ihn zu. Obenauf ritten Evi, Hansi
und Kati. Er erkannte sie genau. Mit dem Schaum kamen
sie über ihn. Es stach nicht nur im Leib, sondern auch in
Brust und Kopf. »Er muß große Schmerzen haben«, sagte
Frieda zur Nachbarin, die zu Besuch gekommen war. So
still der Kranke sonst war, bei dieser Welle hatte er laut
gestöhnt. Vor Erschöpfung lag er eine Weile wie tot, aber
dann kam schon die nächste Welle. Vor ihr hatte er sich
umsonst gefürchtet: Ihr Kamm war zwar wie giftig
schwarz und weiß gefleckt, aber als sie nahe war, waren es
lauter Bälle. Sie stoben auf ihn zu und trafen ihn, taten ihm
jedoch kein bißchen weh, als wären sie von Kindern ohne
Kraft geworfen worden. Zwischen den kleinen Bällen
waren große Fußbälle, mit denen er spielte. Mal mit dem
rechten, mal mit dem linken Fuß schlug er nach ihnen.

»Er will fortgehen«, sagte Friedas Tochter. Die Mutter hatte ihr zuvor angekündigt: »Heut stirbt er.« Darum stand sie mit dem größeren Mädchen am Bett. »Schau! Der Opa lacht!« »Vielleicht ist sterben schön«, meinte das Kind. Dann war nicht klar zu sehen, ob er schlief, ohnmächtig oder schon tot war. Es kam noch einmal Unruhe über Xaver. Wieder kam ein Wellenberg auf ihn zu, der ihn erschauern ließ. Ganz nah bei ihm blieb er wie eine Wand stehen – nichts schmerzte ihn. Er sah jetzt, daß er weiß war, blendend weiß. Er wußte: Es war Friedas Pflegeschürze und des Pfarrers Chorhemd. Er verstand nun, daß sie ihm die Letzte Ölung brachten. Frieda, ihre Tochter und das Mädchen beteten laut. Der Priester salbte seine Stirn, die Augen, den Mund, Ohren, Hände und Füße. In seinen Gebeten versprach er ihm die ewige Seligkeit. Eine Weile lang lag er danach in schöner Ruhe, mit dem Gefühl, nun gerettet zu sein. Bevor es ganz dunkel wurde – das war um diese Jahreszeit vier Uhr nachmittags –, starb Xaver.

Nach der Beerdigung ihres Vaters wollte Evi Onkel Kurt »alles« erzählen. Sicher hätte sie zornig und laut von den Streitereien berichtet. Schluchzend wäre dazwischen immer wieder die Klage zu hören gewesen: »Ich durfte nicht einmal den kranken und sterbenden Vater besuchen!« Die Gäste des Cafés hätten die Ohren gespitzt und die Köpfe gedreht. Es wäre dann lauthals weinend der klägliche Pflichtteil aus Abeles Erbe zur Sprache gekommen. Onkel Kurt wollte es nicht hören! Lieber wartete er mit seiner Frau vor dem zugigen Bahnhof, im Schneegestöber stehend, eine halbe Stunde lang auf den Zug nach der Heimat.

Der Kostgänger

Wenn die Großmutter die Zeitung weglegte, in der sie täglich las, was auf der Welt vor sich ging, dann sagte sie: »Unser Herrgott hat vielerlei Kostgänger.« Ihre Enkelin wollte wissen, was Kostgänger seien. »Eben solche Leute, die bei anderen zu essen bekommen.« Der Fragerin wollte das nicht genügen. »Bekommen sie das Essen kostenlos?« Darauf mußte die Großmutter lachen. »Warte nur, du wirst es im Leben noch genug erfahren, was Kostgänger sind.« Sonst hörte die Enkelin das Wort kaum mehr, es sei denn, die Großmutter erwähnte einmal wieder des Herrgotts Kostgänger.

Abgesehen von den Schülern der beiden ersten Jahrgänge durften die Schulkinder ins Kino. Dort spielte man »Das Lied der Bernadette«. Es war ein frommer Film, lehrreich und sehenswert, nach einem Roman von Franz Werfel. Manche Kinder hatten noch nie einen Film gesehen, denn das Fernsehen gab es noch nicht. Der Schulvorstand ging mit den Schülern der Oberklassen, fünftes bis achtes Schuljahr, die kleine Unterlehrerin begleitete die Schüler der Grundschule. Alle Kinder waren voller Erwartung, darum gingen sie brav, zwei und zwei, auf der rechten Straßenseite. Keines lief aus der Spur, denn es konnte doch vorkommen, daß ab und zu ein Auto vorbeifuhr. Es waren etwas über fünfzig Schüler, und der Weg zur Stadt war nicht allzu weit, nur eine Stunde Fußmarsch.

Im Kinosaal angekommen, sagte ein Herr, es war wohl der Besitzer des Vorführraumes: »Die Lehrkräfte bekommen unentgeltlich Logenplätze.« Die Unterlehrerin blieb bei der Schar, bis jedes Kind seine Zehner bezahlt und seinen Platz eingenommen hatte. Danach ging auch sie zum kostenlosen Logenplatz. Der Schulvorstand saß schon dort und rieb sich die Hände, indem er unentwegt seine Handflächen aneinander kreisen ließ, was der Kollegin widerlich vorkam. Seine Tochter saß neben ihm. Sie besuchte in der Stadt eine höhere Schule und hatte wohl wegen der Filmvorführung ein paar Schulstunden ausfallen lassen, gehörte also nicht zur Schülerschar. Sie war ein schönes Mädchen und hatte den Namen Elisabeth; alle Dorfkinder bewunderten sie. Wehe aber, wenn jemand es wagte, sie »Liesel« zu nennen! Dann wurde sie böse, und ihr Vater wies den Frevler zurecht. Jetzt aber sagte er, während er sich die Hände rieb, in einem fort, so lange, bis der Film endlich begann: »Liesel Loge! Liesele kostenlose Loge! Liesel Logenplatz!« Der kleinen Lehrerin gefiel der Film nicht. Das Geschehen war ganz anders, als sie es zuvor den Kindern erzählt hatte. Manches kam ihr sogar brutal vor. Dauernd mußte sie daran denken, was ihre Dritt- und Viertkläßler wohl davon verstanden und dabei empfanden. »Hätte ich mich doch zwischen sie gesetzt«, dachte sie immerzu. Nachdem der lange Film zu Ende war und sich die Kinder zum Heimweg aufgestellt hatten, teilte der Schulvorstand mit, er könne dank Elisabeth, die einen Fahrer habe, mitfahren. So mußte die Unterlehrerin die Schar allein heimführen. Bis zum Stadtrand ging es gut, zwei und zwei am Straßenrand. Doch dann griff Unordnung um sich. Es war eine Vormittagsvorstellung gewesen, nun war es bereits nach zwölf Uhr, und die Kinder hatten Hunger. Inzwischen war es schwülwarm geworden. Die großen Buben des Oberlehrers gebärdeten sich unflätig; die ungeheuerlichen Marienerscheinungen hatten sie anscheinend nicht erschüttert. »Die Bernadette war eine fanatische Kuh«, sagte einer von ihnen. Dann rissen die Kerle aus, denn sie wußten einen kürzeren Heimweg. Auch die großen Mädchen liefen auf Nebenwegen davon. Als die Lehrerin endlich mit den müden Kindern der Unterklassen und ein paar Braven der oberen Klassen wohlgeordnet vor dem Schulhaus ankam, war nicht einmal die Hälfte der Filmbesucher beisammen. Sie hatte ein sehr schlechtes Gewissen. Als sie aber zur Lehrerwohnung hinaufschaute, die sich über den Klassenzimmern befand, schwand das schlechte Gefühl. Sie wußte, daß er mit seiner Familie längst das Essen eingenommen hatte und nun sein Mittagsschläfchen machte, auf das er, wie er oft sagte, großen Wert legte. Sie und die restlichen Kinder schlichen erschöpft nach Hause. Gut zwei Jahre war die Lehrerin nun schon an dieser Schule angestellt. Kurz nach dem Kinobesuch bekam sie einen blauen Brief, der ihre Versetzung ankündigte. Sie erschrak und meinte, dies sei wegen der Verletzung der Aufsichtspflicht geschehen, doch nur wenig später dachte sie: »zum Glück«.

Die neue Lehrerin war jung, gerade vom Pädagogischen Institut und frisch vom Praktikum gekommen. Sie war groß und viel hübscher als die Vorige. Die Wirtsleute, bei denen auch sie ihr Zimmer hatte, ließen es deutlich merken, daß sie ihnen besser gefiel. Und erst Herr Trautwein! Große Menschen, sagte er alsbald zu ihr, leisteten mehr im Leben als die Kleinwüchsigen. Bei den Schülern beobachtete er stets, daß die Intelligenten groß und kräftig seien. Er selber war großgewachsen, ebenso seine Frau und Kinder. Er war ein hübscher Mann, der nie ohne Krawatte oder Fliege unterrichtete. Zuvor hatte die ohne ersichtlichen Grund versetzte Lehrerin täglich die Pausenaufsicht allein gemacht, während der Schulvorstand oben bei der Frau Kaffee trank. Erst kurz vor Pausenende kam er herunter, klatschte in die Hände und schrie: »Herein!« Aber nun spazierte er mit der schönen Kollegin, dem Fräulein Voß, im Pausenhof herum. Bald lud er sie ein, im Kirchenchor mitzusingen. Bei den Gesangsproben bemerkte sie, wie sehr der Schul- und Chorleiter verehrt wurde. Manche sangesfreudigen Frauen waren in ihn verliebt, und darum taten sie seiner Unterlehrerin schön.

Fräulein Voß war eine Städterin. Sie hatte sich ihren Dorfschuleinsatz zwar idyllisch vorgestellt, doch eine solche Harmonie übertraf ihre Erwartung. Schulhaus und Klassenzimmer waren hell und gepflegt. Die Kirche, vom schön geschmückten Friedhof umrahmt, war nah. Auf dem Turm, oben bei der Glocke, hausten Turmfalken. Es war schön, ihnen zuzusehen, wie sie abflogen und wieder kamen. Schwalben und Spatzen lärmten ums Schulhaus.

Die Dorfstraße war weiß und schien auch trocken zu sein, wenn es regnete. Die Leute eines nah bei der Schule gelegenen Bauernanwesens waren besonders freundlich zur jungen Lehrerin. So konnte es gar nicht anders sein – es mußte ihr hier gut gefallen! Und es konnte auch nicht anders sein – sie mußte sich in den Schulvorstand verlieben! Seine Frau sagte: »Bald blüht der Flieder. Das ist meine liebste Blüte.« Die Wirtsleute hatten viele Fliederbüsche ums Haus. Der Wirt sagte zur neuen Lehrerin: »Fräulein, Sie können so viele Blüten abschneiden, wie Sie wollen.« So brachte sie weiße, blaß- und dunkelviolette Buschen ins Schulhaus. Etliche davon welkten in den beiden Schulzimmern, die meisten aber oben bei der Lehrersfrau. Bevor die Blütezeit vorbei war, schenkte sie dem Chef einen besonders prächtigen weißen Strauß. Er lief, den Strauß in den Händen, die breite Treppe nach oben. Wenn er hochging, trällerte er oft ein Lied, das Fräulein Voß sehr gefiel, aber diesmal sang er es lauthals: »Für einen Fliederstrauß darfst du mich küssen…« usw. Jetzt schämte sie sich ein bißchen. Es war gut, daß der Flieder nun verblüht war. Trotzdem war der Frühsommer sehr schön. Der Pausenhof lag voller

Kirschsteine. Vollbeladene Heuwagen fuhren an den Schulfenstern vorbei, und der feine Duft des gemähten Grases drang in die Schulzimmer. Der Bäcker, dessen Laden nahe bei der Kirche stand, buk herrliche Beerenkuchen, und darum mußte Fräulein Voß nicht jeden Tag im Gasthaus essen, wo es keine Mahlzeit ohne Fleisch gab. Alle waren sie fröhlich: Herr Trautwein, die Unterlehrerin und die Schüler. Sie freuten sich auf die Sommerferien, die bald bevorstanden. Fräulein Voß hatte aber einen ganz besonderen Grund, sich zu freuen. Denn der einzige Wermutstropfen an ihrem ersten Anstellungsort war ein böser Schüler, einer von den Evakuierten, der hier, ohne Vater und Mutter, bei Verwandten hängengeblieben war. Er war ein kleines drahtiges, schwarzhaariges Bürschchen. Gewiß war er nicht dumm; rechnen konnte er besonders gut. Jeden Tag fiel ihm aber etwas Neues ein, um zu stören. Die gutmütigen Mitschüler boxte und schlug er ohne Grund. Die neue Lehrerin mochte er nicht, weder ihre Größe noch ihre Schönheit beeindruckten ihn. Einmal fragte er sie frech, ob sie überhaupt Abitur gemacht habe. Manchmal weinte das Fräulein sogar wegen seiner Boshaftigkeit. Die vorige Lehrerin hatte mit ihm keine Schwierigkeiten gehabt, denn sie hatte ihm das Gefühl gegeben, daß sie beide wohl nicht richtig zu den anderen gehörten. Das war also der Grund für die besondere Freude von Fräulein Voß: Nach den Sommerferien war sie diesen Schüler los, denn dann gehörte er zur Oberklasse, und der Schulvorstand würde leicht mit dem Störenfried fertig werden.

Nach den Sommerferien bemerkte Herr Trautwein bald, daß bei der jungen Lehrerin die Begeisterung und Liebe für seine Person nachgelassen hatten. Sie hatte besonders schöne Sommerferien erlebt! Nachdem drei Wochen des neuen Schuljahrs vergangen waren, brachte der Schulvorstand den Erzschlingel in ihre Klasse zurück. Seine Leistungen seien zu gering, er müsse in der Grundschule wiederholen. Nun machte der böse Bub, der auch vor dem Schulvorstand keinen Respekt zeigte, ihr das Leben erst recht schwer. Ihre Liebe zu Trautwein und zum Dorf war ganz und gar erloschen; nicht einmal den Turmfalken mochte sie mehr zuschauen. Glücklicherweise hatte sie einen einflußreichen Vater, der dem Schulamt einen Besuch abstattete. Nach den Herbstferien versetzte man sie an eine Stadtschule.

Die nächste Lehrerin war wieder klein und unscheinbar. Sie hatte keine wissenschaftliche, sondern eine eher praktische Ausbildung genossen. Des Lehrermangels wegen, der immer noch herrschte, bekam sie diese bevorzugte Stelle. Außerdem war sie in der Gemeinde beheimatet, lebte in ihrem Elternhaus und kam mit dem Fahrrad zur Schule. »Der Prophet ist nicht beliebt in seinem Vaterland«, waren die ersten Worte, die Herr Trautwein zu ihr sagte. Er merkte jedoch bald, wie eifrig und gutmütig sie war.

Als der Winter vor der Tür stand, wurde viel Holz ans Schulhaus geliefert. Der Schulleiter meinte, die Schüler der Oberklassen müßten Aufsätze und Diktate schreiben, bei den Unterkläßlern komme es dagegen auf nichts an. So trugen die Kleinen stundenlang Brennmaterial auf den Speicher des Schulhauses. Ihre Lehrerin lief mit dem größten Korb auf und ab, damit man bald wieder zum Rechnen und Lesen kommen konnte. Der schwierige Schüler war der bei weitem eifrigste Holzträger. Manchmal kontrollierte Trautwein, ob das Holz neben seiner Bühnentür auch richtig gestapelt war. Es fehlte noch an Anheizmaterial für die großen Öfen der Klassenzimmer! Im Herbst waren in den Wäldern Tannenzapfen gefallen, und es war eine Arbeit für die Grundschüler, sie einzusammeln. Wie beim Holztragen hatte die Lehrerin auch jetzt ihren Helfer. Unter seiner Aufsicht brachten die Kleinen

einen Riesenhaufen Tannzapfen zusammen. Sie hatte es verstanden, aus dem Zurückversetzten einen Vorgesetzten zu machen. Er half ihr, in der Klasse für Ruhe und Ordnung zu sorgen.

»Die Schule muß sich präsentieren«, meinte Herr Trautwein im Spätherbst. Er wollte zu Weihnachten eine öffentliche Feier mit Gesangsdarbietungen und einem Krippenspiel veranstalten. Der Text, den er der Lehrerin vorlegte, gefiel ihr, und sie fing alsbald an, mit den Schülern zu üben. Die Darsteller sollten ausschließlich aus den Oberklassen sein, doch sie setzte es durch, daß die Grundschüler zur Dekoration als Engelchen mitmachen durften. Außerdem erreichte sie, daß der Schlingel, der ja zu den Großen gehörte, eine richtige Rolle spielen durfte. Sie war erstaunt, mit welcher Freude er bei der Sache war.

Die ganze Adventszeit über hielt sie sich jeden freien Nachmittag im Handarbeitsraum der Schule auf, wo ein paar Nähmaschinen standen, und war damit beschäftigt, für Maria, die Könige und die Engel passende Kostüme zu nähen. Herr Trautwein trat herein, als die Engel gerade ihre Hemden anprobierten. Bald kam er erneut, diesmal in Begleitung seiner Tochter Elisabeth. Sie trug einen Stoffballen, den sie angeblich geschenkt bekommen hatte; es sei reine Seide. »Da Sie so gut schneidern können, ist es für Sie ein leichtes, für meine Tochter ein Kleid daraus zu machen.« Es war nicht leicht, denn es war Kunstseide, rutschig und faserig. Zudem kam es bei den Kostümen nicht so sehr drauf an, daß die Ärmel genau saßen, wie hier bei diesem Kleid. Für Elisabeths Kleid brauchte sie ganze vier zusätzliche Nachmittage. Wie das Fertigen der Krippenspielkleider fiel auch das Festkleid der Lehrerstochter in ihren Aufgabenbereich, ohne besonderen Lohn und Dank.

Am Stefanstag, dem zweiten Feiertag, war der Gasthaussaal mit Leuten gedrängt voll. Die Gesänge des Kirchenchors und des Männergesangvereins, dessen Leiter Herr Trautwein ebenfalls war, kamen natürlich gut an und wurden beklatscht. Nach dem Krippenspiel aber brauste der Beifall richtig auf. Die Schüler hatten es großartig gemacht, am allerbesten der Lausbub. Er hatte einen Soldaten des Herodes zu spielen, der die Drei Könige ausspionieren sollte, durch das Kind in der Krippe jedoch anderen Sinnes wurde. Die Lehrerin hatte für ihn als Kostüm einen Waffenrock der alten Wehrmacht aufgetrieben. Er reichte ihm zwar bis über die Waden, aber beim Anblick dieses Kleidungsstücks waren die Zuschauer seltsam angerührt. Vielleicht hatte die Uniform, in der sein Vater gefallen war, das Spiel des Buben zu besonderer Leidenschaft angespornt.

Der Lehrerin war der Erfolg wohl zu Kopf gestiegen! Als sie hinter den Kulissen fertig war, wollte sie sich an den ersten Tisch, zu Schulvorstand mit Frau und Tochter, Pfarrer und Bürgermeister, setzen. »Dann gehörten Sie ja zu den Honoratioren!« lachte Trautwein. Also ging sie nach hinten in den Saal, wo ihre Schwestern ihr Platz machten. Da hörte und sah sie, wie dem Schulleiter Lobeshymnen und seiner Frau Blumensträuße dargebracht wurden. Nun, in den kommenden Monaten konnte sie mit den Kindern wenigstens wieder lernen. Zwei Schüler der vierten Klasse schafften den Sprung in eine höhere Schule, der Sohn des Wirts leider nicht. Zur rechten Zeit bekam sie eine Anstellung, die ihrer Ausbildung entsprach.

Zur Dorfkirche gehörte noch ein zweites Schulhaus, das in einer anderen Gemeinde lag, doch der Pfarrer mußte auch dort Religionsunterricht erteilen. Es war eine Einklassenschule, keine vierzig Kinder stark, und ihr Lehrer hatte nichts mit Kirchenchor oder Gesangverein zu tun. Wenn er es mit Unterlehrerinnen zu tun gehabt hätte, wäre sicher alles korrekt und gesetzmäßig zugegangen, denn er war ein strenger Herr. So war er zwar wohlgeachtet, doch nicht umschwärmt oder gar geliebt wie der Schulleiter bei der Kirche. Die beiden pflegten eine kollegiale Freundschaft; ihre Söhne waren im gleichen Alter. Sie radelten jahrelang miteinander zur höheren Schule in die Stadt. Nach dem Abitur besuchten sie dasselbe Institut, denn beide wollten Lehrer wie ihre Väter werden. Der Weg dorthin war noch weiter, für den Sohn des Gestrengen fast zu weit. Darum kaufte ihm sein Vater ein leichtes Motorrad, das aber doch so schwer war, daß auf dem Rücksitz jemand mitfahren konnte. So machte er täglich einen Umweg, um Herrn Trautweins Sohn mitzunehmen. Nach vier Wochen kam sein Vater dahinter und wetterte fürchterlich: »Zwei so große Bengel auf der kleinen Maschine! Wenn du einen Unfall hast, mußt du für ihn einstehen! Du brauchst viel mehr Benzin!« Dann lachte er gehässig: »Als ob sein Vater einen Anteil bezahlen würde!« Er verbot dem Sohn die Gefälligkeit, ein für allemal. Trautweins Sohn bekam dann alsbald, dank der Kontakte seines Vaters zu den Sängern im Dorf, eine Fahrgelegenheit. Obwohl sich nahe bei der Kirche die Omnibushaltestelle befand, nahm einer den Lehrerssohn gerne in seinem Auto mit. Den Sänger überkam dann aber oft der Zorn, weil er auf den Jungen warten mußte, aber er fuhr ihn Tag für Tag. Das Problem war gelöst, doch Herr und Frau Trautwein waren wütend auf den Lehrerkollegen.

Der Pfarrherr war überraschend gestorben, und alle Pfarrkinder waren bestürzt und traurig. Der Gottesacker faßte die Trauernden kaum. Nach all den Gebeten und Lobreden begann eine Kindergruppe der anderen Schule ein Flötenspiel. Nur mit Blockflöten, doch exakt und zweistimmig erklang die Melodie »Wo findet die Seele die Heimat, die Ruh«. Weiter kam das Flötenspiel nicht, denn der Kirchenchorleiter erhob die Stimmgabel. »Näher mein Gott zu dir«, schmetterte es los, und der Gesang übertönte die

Flötentöne. Ein Kind nach dem andern nahm das Instrument vom Mund. Ihr Lehrer war totenbleich geworden. Der Vorfall war einige Zeitlang Tagesgespräch. Manche Leute lachten: Es sei gewesen, als ob zwei Gockelhähne miteinander stritten, welcher von ihnen lauter krähen könnte. Viele beteuerten dem Chorleiter, wie sehr sie sich über seinen Sieg auf dem Friedhof freuten. Die Feindschaft zwischen den beiden Kollegen hielt indessen lebenslang.

Nach jener Lehrerin, der man die Schuld daran gab, daß der Wirtssohn das Gymnasium nicht besuchen konnte, kam ein junger Lehrer an den Ort. Es waren nun genügend Lehrer ausgebildet worden, und Mangel an Lehrkräften bestand kaum mehr. Die Grundschüler waren vom Junglehrer hell begeistert, und die großen Mädchen waren neidisch, weil er nicht sie unterrichtete. Der Schulvorstand mußte dem Neuen erst einmal zuschauen. Eines Tages, als er aus dem Wohnzimmer auf den Pausenhof hinunterschaute, bemerkte er, daß der junge Lehrer während der Pausenaufsicht rauchte. Nun machte er sich nicht erst in letzter Minute auf, um die Freizeit abzuklatschen. »Für eine wird es noch reichen«, sagte er, und der Unterlehrer bot ihm eine Zigarette an. Nun beteiligte er sich, nachdem er einen Schluck Kaffee oben zu sich genommen hatte, an allen Pausenaufsichten, und sie rauchten aus des Unterlehrers Schachtel. Trautwein sagte zwar, er rauche nur selten, denn es schade seiner Stimme. Wenn er aber nach den Gesangsproben mit den Sängern im Gasthaus saß, fragte er: »Hat mir jemand eine Zigarette?« Man bot ihm dann nicht nur eine Zigarette, sondern des öfteren auch eine gute Zigarre an.

Einmal in der Woche machte eine Frau aus dem Dorf bei Oberlehrers einen ganzen Tag lang sauber. Sie beobachtete so manches, und einiges brachte sie unter die Leute. Die

Lehrersfrau dulde auf keinen Fall, daß ihr Mann in der Wohnung rauche, ja überhaupt nur einen Pfennig dafür ausgebe. Sie meinte, die arme Frau vom Dorf sei dumm, darum tat und sprach sie vor ihr, als wäre sie gar nicht da. Einmal suchte Elisabeth ein Buch und fragte ihre Mutter danach. » Wo wird es schon sein? Im Bücherschrank, wo es hingehört.« »Es gehört Helene, ich muß es ihr zurückgeben.« »Helene versteht doch nicht, was sie liest, sie braucht es nicht«, hieß es, und Elisabeth suchte vergeblich. Die Reinemachefrau bekam auch mit, wie die Frau des Lehrers ihrem Mann verbot, dem Sohn ein Motorrad zu kaufen. Sie schrie ihn an: »Du wirst wohl so viel Ansehen im Dorf haben, um einen unentgeltlichen Fahrer für ihn aufzutreiben!« Als Elisabeth einst der kleinen Lehrerin fürs Nähen des Festkleides eine Tafel Schokolade geben wollte, riß die Mutter sie ihr aus der Hand. »Die verdient sowieso mehr Geld, als ihr zusteht.« Und die Putzfrau hatte es damals auch gesehen und gehört, wie die Fliederliebhaberin über die vielen Sträuße lachte. Herr Trautweins Ehehälfte hatte schon immer höher hinausgewollt, wollte zumindest Rektorsfrau in einer Stadt sein. Es war gerade so, als ob sie den Mann dafür bestrafen zu müssen meinte, mehr noch: Er und alle Menschen seien es ihr schuldig, sie für das fehlende Ansehen zu entschädigen.

Der hübsche und fröhliche Unterlehrer war eine Weile in die schöne Tochter seines Chefs verliebt und unternahm mit Elisabeth bereits sonntägliche Wanderungen. Ihre Mutter verstand es aber, dazwischenzufahren. »Du wirst doch nicht das kümmerliche Leben einer Dorfschullehrersfrau führen wollen, wie ich es muß! Ich verbiete dir den Umgang mit ihm! Ein für allemal!« Nach den kurzen Ferien behauptete der Lehrer, er habe sich das Rauchen abgewöhnt. Nun kam der Schulvorstand wieder erst in der letzten Pausenminute, um mißmutig, mit bösem Blick, in die

Hände zu klatschen. Er hatte allen Grund, mißmutig zu sein, denn der junge Lehrer hatte inzwischen eine Musikkapelle auf die Beine gebracht. Er wunderte sich sehr, wie viele junge Leute auf dem Land musikalisch begabt waren und Instrumente beherrschten. Er spielte mit ihnen bei vielen Gelegenheiten auf, zum großen Ärger seines Schulvorstands. Den jungen Leuten gefiel aber die Musik wesentlich besser als der ewige Gesang vom »Trauten Elternhaus« oder vom »Tag des Herrn«. Nach über drei Jahren machte der Unterlehrer die Lehrprobe zu seiner zweiten Dienstprüfung an dieser Schule so gut, daß er in der Stadt eine Stelle bekam, und er war weiterhin so erfolgreich, daß Elisabeth es bereuen konnte, ihn nicht geheiratet zu haben.

Sein Nachfolger an der Schule war ein recht stiller, junger lediger Mann. Mit ihm gab es keinerlei Probleme, weder in bezug auf Zigaretten noch wegen rivalisierender Musikgruppen, auch nicht wegen der schönen Lehrerstochter. Er bestand lediglich darauf, unter Hinweis auf die Bestimmungen, daß man sich bei der Pausenaufsicht abwechseln müsse. Wenn er keine Aufsicht hatte, trank er seinen Kaffee im Klassenzimmer aus der Thermosflasche und las dazu die Tageszeitung. Der Schulvorstand wurde jede zweite Woche von seiner Frau bös angefaucht, weil er nicht mehr zum Kaffeetrinken nach oben kam. Die Dorfbewohner hatten diesen Lehrer eigentlich nicht beachtet, kaum gekannt. Doch von der vierten Klasse kamen jedes Jahr einige Schüler auf höhere Schulen, so auch ein jüngerer Sohn des Wirts.

Der Oberlehrer hatte im Gesangverein einen Sänger, der auffiel, nicht nur seiner schönen Baßstimme wegen, sondern weil er über alles Bescheid wußte, über Dichter, Liedermacher und Komponisten. Manchmal wußte er es sogar etwas besser als der Vorstand und verbesserte ihn vor allen Mitgliedern. In seinem Elternhaus hatte es der junge Bauer aber schwer. Er hatte sechs Schwestern, die teils älter, teils jünger als er waren und allesamt früher oder später eine Aussteuer brauchten. So rackerte und sparte man in diesem Hauswesen und gab keinen Pfennig unnötigerweise aus. Nach den Gesangsproben spielten meist einige Sänger mit Herrn Trautwein ein paar Runden Skat. Im Skatspiel war er ein Fuchs! Fast jedesmal gewann er mindestens so viel, um seine Zeche begleichen zu können. Der gescheite Bauer schaute einmal bei einer solchen Skatrunde zu. »Kannst du denn überhaupt Skatspielen?« fragte der Lehrer, der sich vorhin wieder einmal über dessen Besserwisserei geärgert hatte. Als dieser verneinte, bot sich der Vorstand an, zu ihm auf den Hof zu kommen, um ihm das Kartenspiel beizubringen. Es war eine Ehre, wenn der Lehrer ins Haus kam! Darum richteten die Schwestern ein prächtiges Vesper her. Der Herr langte kräftig zu, dann zog er die Spielkarten aus der Tasche und begann mit seiner Belehrung. Nach dem zweiten Spiel sagte er: »Schade, nur mit hohem Geldeinsatz macht die Sache Spaß.« »Nur so zum Spaß, zur Gaudi«, wiederholte er noch einige Male. Der Bauer leerte seinen Geldbeutel auf dem Tisch aus, und die Schwestern holten Geld aus ihrem Sparschatz. Sogar die alte Mutter steuerte Spielgeld bei. Herr Trautwein gewann natürlich alle Spiele, eins ums andere. Der Geldberg in seiner Armbeuge wuchs und wuchs, das Spielgeld auf der Tischmitte schrumpfte. Als nur noch ein paar Zehner dort lagen, rieb er sich auf bereits bekannte Weise die Hände, strich das Geld samt den Karten in seine Jackentasche und ging lachend, nicht grüßend davon. Der junge Bauer bekam einen roten Kopf, dann wurde er bleich. Die Mutter schimpfte dem Herrn nach: »Er gehört angezeigt!«, und die Mädchen weinten ihren Sparmärklein nach. Eine von ihnen konnte sich noch nach Jahren an dieses Vorkommnis erinnern. Jetzt lachte sie zwar, wenn sie davon erzählte, aber sie erwähnte auch, daß der Bruder danach nie mehr ins Schulhaus zum Singen gegangen sei, auch vom Skatspielen habe er nichts mehr wissen wollen.

Dank der Sparsamkeit der Lehrersfrau konnte die Familie Trautwein unter ihrer Leitung ein Haus am Stadtrand erwerben. Gerade zur rechten Zeit, zur Pensionierung des Schulvorstands, zogen sie in ihr neues Heim ein. Es hätte ihm im Dorf auch nicht mehr gefallen! Der Kirchenchor verlor an Bedeutung, denn die Kirchgänger wollten allesamt selber mitsingen. Die Schülerzahlen wuchsen ständig, denn viele Städter wollten lieber auf dem Land leben. Den Hang, der sich von der Stadt zum Dorf hinzog, bebaute man mit schönen Häuschen, mit Mietsklötzen und einem Hochhaus. Das traute Schulhaus konnte man gerade noch als Kindergarten nutzen. Die Bauersleute in der Nachbarschaft hatten fast ihren ganzen Besitz für das neue Schulhaus, einen riesigen Bau mit Hallenschwimmbad, verkauft. Bald hatte jeder Schuljahrgang seine eigene Lehrkraft. Zum Teil wohnten die Lehrer nicht einmal mehr im Dorf, sondern wurden mit dem Auto zum Unterricht gefahren. Der Lehrer, der einst für die geordnete Pausenaufsicht gesorgt hatte, war nun Rektor der dörflichen Riesenschule geworden. Trautweins Sohn hatte sich umsonst Hoffnungen auf diese Stelle gemacht. Seine Mutter schimpfte noch lange Zeit darüber, daß es für Beamte keine Erbfolge gab. So war der Sohn irgendwo, weit weg von der Heimat, angestellt. Elisabeth, die Lehrerin, fand gerade noch zur rechten Zeit einen Mann, bevor sie ein älteres Fräulein wurde.

Jahre später las eine der sechs Schwestern des unglücklichen Skatspielers in der Zeitung von einem schweren Unfall. An einer Kreuzung hatte ein Autofahrer die Vorfahrt des anderen Verkehrsteilnehmers nicht beachtet. Beim Zusammenprall wurde der Autobesitzer nur leicht verletzt, aber sein Beifahrer, ein fünfundsiebzigjähriger Mann, war auf der Stelle tot. Weiter hieß es, daß der Tote aus Gefälligkeit mitgenommen worden sei. Die Leserin hätte dieser Notiz, die man fast jeden Tag in der Zeitung findet, nicht weiter Beachtung geschenkt, doch als sie die letzte Seite aufschlug, fiel ihr Herr Trautweins Todesanzeige ins Auge. »Durch einen tragischen Unfall verloren wir…« war zu lesen. Der erste Gedanke der Schwester war: Es gibt doch noch eine Gerechtigkeit auf der Welt! Dann schämte sie sich des wüsten Gefühls und betete für den Toten. Ihre Großmutter fiel ihr ein, die nach dem Zeitungslesen immer von des Herrgotts vielen Kostgängern gesprochen hatte.

Hennenhans

Viele Jahre lang hatten die Bauern der Gegend alle auf dieselbe Weise gewirtschaftet: Viehhaltung mit geringfügigem Milchverkauf, einige fette Schweine im Jahr, etliche Säcke voller Weizen und Roggen, die vom Eigengebrauch übrig geblieben waren, ein paar Zentner Äpfel und Kirschen, frühe Kartoffeln und lange Gurken sicherten ihren meist großen Familien die Existenz. Als im neuen Jahrhundert die technische Entwicklung ihre Sprünge machte, gingen manche Bauern mit der Zeit und spezialisierten sich auf rentable Einnahmequellen. Weil die Menschen auf dem Land immer weniger genügsam wurden, versuchten die Bauern durch die Förderung eines bestimmten Betriebszweiges nach und nach zu mehr Geld zu kommen. Sie wollten Maschinen und Fahrzeuge kaufen.

Die Bäuerinnen blieben lange Zeit im alten, armseligen Zustand. Ihnen stand fast nur zu, was sie selbst auf dem Markt verkauften: Eier und hie und da ein wenig Butter. Eine Bauersfrau aber strengte sich besonders an, denn sie hatte eine Schar Kinder, darunter heranwachsende hoffärtige Töchter. So verlegte sie sich aufs Modellieren von Butter im Holzmodel, in das Butterblumen eingeschnitzt waren, und bot die appetitlichen Butterpäckchen zum Verkauf an. Ihre Mädchen hieß sie das Brot ohne Butter essen. Zum Namens- und Geburtstag bekamen ihre Kinder gerade nur ein einziges Spiegelei, zu Ostern lagen für jedes Kind zwei bunte Eier im Nest.

Sie hatte zwei Deckelkörbe voller Eier, sorgfältig zwischen die Spreu gelegt, vorn und hinten auf den Fahrradständern befestigt, wenn sie samstags zum Markt radelte. Dort hatte sie längst ihre Stammkundinnen, die wußten, daß ihre Butter fein und die Eier frisch waren. Sie hätte jedesmal sogar die doppelte Anzahl Eier verkaufen können. Von Jahr zu Jahr vergrößerte sie darum ihre Hühnerschar und legte jeder gluckenden Henne im Frühjahr so viele Eier unters Gefieder, wie es nur möglich war. Die Brüterinnen betreute sie liebevoll, und wenn sie sah, daß einer Henne die dreiwöchige Brutzeit zu lange wurde und sie zweimal des Tages vom Nest weglief, deckte sie ein Kornsieb über sie. Zusammen mit den Hühnermüttern päppelte sie die Küken auf. Sobald ein bißchen Fleisch an ihnen war, aßen sie die Göckelchen auf. Die alten, unnötigen Fresserinnen ereilte im Herbst dasselbe Schicksal. Gleich nach Kälte und Schnee, noch im Februar, hatte die Bäuerin von den jungen Hennen die Nester voller Eier.

Es war eine herrliche Hühnerschar, um die dreißig Stück. Gelblich-weiße waren darunter, graugesprenkelte, hell- und dunkelbraune, schwarzweiß gescheckte und völlig schwarze. Sie sangen, gackerten und scharrten vor und hinter dem Haus, hielten sich auf dem Misthaufen auf, in den Schuppen und unter Vordächern. Wenn die Beeren reiften, spazierten sie unter den Büschen. Hatte man im Gemüsegarten gesät und gepflanzt, flatterten sie über den Zaun und probierten, ob ihnen ein Sämchen oder zartes Pflänzchen schmecke. Wegen der Schäden, die die Hühner anrichteten, wurden die Mädchen bös gescholten. Manchmal kam es auch vor, daß jemand die Küchentür offenstehen ließ. Dann drang eine Schar Hühner hinein, denn sie wußten um die Köstlichkeiten, die hier zu finden waren. Sie flatterten auf den Küchentisch und pickten in die Butter. Kuchenreste waren nach ihrem Besuch keine mehr übrig. Sie setzten sich auch gerne auf den Rand der Schweinekübel, um nach etwas Schmackhaftem Ausschau zu halten. Wenn der Kübel leer und die Henne schwer war, fiel er um und rasselte über den Steinboden. Höllenlärm und Geschrei! Wer hat denn wieder die Tür nicht zugemacht? War Regen in Aussicht, ging die Schar zur Wiese hinunter, um Gras zu fressen. Wenn im Acker nebendran der Weizen fast reif war, begaben sie sich dorthin, um nach den vollen Ähren hochzuhüpfen. Dann wurde der Mann der Bäuerin böse: »Als ob das Ziefer nicht genug Weizen auffrißt! Er sollte besser an die Ferkel verfüttert werden, weil das wesentlich mehr einbringt!« Und weil er gerade am Schimpfen war, fluchte er auch noch kräftig auf den vielen Hennendreck ums Haus.

Mutters ältestes Kind, ein Sohn, wie es sich gehörte, sagte zu ihr: »Jetzt brauchst du bald zwei Gockelhähne.« Darauf lachte sie, denn sie wußte, daß der einzige Hahn seiner Aufgabe gewachsen war. Kaum einmal war ein Brutei »lutter«, unbefruchtet. Es war ein prächtiger Hahn, mit buntschillerndem Sichelschwanz, glänzend langer Halskrause, hochrotem Kamm und Schnabellappen. Wenn sich Nachbars Gockel näherte, war er ein mutiger Kämpfer. Um seine dreißig Frauen machte er zierliche Kratzfüße, und sie duckten sich gerne vor ihm.

Drei der vier Töchter hatten ihrer roten Backen wegen bald ihre Schätze und redeten deshalb viel von Brautschleiern und Bettüchern. Der große Sohn und der Vater erschraken fürchterlich: Was wird da auf sie zukommen! Mutters Eiergeld würde niemals ausreichen! Darum beschloß der Große, eine ganz andere Hühnerhaltung einzuführen. Aber nicht im alten, viel zu kleinen Stall! Er befand sich im Stadel, direkt beim Kuhstall, was der Bäuerin gefiel. Darin hätten es die Hennen warm und könnten auch im Winter legen. In den Hühnerstall kam man durch eine mickerige Tür, während die Hühner über die Leiter hoch zum Schlupfloch gelangten. Der große Sohn fing also an, hinten im Obstgarten ein Hühnerhaus zu bauen. Der Zimmermann half ihm abends. Seitenwände und Rückwand bestanden aus Brettern, die lange Vorderwand dagegen aus Glas. Pappe bedeckte das flache Dach. Im Innern hatte man Reihen von Legenestern, Sitzstangen, Freßtrögen und Tränken angebracht. Das Prachtgebäude war zum Herbst hin fertig; der Hahn mit seiner Schar sollte nun darin wohnen.

Das Pack weigerte sich! Struppig saß es bei und auf der Hühnertreppe. Der Hahn krähte zornig, denn das Schlupfloch war verschlossen, und es fing schon an zu dunkeln. Sonst löste die Mutter den Strick für die Falle erst, wenn es fast Nacht war, um auch die letzte Trödlerin vor Fuchs und Marder zu schützen. Man scheuchte die Gesellschaft hinüber zum neuen Stall. Schließlich ging der Gockel mit ein paar Getreuen hinein, während der größte Teil es vorzog, auf Bäumen zu übernachten. Am nächsten Morgen öffnete die Bäuerin das Schlupfloch wieder, und alle, auch der Hahn mit seinen Lieblingen, gingen zur nächsten Nacht zurück ins alte Nest. Und dort durften sie bleiben.

Der große Sohn ärgerte sich zwar darüber, doch er hatte sowieso anderes im Sinn. Im neuen Stall war ein Räumchen abgeteilt. Elektrische Lampen hingen an Wänden und von der Decke, Säcke voller Kükenfutter standen bereit. Von einem Kloster auf der Alb hatte der Große Eintagsküken bestellt, die per Frachtpost ankamen: zweihundert piepsende weißgelbe Büschelchen in durchlöcherten Schachteln. Sie wurden gewärmt, fraßen das stinkende Futter und tranken gehorsam aus den komischen Tränken. Die allermeisten überlebten und wuchsen rasch heran. Der Sohn fand Abnehmer für die Hähnchen, die sie beim besten Willen nicht alle aufessen konnten. Schon nach Weihnachten gab es so viele Eier, daß die Bäuerin sie niemals alle zum Markt hätte bringen können. Ein Hotelbursche holte zweimal in der Woche Eier, auch in einem Lebensmittelgeschäft war man an ihnen interessiert. Eine Tante des Sohnes, die seit jeher die Eier bei ihnen kaufte, wollte von diesen neumodischen Eiern nichts wissen – ihre Dotter seien nicht gelb und stänken nach Fisch. Aber auf die paar Eier, die die Tante brauchte, kam es dem geschäftstüchtigen Sohn nicht an. Es gab jetzt ein ganz anderes Eiergeld! Die Mutter war stolz und froh, nicht mehr zum Markt radeln zu müssen. Und die Zuversicht der drei rotbackigen Töchter wuchs.

Über hundert Hennen hatten sie jetzt ums Haus. »Weiße Leghörner«, erklärte der Hühnerhalter. Was sie allerdings zerfraßen und verschmutzten, war ganz übel. Der Obstgarten mußte eingezäunt werden. Er war bald abgegrast und kahl wie ein Acker im Winter. Das vierte, jüngste der Mädchen, das blonder und bleicher war als ihre Schwestern und darum wohl noch keinen Freund hatte, warf den Hühnern mitleidig Graswische über den hohen Zaun. Mit dem kleinen Bruder zusammen steckte sie Salatblätter durchs Gitter. Gierig gingen die Hühner darauf los. Trotzdem legten sie fleißig, ohne einen Hahn, ihre Eier.

Im fünften Frühjahr nach der erfolgreichen Umstellung kam wie jedesmal die Sendung mit Eintagsküken aus dem Kloster, lauter muntere Tierchen. In der Nacht danach, die empfindlich kalt war, fiel jedoch der Strom und damit alle Wärmelampen aus. Am andern Morgen waren die Küken eine scheußliche tote Masse. Obwohl der kleine Sohn schon zehn Jahre alt war, fing er heftig und lauthals an zu weinen. »So etwas kommt vor«, sagte sein großer Bruder, »wir bestellen neue.«

Er, den die Toten so sehr erschütterten, war viel jünger als seine Geschwister. Damals hatte die Mutter gemeint, fünfe seien genug, es kam aber nach Jahren noch ein Büblein, blond und zart, von Anfang an ein bißchen kränklich. Es war der Liebling aller, besonders seiner jüngsten Schwester Hiltrud. Sie war acht Jahre älter als er und wußte, daß der Kleine umsorgt werden mußte. Vielleicht nahm sie die Suche nach einem Schatz auch darum nicht so wichtig wie ihre Schwestern. Weil der Bub in der Schule leicht lernte, hoffte man, in der Familie einmal einen Studierten zu haben. Seiner schwachen Gesundheit wegen schwand aber von Jahr zu Jahr die Aussicht, ihm den langen Weg und die Strapazen zum Besuch einer weiterführenden Schule zumuten zu können. Viele Tage mußte er einfach in der Sonne sitzen. Alle, auch Hiltrud, hatten ihre Arbeit, und so blieben ihm die Hühner, die buntscheckigen vom alten Stall, oft die einzige Gesellschaft. Wegen dem Buben, der Hans hieß, durften sie dort weiterhausen. Weil kein Hahn mehr da war und es keinen Nachwuchs gab, war ihre Zahl rasch geschrumpft. Die Jahre des Federviehs sind gezählt! Schließlich trieben sich, weit über ihre Zeit hinaus, nur noch drei Hennen ums Haus herum. Sie erkannten Hans. Wenn sein Schatten über sie fiel, duckten sie sich, als wäre er der Hahn. Er konnte sie aufheben und streicheln. Nur noch selten lag ein Ei von ihnen im dunklen Nest. Wenn dies der Fall war, gackerten alle drei Damen, und so wußte man nicht, welche das Wunder vollbracht hatte.

Trotz der Tränen hatte Hans gesehen, wie sich zwischen den vielen Leichen ein Hühnchen noch bewegte. Sacht nahm er es in die Hände und rannte damit in die Küche. Mutters Backröhre war noch warm! Alle paar Minuten schaute er nach, wie es stehe, und auf einmal saß ein munteres Vögelchen darin. Auf dem Küchentisch pickte es Brotkrümchen und trank Wasser. Es setzte wässrigweiße Kleckse, Spuren seiner ersten Nahrung, dem Ei, aus dem es vor drei Tagen geschlüpft war. Hans hüpfte vor Freude. »Wegen dem einzigen Vieh mache ich die Wärmelampen nicht an«, brummte der Bruder. Aber Hans wußte, warum er jubelte: Schon seit Tagen war die graugescheckte Henne brütig. Ihre beiden Schwestern schauten sie fassungslos an, wenn sie unter ständigem »Gluck« ums Hühnerwasser lief, und gackerten verächtlich, als sie alsbald die Hühnerleiter hinaufrannte. Drinnen setzte sie sich plustrig aufs Nestei. Es war aus Gips und recht schmutzig. Verstohlen tauschte Hans das Gipsei gegen das Küken aus, und allem Anschein nach hatte die Brüterin nichts bemerkt. Bald kam sie, wie verrückt gluckend, aus dem Schlupfloch, das Kind im Gefolge. Auf dem Treppchen drehte sie sich im Kreis, rannte vor und zurück, als hätte sie die größten Ängste auszustehen, ob der Winzling auch heil herunterkomme. Die beiden anderen Hennen kamen herbeigelaufen. Aber niemand und nichts durfte mehr in ihre Nähe kommen! Wütend verteidigte sie das Flaumbüschelchen vor der weit entfernt vorbeischleichenden Katze, vor der näher hüpfenden Amsel, auch vor dem lachend zusehenden Hans. Erst nach Wochen durften die Braune und die Schwarze näher kommen. Sie halfen ihr nämlich, das stets hungrige Hühnchen zu füttern. Dabei gaben sie natürlich nur Leckerbissen, feine Würmchen und aufgedunsene Sämlinge. Und viele Male am Tag lockte die Graue das Kleine unters wärmende Gefieder. Kein Wunder, daß es rasch gedieh! Aus dem Flaum wurden Federn, und Hans stellte fest, daß es ein weibliches Tierchen war. Je weiter der Sommer fortschritt, desto mehr mußte er die Alte bedauern. Das Junge verschmähte bei Tag die warme Enge unter ihren Flügeln, auch die guten Bissen wollte es jetzt selber finden. Als es anfing, auch der Schwarzen und der Braunen nachzulaufen, verlor die Graue den Glucktrieb. Im Altweibersommer saß sie eines Morgens tot im Nest. Hansens Mutter meinte, sie sei an Altersschwäche gestorben, doch er sagte: »An gebrochenem Herzen«, wofür er bös verspottet wurde. Die beiden anderen Hennen gingen im Verlauf des Winters ein.

Jetzt hauste nur noch das junge Huhn im alten Stall. Aber was für eines! Aus dem Küken war eine besonders große, starke, schöne, schneeweiße Henne geworden. Jeden Tag lag ein Ei von ihr im Nest. Wie die verblichenen Hühner duckte sie sich, wenn Hans in ihre Nähe kam, und wollte gestreichelt werden. Sie lief ihm nach, auch ins Haus. Hiltrud war wachsam: Wenn die Weiße etwas fallen ließ, räumte sie es geschwind weg.

Der große Bruder schimpfte: »Für ein einziges Huhn einen Hühnerstall!« Er wolle ihn abbrechen und für die Kälber dort eine Box herrichten. Zwei seiner Schwestern waren inzwischen im Brautschleier, dank des Eiergeldes, zufriedengestellt worden. Es seien aber noch zwei da, bruttelte er. Hiltrud wollte zwar noch nicht an Bettwäsche denken, aber die andere wollte hoch hinaus, das heißt auf ein reiches Anwesen heiraten. Da könne man sich nicht lumpen lassen! Die Viehwirtschaft bringe viel mehr ein als das Federvieh, und darum wollte der große Bruder im Kuhstall keinen Hennenstall mehr haben.

Hans drückte die Weiße verzweifelt an sich. Die Mutter riet ihm: »Bring sie halt zu den andern. Du kannst sie zwischen den vielen Hühnern sicher leicht erkennen«, und Hiltrud meinte, es müsse ihr doch ohne jede Genossin schrecklich langweilig sein. So trug er die Weiße hinter den Zaun, vors große Hühnerhaus, an den Freßtrog. Sie kam aber nicht dazu, ein Körnchen zu picken, denn eine Hennenschar fuhr auf sie los, mit Geflatter, Gegacker, Geschrei – Hans sah, daß sie das fremde Huhn tothacken wollten. Entsetzt griff er in den tobenden Federhaufen und achtete keiner Kratzer, um seinen Liebling zu befreien. Es gelang ihm nicht. Plötzlich erhob sich die Große über den

Knäuel. Sie stieß eine Art jubelnden Schrei aus und flog mit kräftigen Flügelschlägen über den hohen Zaun. Noch nie war einer Henne dies gelungen! Hansens Jubelschrei klang wie damals, als das Küken dem kalten Tod entronnen war. Draußen saß sie geduckt und wartete auf ihren Herrn. Er nahm sie auf den Arm und spürte ihr Hühnerherzchen klopfen. »Du kannst wunderbar fliegen«, sagte er zu ihr.

Nach diesem Vorfall erbarmte sich der Vater seines kleinen Sohnes. Innerhalb des Schlupflochs, hoch über der Kälberbox, hatte er ein Ställchen aufgehängt, das wie ein kleiner Kasten aussah. Wenn Hans Eier von der Weißen holen oder misten wollte, mußte er eine Leiter aufstellen. Seinem Huhn gefiel es so.

Die Freundschaft zwischen Hans und Henne wurde inniger. Vor allem wollte er sie fliegen sehen, und er bemerkte, wie begierig auch sie danach war. Hans kletterte mit ihr auf Bäume. Das konnte er gut, denn er war nicht schwer. »Wie ein Eichkätzchen«, lachte Hiltrud, wenn sie ihm zusah, wie er, die Henne in den linken Arm geklemmt, auf die hohen Birnbäume stieg. »Auf!« rief er und warf sie noch höher. Bei den ersten Flügelschlägen gab sie einen fröhlichen Laut von sich. Dann flog sie los, aber nicht wie die anderen Hühner, die ein Geschrei aufführen, wenn sie ein bißchen fliegen müssen; sie können es nämlich nur schlecht. Hansens Henne flatterte auch nicht, sondern sie schwebte über die Bäume, Zäune und Schuppen hinweg, um im Gemüsegarten oder auf der Straße zu landen. Er beobachtete, daß sie nur geradeaus schwebte, mit den großen Flügeln also nicht steuern konnte. Nach jedem Flug saß sie geduckt am Landeplatz und wartete, bis Hans kam, um sie aufzuheben.

Weil beide täglich geschickter wurden – Hans im Bäumesteigen, die Henne im Gleitflug –, gerieten die Flüge immer weiter. Die Weiße kam öfters in Nachbars Garten, dann sogar erst vor seiner Haustreppe, auf die Erde. Viktoria, das Töchterchen, kam dann heraus, klatschte in die Hände und streichelte das Huhn. Sie war das einzige Kind in diesem Haus, behütet wie keines im Dorf, die Besitzer reich und vornehm – daher der großartige Name des Kindes. Viktoria war ein schwarzhaariges reizendes Mädchen, im selben Alter wie Hans. Zunächst sah ihre Mutter es gerne, als sie hinüberging und Hans die Hausaufgaben brachte, wenn er wieder und wieder nicht zur Schule konnte. Sie machten die Hausaufgaben miteinander, spielten auch und lachten zusammen über die Hennen. Die noble Frau hoffte, daß der gescheite Junge ihre Tochter auf dem weiten Weg zur Oberschule begleiten würde. Inzwischen hatte es sich herausgestellt, daß Hans solchen Strapazen nicht gewachsen war. »Vielleicht in zwei Jahren«, hatte der Arzt gemeint. So mußte der Bub in der Dorfschule bleiben, während für Viktoria ein anderer Schulkamerad gefunden wurde. Darum sah es ihre Mutter nicht mehr gerne, wenn Hans ans Haus kam und die Tochter sich sogar darüber freute. Nun, mit der Henne im Arm, sagte er: »Komm doch wieder einmal herüber! Ich möchte gerne sehen, welche Schulbücher du jetzt hast.« Da wurde Viktoria aber barsch ins Haus gerufen. »Ich verbiete dir, hinüberzugehen!« lärmte die Frau drinnen. Hans verstand ihre Worte, denn sie hatte die Tür absichtlich offenstehen lassen. »Er wird's nie zu etwas bringen, dieser Hennenhans!« Die vornehme Frau war es, die den Namen für den Buben aufbrachte. Bald nannten ihn alle Leute im Dorf und in der näheren Umgebung so.

Hiltrud, die seit jeher um des kleinen Bruders Wohlergehen besorgt war, sah, daß er zu dieser Zeit traurig war. Sie beobachtete auch, wie er die hohen Bäume mied und wie ängstlich er den Flug der Henne verfolgte, ob sie ja nicht in die falsche Richtung oder gar zu weit schwebte. Nach einiger Zeit stellte die Schwester jedoch fest, daß Hans erneut Freude am Hennenflug hatte. Die Weiße startete nun oben vom Giebel des Stadels, dicht unterm Dach, aus der Luke, wo die Heuzange ein- und ausfuhr. Das elterliche Anwesen stand auf einer kleinen Anhöhe, so daß es von dort oben weit in die Wiese hinunterging, ohne Hindernisse für die Henne. Hiltrud rühmte ihren Flug voller Begeisterung. Drinnen im Stadel verlief dicht unterm Dachfirst ein Brett, von dem aus man der Heuzange im Falle technischen Versagens weiterhelfen konnte. Wenn die Frucht- und Heustöcke voll waren, gingen die Kinder gern zu diesem Brett, denn von dort konnten sie hinunterspringen, zwei und vier Meter ins Weiche. Wenn aber der Weizen gedroschen, das Stroh verstreut und das Heu verfüttert war, gähnten unter ihm Abgründe. Hans war jedoch schwindelfrei. Er stieg mit der Weißen die Leitern hoch und warf sie zum Loch hinaus. Ihr Jubelschrei war laut und der Flug weit. Oft ließ er sie zwei- oder dreimal am Tag in die Wiese hinunterschweben. Nur wenn es regnete, gackerte sie Hans vergeblich an. Ihre Flügel seien dann zu schwer, meinte er. Auch wenn auf der Wiese Schnee lag, mußte sie umsonst betteln. Hans fürchtete, die Weiße im Schnee nicht gleich finden zu können.

Er war aus der Schule gekommen, also fünfzehn Jahre alt, und hatte das beste Zeugnis. Wieder drängte Hans darauf, in der Stadt eine Schule besuchen zu dürfen. Die Mutter rang die Hände. Nachts schlafe er schlecht, sei fiebrig und huste. »Und dann bei Wind und Wetter in aller Frühe wegradeln!« Hiltrud lief mit verweinten Augen durchs Haus. Der Arzt sprach schließlich ein Machtwort. In zwei Jahren, spätestens mit achtzehn, sei Hans ein gesunder und starker Mann – Zeit genug, um einen Beruf zu erlernen. Er solle nur oft an der frischen Luft und der Sonne sein sowie viele Butterbrote essen.

»Man heißt dich Hennenhans«, herrschte sein Bruder ihn an. Mit dem Handrücken wischte sich Hans die Augen. »Ich wäre lieber ein Eisenhans.« »Weil du aber nur ein Hühnerhans bist, kannst du dich jetzt um ihre Haltung kümmern. Es ist keine schwere Arbeit.« Er sei des Gegackers überdrüssig und versorge lieber die Kühe, brummte der Große. Hans übernahm seine Aufgabe mit Freude. Er kaufte ein Buch, in dem alles Wichtige zur richtigen Hühnerhaltung beschrieben war. Sie brauchten Grünzeug! Also zäunte er in Abständen Teile des Gartens ein, um Grassamen zu säen, und bald konnten die Hennen hier und dort grasen. Die rentable Legeleistung eines Huhnes dauert nur drei Jahre! In der Riesenschar wußte man aber nicht, ob ein Tier zwei oder fünf Jahre alt war. Mit Flügelmarken, gelb, rot und blau, die an den weißen Federn hübsch aussahen, war der Jahrgang gekennzeichnet. Außerdem hatte jede Henne ihre eigene Nummer, und Hans registrierte jedes von ihr gelegte Ei, denn die Henne war im Legenest gefangen, bis er mit der Liste kam. Schon im zweiten Jahr seines Wirkens hatte er nur noch gute Legerinnen in der Schar. Die Mutter und Hiltrud waren stolz und froh, daß Hans, den alle Welt für untauglich hielt, die Sache besser machte als sein tüchtiger Bruder. Doch die Arbeit war oft mühsam, und abends war Hans müde. Der Hotelbursche, der die meisten Eier abholte, lachte manchmal: »Der Hühnerprofessor kann nicht zählen – es waren letztes Mal zehn zuviel dabei.« Ein andermal maulte er: »Es waren zehn zu wenig.« »Dann hat sich's ja ausgeglichen«, meinte Hans, bat aber Hiltrud, ihm beim abendlichen Eierzählen zu helfen. In der Schar waren viele Hennen, die Hans erkannten und sich vor ihm duckten. Außerhalb des Zauns spazierte die Weiße und wartete auf ihn. Er fand Zeit, mit ihr zum Startloch zu steigen. Im dunklen Nest fand er ihr letztes Ei. Es war klein, wie das Ei einer Taube. Als er es aufschlug, hatte es keinen

Dotter, nur Eiweiß. »Wirtschaftlich gesehen höchste Zeit, die Alte auszumerzen«, spottete der große Bruder.

Im Herbst fand die Hochzeit der dritten Tochter statt. Drei Paare waren bei diesem Fest sehr glücklich: Die Braut mit ihrem Bräutigam, weil sie dank Hansens vorzüglicher Hühnerhaltung genügend Aussteuer hatte. Hiltrud, die den jungen Lehrer liebte, der nur mit ihr tanzte, war's nicht minder. Als sie Hans beobachteten, stellte der Mann fest, daß er gut und gesund aussah, und sie freute sich, wie fröhlich er war. Hans hatte allen Grund, guter Laune zu sein, denn er saß neben Viktoria, die ohne ihre Eltern zur Hochzeit der Nachbarin gekommen war. Sie hatten sich während der letzten Jahre kaum gesehen: Hans ging vom Haus nach hinten zu den Hühnern, Viktoria verließ das Haus vorne, wenn sie in die Schule ging. Da sie evangelisch war, sahen sie sich auch nicht beim Kirchgang. Jetzt lachten und tanzten sie miteinander. Viktoria freute sich, weil Hans so hübsch geworden war. Er war groß, schlank war er sowieso und hatte rote Wangen wie seine Schwester, die Braut. »Deiner weißen Henne sehe ich oft zu, wenn sie über die Wiese fliegt«, sagte Viktoria zu ihm.

Bald nach der Hochzeit erkältete sich Hans und wurde wieder krank; mit Fieber mußte er im Bett bleiben. Hiltrud sagte es niemandem – er hustete Blut.

Nun sollte der große Sohn die ganze Hühnerarbeit machen, er hatte aber keine Lust dazu. Es war nicht nur die fehlende Lust, warum er nicht wollte. Es sei an der Zeit, polterte er, endlich an sich selber zu denken; spätestens im kommenden Sommer wolle er heiraten. Nun, dagegen war nichts einzuwenden. Seine Auserwählte, ein eher verwöhntes Mädchen, stellte Bedingungen. Die Hühner müßten weg! Federvieh könne sie nicht ausstehen! Wenn sie auf ein Anwesen heirate, wo Schwiegereltern, eine Ledige und ein kranker Schwager seien, könne man ihr

nicht auch noch hundert Hennen im Obstgarten und eine
weitere auf der Haustreppe zumuten. Hans hörte im Bett
des Bruders Lärmen. Sein Krankenzimmer war der Pflege
wegen zwischen der Küche und der Stube untergebracht.
Er drehte sich oft, immer wieder, von einer Seite auf die
andere.

Beim Großen war man es gewohnt, daß er seine Ent-
schlüsse rasch in die Tat umsetzte. Bauersleute kamen, um
die bis zu zweijährigen Hühner zu kaufen. Jedesmal gab es
ein unmäßiges Geflatter und Gegacker im Hühnerstall, bis
vier oder zehn Tiere erwischt waren. Hans hörte im Bett
alles mit. Dann kamen die älteren Hennen dran. Ein Geflügelhändler, der Suppenhühner verkaufte, hatte Interesse
geäußert. Als sie eingefangen werden sollten, war der Lärm
vom Hühnerhaus her ganz unerträglich. Die Tiere flogen
gegen die Glasfenster, und einige zerbarsten. Hiltrud verließ das Haus, um Besorgungen zu machen, und Hans hielt
es im Bett nicht mehr aus. Trotz seines Fiebers zog er sich
an und schickte seinen Bruder und den Geflügelhändler
aus dem Stall. Vor ihm duckten sich die Hennen; er konnte
sie auflesen wie Kartoffeln. Als alle im Lieferwagen ver-
staut waren, wickelten Händler und Bruder das Geschäft
ab, und Hans hörte vom Bett aus, wie wohlfeil seine Lieblinge waren. Seine Weiße saß, wie meist, auf der Haustrep-
pe. Der Bruder packte sie. »Die Alte können Sie dreinhaben!« Doch der Mann machte eine ungeschickte Bewegung, als er sie greifen wollte, und sie flatterte weg. Aus
dem Kloster kam vom Hühnerpater eine Eilnachricht: Sie
hätten versäumt, die Küken zu bestellen! Hiltrud schrieb
zurück, sie benötigten keine Küken mehr. Eier, die sie zum
Kochen brauchten, kauften sie jetzt. Der Große riß den
Hühnerstall samt dem Zaun ab, und weil es gerade aufs
Frühjahr zuging, pflanzte er Hunderte von Zwetschgen-
bäumchen im Hennengarten. Der aus diesen Früchten

gewonnene Schnaps bringe weit mehr ein als die Produkte der Gackernden, prahlte er.

Hans schlief in diesen Wochen viel. »Er schläft sich gesund«, sagte die Mutter, und Hiltrud wischte sich die Tränen aus den Augen, denn sie wußte, daß es nicht stimmte. Abends machte sie das Schlupfloch für die Weiße zu, öffnete es morgens wieder und gab ihr das Futter. »Sie sitzt auf der Haustreppe«, berichtete sie Hans, und jedesmal lachte er, weil sie nach wie vor aufs Fliegen wartete. Manchmal versuchte Hiltrud, das Huhn ins Zimmer zu locken. Es gehorchte aber nicht – Krankenbesuche waren in seinem Gehirnchen nicht vorgesehen. Im Wachen wie in den Fieberträumen geisterte die weiße Henne in der Seele des Kranken.

Ende April war sein achtzehnter Geburtstag. Viktoria, die ihn besuchen wollte, bekam es mit ihrer Mutter zu tun. »Man weiß ja, welche Krankheit der Hennenhans hat«, zeterte sie, »du wirst dich anstecken!« Viktoria hielt dagegen, daß Hiltrud, die ihn pflege, kerngesund sei, der Lehrer werde sie sogar heiraten. »Zu nahe läßt mich Hans nicht kommen!« sagte sie lachend und lief hinüber. Als sie kam, saß Hans am offenen Fenster in der Sonne und wußte vor Freude nichts zu sagen. »Wie gut du aussiehst!« lobte sie ihn. Seine Wangen waren röter als damals bei der Hochzeit. Hans war lustig: »Der Doktor hat vorausgesagt, mit achtzehn sei ich ein gesunder und starker Mann.« Nächste Woche fahre er ins Hochgebirge, um sich vollends zu kräftigen, erzählte er. Sie plauderten und machten Pläne, wie sie dann endlich miteinander in ihre Schulen radeln würden. Viktoria hatte ihm ein Buch mitgebracht. Als sie es ihm gab, berührte sie, trotz des Verbots der Mutter, seine Hand. Wie heiß war sie! Viktoria lenkte ab: »Deine Henne sitzt draußen auf der Haustreppe, als warte sie auf dich.« »Am Sonntag, bevor ich wegfahre, darf sie fliegen.« »Um welche Zeit? Ich möchte gerne sehen, wie weit sie noch schweben kann.« Darüber freute sich Hans nun ganz besonders. Viktoria versprach ihm, zur abgemachten Stunde zu kommen.

Als sie am nächsten Sonntag früh nachmittags zum Nachbarhaus lief, war sie sich nicht sicher, ob dies die rechte Zeit für einen Besuch sei. Zum Glück saß Hans draußen auf der Bank unterm Holderbusch, unweit der Giebelwand, wo im Sommer die Heuzange einfuhr. Dieser Platz lag vom frühen Morgen bis zum Spätnachmittag im Sonnenschein. Hans hatte unzählige Stunden dort verbracht, lesend, träumend oder mit den Hennen redend. Viktoria sah, wie bleich er war, und als sie ihre Hand auf die seine legte, zuckte sie zurück, so kalt war sie. Es war der erste Sonntag im Mai. Sie schauten die blühenden Bäume an, die um die Gebäude standen. Vor allem blickten sie über die Wiese hinunter, die wie ein leuchtend gelber See aussah. Tausende Löwenzahnpflanzen waren erblüht. Wahrscheinlich wären Hans und Viktoria noch länger so gesessen und hätten nur geschaut, wenn nicht die weiße Henne ums Stadeleck spaziert wäre. Zunächst sang sie nur vor sich hin, dann pickte sie hier und dort ein Gräschen. Plötzlich rannte sie Hans vor die Füße und gackerte ihn aufdringlich an. Die beiden lachten. »Sie will fliegen!« rief Viktoria. Er nahm das Huhn unter den Arm. »Warte«, sagte er. Und ob Viktoria wartete! Sie mußte allerdings lange warten und fürchtete schon, Hans habe die Starthöhe nicht erklimmen können. Doch dann hörte sie von oben den Jubelschrei der Henne. Die Weiße machte ein paar Flügelschläge, dann schwebte sie still über der blühenden Wiese – weit und immer weiter. So weit war sie noch nie gekommen! Ganz unten, wo das Bachgestrüpp die Wiese begrenzte, landete sie. Viktoria sah deutlich einen weißen Flecken im gelben Blütenmeer.

Sie wird mit Hans durch die Blumen laufen, um sie dort abzuholen. Zunächst wollte sie aber in die Tenne gehen und schauen, warum Hans so lange nicht kam. Da hörte sie den Ruf ihrer Mutter: »Viktoria, Besuch ist da! Viktoria, komm sofort! Viktoria!« Widerwillig und müde vom langen Warten, ging sie seltsam unglücklich ins Elternhaus hinüber.

Der Aufstieg an den Leitern im Stadel war für Hans beschwerlich und gefährlich. Zu dieser Jahreszeit waren die Frucht- und Heustöcke ganz leer. »Das Herumliegen hat mir alle Kraft genommen«, sagte er mürrisch vor sich hin. Mit letzter Kraft kletterte er weiter aufwärts. Unter Schwindel und Atemnot bezwang er Sprosse um Sprosse. Besonders hinderlich war, daß er nur eine Hand frei hatte, denn im linken Arm klemmte das Huhn. Früher hatte ihm das nichts ausgemacht. Bei einer Atempause befreite sich die Weiße und fluderte allein zur Plattform. Hans fürchtete, sie könnte ohne ihn abfliegen. Die Henne wartete aber, bis er endlich oben war. »Auf!« rief er und warf sie hoch hinaus. Er hörte ihren Jubelschrei, sah die Flügelschläge, und als sie lautlos über der Wiese schwebte, dachte er voller Glück an Viktoria, die den Flug sehen konnte. Den weißen Flecken am Bach sah er nicht, denn ihm wurde schwarz vor den Augen. Erst als er eine lange Weile auf dem Brett gesessen war, wagte er sich an den Abstieg.

Unten erwartete ihn Hiltrud. Voller Angst sah sie zu, wie er zitternd die Leitern herunterkam. Sie war ganz still, denn sie fürchtete, ein Laut könnte ihn so erschrecken, daß er abstürzte. Als er endlich unten war, schluchzte sie: »Und morgen sollst du verreisen! Wegen der dummen Henne holst du dir vorher noch den Tod.« »Den brauch' ich nicht zu holen«, murmelte er und ließ sich halb ohnmächtig ins Bett bringen. Die Mutter sah sofort, in welchem Zustand er war. Sie schickte, obwohl es Sonntag war, die Tochter zum Arzt.

Viktoria sah am späten Nachmittag, daß das Auto des Arztes vom Nachbarhaus wegfuhr. Sie mußte, trotz der Einwände der Mutter, hinübergehen und schauen, wie es Hans ging. Auf dem Weg zum Nachbarhaus sah sie die Henne immer noch als weißen Flecken am Bachrand hocken. »Er konnte sie nicht holen – ich werde sie ihm bringen«, murmelte sie. Sie lief über die vom Tau schon feuchte Wiese; alle Löwenzahnblüten waren bereits geschlossen. Das sah traurig, fast häßlich aus. Unten angekommen, erschrak sie. Sie wollte es nicht wahrhaben, wühlte gar im Federhaufen, als könne sie das Tier darin finden. Ihre Finger waren voller Blut. Ja, der Fuchs hatte die Henne gepackt! Weinend lief Viktoria zum Hof zurück. Sie wußte nicht, wie sie Hans vom Ende seiner Weißen erzählen sollte. Als sie ins Krankenzimmer kam, sah sie, daß es keiner weiteren Überlegung bedurfte: Hans war nicht mehr bei sich. Seine Seele war mit der Henne weggeflogen, irgendwohin. Am Abend, bevor es dunkel wurde, starb er ruhig, gerade achtzehn Jahre alt geworden. Vor acht Jahren hatte er ein Küken vor dem kalten Tod errettet. So alt kann ein Huhn im Ausnahmefall werden.

Regula

Damals, als der Skisport richtig in Mode kam, fand in einem Ort, hochgelegen zwischen fast baumlosen Hängen, ein Wettbewerb für Skifahrer statt. Wer sich's zutraute, konnte daran teilnehmen. Einheimische Burschen und verwegene Jungen aus den Nachbarorten meldeten sich. Es waren auch schon ausländische Touristen im Bergstädtchen, Engländer, ein amerikanisches Ehepaar und etliche Italiener, die Geld genug hatten, um im Österreichischen Skiurlaub zu machen. Einige von ihnen wollten ebenfalls um die Wette laufen. Auch ein junger Deutscher vom benachbarten Allgäu meldete sich beim Wettbewerbsleiter. Drei Läufe waren angesagt: ein langer vom hohen Berg herunter; ein kürzerer, bei dem Hindernisse wie Schräghänge und steile Stellen zu überwinden waren, und ein Lauf, bei dem die Piste durch Tore markiert war, die im Zickzack durchfahren werden mußten. Die Veranstaltung war für den Ort ein Fest, zu dem viele Zuschauer kamen. Das erste, lange Rennen fand bei greulichem Schneetreiben statt, das besonders im oberen Abschnitt wütete. Der junge Deutsche schlug alle anderen Teilnehmer um Längen; wie ein fliegender Schneemann sauste er an. »Es ist ein Bauernjunge!« Seine Kleidung war ärmlich, die Skier nicht die neuesten. Drei Tage später stand die kürzere Abfahrt an. Jetzt war herrliches Wetter, die Luft war klar, und die Zuschauer sahen den Sieger vom ersten Lauf, wie er – schneller, als man bislang für möglich hielt – die Steilhänge nahm und weit über alle Schanzen flog. »Wie heißt er denn?« Auch den Lauf über die Piste mit den Toren gewann er mit deutlichem Abstand. Man klopfte ihm auf die Schulter, schüttelte ihm die Hand, gratulierte ihm. Man konnte sehen, daß er verlegen, fast ängstlich war. Doch bei den Siegerehrungen, wenn er hoch oben zwischen den zweit- und drittplazierten Läufern stand, machte er es seinen unterlegenen Konkurrenten nach und lachte und winkte nach allen Seiten. Danach feierte man. Die Ausländer interessierten sich für den dreifachen Sieger. Der Amerikaner bot ihm an, ihn als Skilehrer gut zu bezahlen, und seine schöne Frau wollte mit ihm tanzen. Beides lehnte er ab. »Ich muß wieder heim«, sagte er unbeholfen.

Der Name seines Heimatortes war in den Zeitungen zu lesen. Das Dorf war zwar groß, aber bisher nicht weiter bekannt und schon gar nicht berühmt. Mit dem erfolgreichen Sohn dieser Gemeinde, Leonhard Armbruster, änderte sich dies schlagartig. Im Rathaus fand alsbald eine Gemeinderatssitzung statt. »Der dreifache Sieger muß gebührend geehrt werden«, begann der Bürgermeister seine Rede. Ein alteingesessener, angesehener Bauer brummte: »Jedem andern Kerl des Dorfes ließen wir die Ehre lieber zukommen als ihm. Man sollte seinen Erfolg besser übersehen.« Dem widersprachen die anderen. Der Besitzer des Kaufladens, in dem sich auch die Bäckerei befand, gab seine Nachtgedanken preis: »Das Dorf kann Nutzen aus diesem Sieg ziehen. Der hohe Hang hinter Armbrusters Anwesen ist wie geschaffen für ein Skigebiet. Nur abgeholzt muß werden.« Der Wirt ging sofort darauf ein: »Armbrusterpiste heißen wir den Berg. Der Name zieht Sportler in Scharen an.« Die Männer nickten, und der Wirt fuhr fort: »Der Kälte wegen richte ich die Ehrung im Gasthaussaal aus. Wir bekränzen die Haustür.« Der Lehrer, der ebenfalls im Gemeinderat saß, versprach, den Gesangverein und die

Musikkapelle zu bestellen. »Ich fürchte nur, Leonhard bringt's Maul nicht auf, so leutscheu wie er ist.« »Das wird sich geben«, meinte der Schultes, »ich sorge dafür, daß Leute da sind, die genug reden.« Dann meldete sich der Vieh- und Pferdehändler zu Wort, der wohl reichste Mann des Dorfes, der ein Auto besaß. »Man kann ihn nicht zu Fuß oder auf Skiern daherkommen lassen! Ich hole ihn vom Bahnhof ab.«

Das kleine Bahnhofstädtchen war zehn Kilometer vom Dorf entfernt. Der Händler, der weltgewandt war, fragte im ausländischen Skiort per Telefon an, wann der Held denn zurückkomme. Er erfuhr die genaue Ankunftszeit, in zwei Tagen. Man hatte also genügend Zeit, um das Fest vorzubereiten. Leonhard hatte nämlich, den netten Amerikanern zuliebe, seinen Aufenthalt dort noch ein wenig verlängert. Er fuhr mit dem Ehepaar auf herrlichen Pisten, wo er manchen Tip geben konnte. Am Abend saß er zwischen den ausländischen Gästen beim Essen. Obwohl er spürte, wie schön das Leben sein könnte, brachte er nur drei Worte über die Lippen: »Ich muß heim.« Schließlich gab der Amerikaner auf und steckte ihm einen Geldschein zu.

Als Leonhard Armbruster am späten Nachmittag am Heimatbahnhof ankam, schnallte er die Skier an. Er wollte das Dorf umfahren, um schneller daheim zu sein. Sein Hof lag weitab vom Dorf, oben am Berghang. Jetzt stand aber der Viehhändler da, der ihn zur Siegesfeier abholen wollte. Neben ihm stand seine schöne Tochter Regula. Leonhard bekam einen roten Kopf und schaute zornig drein. »Nun, du hast Ruhm geerntet«, sagte der Mann, »dann wirst du das Fest auch meistern«, und dabei schlug er dem Jungen kräftig auf die Schulter. Leonhard warf seine Skier samt Rucksack in den Anhänger des Autos und mußte daran denken, wie der Viehhändler vor zwei Wochen seine sechs Ferkel dorthin geworfen hatte, die er schlecht bezahlt hatte, weil sie schmutzig gewesen waren. Dann fuhr er neben dem Mann, zum ersten Mal in seinem Leben, in einem Auto. Niemand sprach. Regula saß hinter ihm. Sie waren gleich alt, waren in derselben Schule gewesen, hatten jedoch nie ein Wort miteinander gewechselt. Sie schaute auf seinen schlanken braunen Nacken und den schwarzen Haaransatz. Die Haare waren strähnig, Schweißgeruch drang aus ihnen. Das Bündchen an seinem Pullover war faserig und der Kragen der Windjacke beschädigt. Sie erschnupperte einen Geruch armer Leute, die Kleider und Wohnung selten reinigten. Wenn sie mit dem Vater zu armen Bäuerlein fahren durfte, bei denen er für die magere Kuh ein paar Scheine auf den Tisch in der Stube blätterte, bekam sie diesen Geruch ebenfalls in die Nase. Sie hätte gerne aus lauter Mitleid die speckigen Haare des Siegers gestreichelt. Vor drei Jahren, als Leonhard neunzehn Jahre alt war, hatte sich sein Vater erhängt. Das Gehöft der Armbruster war größer als die Anwesen der meisten Bauern in der Gemeinde. Zwischen ihren Wiesen und Äckern lag ein unfruchtbares, mooriges Stück Land, und die Erträge blieben gering, weil der Bauer schwermütig gewesen war und ihm die Arbeit wie ein unüberwindlicher Berg erschien. Ihn und seine Frau hatte man nur selten im Dorf gesehen, und deshalb wußte man jetzt auch nicht genau Bescheid, ob die Bäuerin seit längerer Zeit oder erst nach dem Unglück nicht ganz richtig im Kopf war. Leonhard, das einzige Kind, kam als kleiner Kerl auf Schneeschuhen ins Dorf geflitzt – auf dem Heimweg übte er den Aufstieg. In den schneelosen Monaten bewältigte er den Weg zu Schule und Krämerladen mit dem Fahrrad. Er half bei den nötigsten Arbeiten zwar mit, doch von klein an spürte er, wie aussichtslos ihre wirtschaftliche Lage war. Zu seinem Glück war das Tal ein rechtes Winterloch, und an den Hängen pfiffen die rauhen Winde. Vom November bis Ende

März lag hier meist Schnee, so daß Leonhard viel Gelegenheit hatte, mit den Skiern zu fahren. Der Förster beobachtete, wie schnell er den Berg heruntersauste und zwischen den Baumstämmen hindurch kurvte. Die Waldarbeiter sahen, daß der Schnee am steilsten Abhang richtig aufstäubte, wenn Leonhard wie ein Blitz aus dem Gestöber schoß. Ein Jäger erzählte im Dorf, er habe ihn mindestens zehn Meter weit durch die Luft fliegen sehen.

Auf der Fahrt zur Siegesfeier sprach immer noch niemand ein Wort. Erst als sie im Dorf vor dem Gasthaus die Instrumente der Musikanten blinken sahen, schlug Regulas Vater auf den Schenkel des Helden. »Es wird nicht so schlimm werden!« Leonhard lachte zornig auf, und man konnte heraushören, daß er seiner Verlegenheit Herr geworden war. Ein Tusch! Der Beifall und die Willkommensgrüße des Bürgermeisters prasselten auf ihn herab. Alle staunten: Leonhard lachte und winkte nach allen Seiten. Schließlich hatte er's ja dreifach geübt, wie sich ein Sieger benimmt! Der Saal war überfüllt, alt und jung waren anwesend. Eine Lobrede folgte der anderen, auch die Armbrustskipiste kam zur Sprache. Alle Anwesenden waren von Sportbegeisterung erfüllt. Der Gesangverein wollte das Lied »Freut euch des Lebens« vortragen, doch gleich sang jedermann mit, so daß das Lied eher laut als schön erklang. Immer wieder bot man Leonhard ein Gläschen Wein an. Auch darin hatte er seine Erfahrung gemacht. Er tat nur so, als ob er trinke, denn bei der dritten Siegesfeier im Österreichischen hatte er sich ungeschickt benommen, als er zuviel Wein getrunken hatte. Beim Festessen saß er zwischen Bürgermeister und Lehrer. Man wollte nun Genaueres über den Verlauf der Wettrennen von ihm wissen. Als Leonhard von den Minuten und Sekunden Vorsprung erzählte, waren die Herren enttäuscht, weil es sich nicht um Viertelstunden handelte. Sie gaben den

Musikanten das Zeichen, zum Tanz aufzuspielen. Der Hochgeehrte stand auf und verbeugte sich vor Regula. Alle schauten auf die beiden und wunderten sich, denn Regula war ein großes Mädchen, doch er war größer als sie. Man hatte immer gemeint, er sei ein kleiner Kerl, denn wenn er mit dem Fahrrad oder auf Skiern durchs Dorf fuhr, war sein Rücken gebeugt. Die beiden waren allein auf der Tanzfläche. Leonhard hatte noch nie getanzt, aber das Mädchen spürte sofort, wie er den Rhythmus zur Musik fand, und so fiel es ihr leicht, seine Bewegungen mitzumachen. Er fegte mit ihr über die Tanzfläche, als ob er Slalom fahre. Regula spürte, wie durchtrainiert sein Körper war. Die Zuschauer klatschten heftig Beifall. Danach tanzte Leonhard nicht mehr, und Regula lehnte weitere Tänze, zu denen sie zahlreiche Verehrer gebeten hatten, ab. Sie verließ die Veranstaltung recht bald, doch man war weiter fröhlich und tanzte bis in die späte Nacht hinein. Die Rathausherren beteuerten sich gegenseitig, wie sehr die Feier gelungen war. Kurz vor Mitternacht bot der Viehhändler Leonhard an, ihn nach Hause zu fahren.

Regulas Vater war ein bißchen angetrunken. Nach einer Weile sagte er während der Fahrt: »Also, Leonhard, du bist jetzt zwar berühmt, aber auf meine Tochter darfst du kein Auge haben. Sie kann die besten Partien machen.« Der Junge winkte nur mit der Hand ab. Dann sprachen sie nichts mehr. Als der dunkle Berg näher rückte, sahen sie das Licht aus Armbrusters Anwesen schimmern. Es schien fast unheimlich, traurig, von verzweifelter Einsamkeit zu künden. »Die Mutter«, entfuhr es Leonhard. Als sie an der Haustür angekommen waren, schlug der Mann wieder auf seine Schulter: »Also, Leonhard, fang jetzt ein anderes Leben an!« Leonhard zuckte mit der geschlagenen Schulter und sagte: »Vergelt's Gott.« Geschwind holte er Skier und Rucksack aus dem Anhänger.

Als er in die Stube trat, fing die Frau lauthals an zu weinen. »Wochenlang läßt du mich allein!« schrie sie. »Es war kaum mehr als eine Woche«, sagte er und wollte von seinem Erfolg berichten, kam aber nicht dazu. »Die vorderste Kuh hat ein totes Kalb. Es liegt im Stall und stinkt. Die Rösser haben Kolik, morgen verrecken sie.« Jetzt spürte Leonhard, wie müde er war. »Ich mache das Licht aus, wir müssen ins Bett!« schrie er seine Mutter an. Die beiden Pferde waren jedoch gar nicht krank; sie ließen nur ihre Köpfe tief hängen, als er morgens in den Stall kam. Die Mutter hatte sie gefüttert, auch das andere Vieh. Er wußte, sie tat das Nötigste wie eine Maschine, seit Jahren schon, auch die Kühe molk sie und stellte dann die volle Kanne fürs Milchauto an die Straße. Sonst hätte er sich nicht mehrere Tage lang fortgetraut. Das tote Kalb stank nicht, weil es zu kalt dafür war. Er schleppte es hinter den Stall und wollte später ein Loch graben. Zuerst mußte er Ordnung schaffen, vor allem für die Pferde sorgen. Als sie gut gefüttert und gestriegelt waren, hoben sie die Köpfe wieder. Er ließ sie hinaus in den Schnee. Am liebsten wäre er mit ihnen übermütig herumgetollt, denn die Freude über seine Erfolge während der letzten Tage wirkte noch stark in ihm nach. Nun wartete aber viel häßliche Stallarbeit auf ihn. Als er das Mittagessen kochte – seine Mutter tat dies längst nicht mehr jeden Tag –, entdeckte er so manches, das er für die Zeit seiner Abwesenheit für sie bereitgestellt hatte. Sogar der Sandkuchen, den er extra gekauft hatte, weil sie ihn so gerne mochte, war unangetastet im Herdrohr geblieben. »Was hast du denn gegessen, als ich fort war?« »Nichts! Nur Brot! Du wolltest mich ja verhungern lassen.« Als Leonhard das Kalb ins tiefe Loch warf, war es ihm, als ob sein Hochgefühl mit dem toten Tier in der Grube versinke.

Einige Tage später brachte der Briefträger das Preisgeld ins Haus. »Wo kommt es her?« schrie Leonhards Mutter.

Jetzt erzählte er ihr von seinem Erfolg. Sie lobte ihn nicht, sondern spottete nur grausam darüber, daß mit Skifahren Geld zu verdienen sei. Leonhard schnallte sich die Schneeschuhe an, denn es war noch tiefer Winter, um ins Dorf zu fahren. Er kaufte beim Bäcker, der ihn am meisten gelobt hatte, Sandkuchen, denn seine Mutter hatte inzwischen den alten aufgegessen, Zucker, Öl, eine Flasche Malaga, alles Nötige und auch Unnötige. Draußen trödelte er, was er sonst nie tat. Schulbuben kamen auf ihn zugerannt. Die Erwachsenen grüßten ihn freundlich und sprachen mit ihm. Das freute ihn natürlich, doch er hielt Ausschau, ob Regula etwa daherkäme. Er hatte aber kein Glück, und deshalb fuhr er schon eine Woche später wieder ins Dorf hinunter. Beim Bäcker, der auch Textilien anbot, suchte er für seine Mutter eine warme Strickweste aus, für sich ein weißes Hemd und einen schönen Pullover. Auf den Straßen war es diesmal menschenleer, weil plötzlich ein Schneetreiben eingesetzt hatte. Danach war Leonhard, wie früher, wochenlang nicht mehr im Dorf.

Die Fasnacht fand in diesem Jahr recht spät statt. Leonhard las in der Zeitung vom anstehenden Tanzvergnügen im Gasthaussaal. Hübsch gekleidet mit weißem Hemd und neuem Pullover, sagte er zur Mutter, daß er zum Tanz gehen werde. »Wer wird schon mit dir tanzen?« lachte sie laut. Als er auf seinen Skiern wegfuhr, rief sie ihm noch hinterher, ob er denn nicht merke, daß Tauwetter sei. Bei ihnen oben blies der Wind noch kalt. Je weiter er jedoch nach unten kam, desto lauer wurde die Luft. Von der schneelosen Straße mußte er auf die Wiesen ausweichen. Bald ging's aber auch da nicht mehr. Leonhard schulterte die Skier und ging auf der Straße weiter. Auf der Gasthaustreppe stand Regula, als ob sie auf ihn gewartet hätte. »Ich sah dich herunterkommen«, sagte sie, als wollte sie sich entschuldigen. »Willst du tanzen?« »Eigentlich nicht«, sagte sie, obwohl ihr der Tanz mit Leonhard nicht mehr aus dem Sinn gegangen war. Er lehnte die Skier an die Wand des Gasthauses. Dann faßten sie sich an der Hand und gingen dahin, wo er hergekommen war. Weiter oben lag tiefer Schneematsch auf der Straße, und droben, vor dem Berg, schimmerte Licht vom Armbrusterhof. Es sah gespenstisch aus. »Die Mutter«, sagte Leonhard nur. »Du kannst dort nicht allein leben.« »Komm!« sagte Leonhard und machte mit ihr kehrt. Sie gingen zurück zu Regulas Elternhaus oder »Villa«, wie man im Dorf dazu sagte. Im Erdgeschoß waren die Fenster hell erleuchtet. Von drinnen war Klavierspiel zu hören. Regula hatte drei jüngere Schwestern, und zwei von ihnen spielten Klavier. Leonhard und Regula hörten eine Weile zu. »Du möchtest hinein«, flüsterte er. »Eigentlich nicht«, antwortete sie und kuschelte sich an ihn, als ob auch bei ihm Licht und Wärme wären. Da trat jemand ans Fenster, und sie liefen wie verscheucht weg, der Kirche zu. In einer Nische der Friedhofsmauer fanden sie einen windgeschützten Platz. Der Wind war zum Sturm angewachsen. Leonhard drückte Regula an sich, begann sie zu streicheln und zu küssen. Wieder spürte sie seinen sehnigen Körper und erwiderte seine Liebkosungen. »Wir können nicht mehr ohne einander leben«, sagte sie, »ich komme hinauf und helfe dir.« Er ließ sie lange auf eine Antwort warten. »Das ist zu schwer für dich. Ich bin ein schlechter Bauer. Die Mutter ist nicht recht im Kopf – gleich hinter uns, über der Mauer, ist das Grab meines Vaters.« Er spürte, wie ihr die Tränen über die Wangen herabliefen. Da fing er an, von seinen Plänen zu erzählen: Er wolle den Hof verkaufen, die Mutter in eine Anstalt bringen und in Gebirgsorten als Skilehrer seinen Lebensunterhalt verdienen. Regula begann zu zittern. »Dir ist kalt, gehen wir.«

Vom Gasthaussaal her hörten sie Tanzmusik. Er schaute sie fragend an, doch sie schüttelte den Kopf. Die Nacht war seltsam beängstigend; der Sturm trieb tiefe Wolken vor sich her. Der Viehhändler stand in der offenen Tür und hielt nach seiner Tochter Ausschau. Leonhard riß sich von ihr los und lief weg. Als er heimwärts ging, war er voller Glück, auch bevor er einschlief. »Sie liebt mich«, dachte er nur noch. Am Morgen fragte ihn die Mutter: »Und, hat jemand mit dir getanzt?« »Dem Viehhändler seine Tochter.« Die Frau fing an zu lachen, klatschte in die Hände und hüpfte in der Stube herum. »Nimm sie! Er kann sie dir geben! Er hat uns oft genug beschissen!« Das schrie sie immer wieder und immer lauter; wie bei einem Veitstanz war es. Nun erst fiel es Leonhard schwer aufs Herz. Er sah den Mann in der Tür stehen und wußte, daß er Regula nicht hergeben würde. Warum hat er sie so feige stehen lassen? Dann begann er wieder seinen Hirngespinsten vom Besitzverkauf nachzuhängen.

Der Schnee war auch oben am Berg verschwunden. Die Sonne hatte wieder Kraft, und die Tage waren wie im Frühling. Regula ging zum Friedhof. Man hatte damals dem Selbstmörder die geweihte Erde nicht versagt. Alte Leute wußten es, in den Pfarrbüchern stand es geschrieben: Leonhards Großvater hatte ebenfalls Hand an sich gelegt. Die Lebensmüdigkeit muß im Armbrustergeschlecht überstark und erblich gewesen sein. Das Grab sah erbärmlich aus. Regula räumte alles Verwelkte ab und lief zum Gärtner, um Vergißmeinnicht und Stiefmütterchen zu kaufen. Den ganzen Nachmittag war sie damit beschäftigt. Am Abend teilte sie ihren Eltern und Schwestern ihren Entschluß mit. »Ich liebe Leonhard«, sagte sie in die entsetzten Gesichter. »Dummes Mitleid, Mutwillen, Vermessenheit!« brüllte ihr Vater. »Nur weil er die Wettläufe gewonnen hat, willst du ihn!« schrie eine der Schwestern. »Der verfluchte Erfolg! Ich habe es befürchtet«, tobte der Mann. »In ein solches Haus heiratet man nicht!« schluchzte die Mutter.

»Nie habe ich dort eine Spur von Ordnung und Erfolg gesehen«, betonte der Vater, und dann hörte Regula, wie eine Schwester »Selbstmörder« zischte. Der Aufruhr war größer, als Regula befürchtet hatte. Deshalb erzählte sie von Leonhards Plan, den Hof zu verkaufen, um als Skilehrer sein Geld zu verdienen. Da schlug das Jammern und Schimpfen in Gelächter um. Der Viehhändler schlug mit der Faust auf den Tisch: »Einen Vagabunden heiraten! Niemals! Lieber sehe ich dich noch als verkommene Armbrusterin.«

Der Kampf dauerte zwei Wochen lang. Regula ließ sich von nichts und niemandem davon abhalten, an einem Sonntag im April zum Armbrusterhof hinaufzugehen. Leonhard war mit den Pferden vor dem Haus. Er wurde bleich und rot, als sie ihm sagte, sie sollten bald heiraten und sie wolle hier bei ihm leben. »Komm herein.« Als die Armbrusterin hörte, daß die Viehhändlerstochter hierher komme, führte sie denselben Tanz auf wie damals und stieß das gleiche unflätige Geschrei aus. »Du siehst es«, sagte Leonhard. »Komm, wir schauen deinen Hof an«, bat Regula, und er konnte sein Glück nicht fassen. Manche Dorfbewohner bewunderten ihren mutigen Schritt, andere dagegen meinten, man könne darauf warten, bis sie in ihr Unglück renne. Die Hochzeit im Juni war aber ein fröhliches Fest. Viele junge Leute, Sportler aus der weiteren Umgebung, kamen, um das schöne Brautpaar hochleben zu lassen. Der sportliche Erfolg des Bräutigams war allen gegenwärtig. Der Brautvater, der später in der Nacht ein bißchen angetrunken war, sagte zur Braut: »Du bist trotzdem meine liebste Tochter. Mit dem Vermögen, das ich dir mitgebe, kannst du droben etwas ändern.«

Zu verbessern gab es genug: die Stube, in der sich nur ein Fenster wegen der wuchernden Zimmerpflanzen öffnen ließ, deren einziges Möbelstück ein Kleiderrechen war und deren Ofen stumpfe Platten hatte, die nicht wärmten; alle Kammern – es waren viele im großen Haus –, die in einem üblen Zustand waren, und schließlich die Küche, ein finsteres Loch. Bevor es wieder Winter wurde, hatten die meisten Räume neue Fensterscheiben, solide Fußböden und getünchte weiße Wände, in den Kammern standen gute Betten und schöne Schränke, in der Stube ein Kachelofen, der glänzte und wärmte, in der Küche gab es eine ordentliche Beleuchtung und statt des Geschirrgestells an der Wand einen prächtigen Küchenschrank. Wenn der Viehhändler zum Armbrusterhaus fuhr, sah er die Verbesserungen schon von weitem. Er lobte seine Tochter. »Kein Kunststück mit deinem Geld«, sagte sie, »jetzt kommen die Gerätschaften und die Stallungen dran.« Leonhard, der hinzugekommen war, sagte: »Es muß nicht alles auf einmal sein.«

Der Winter kam lahm daher; weit und breit lag noch kein Schnee. Darum fiel es Leonhard leicht, nicht ans Skifahren zu denken. »Mir gefällt es daheim zu gut«, erwiderte er allen, die ihn auf neue Wettkämpfe ansprachen. »Es geht droben viel besser, als wir dachten«, beteuerte Regulas Vater gegenüber seiner Frau. Im Februar kam, wohl um einen Monat zu früh, das Kind zur Welt. Die Hebamme lachte: »Schwarz und blond gibt Rot«; das habe sie schon des öfteren beobachtet. Das auf den Namen Gertrud getaufte Mädchen hatte nämlich einen roten Haarschopf. Die alte Armbrusterin murmelte: »Genau wie der Erhängte! Ich mag das Kind nicht.« Das Kleine war aber brav und liebenswürdig. Seine Eltern und der Großvater liebten es sehr; es bedurfte keiner Großmutter. Regula war wachsam; sie ließ das Kind nicht gerne allein bei der verwirrten Frau.

Leonhards Mutter saß nun oft im neuen Sessel in der schönen Stube, rieb sich die Hände und sagte: »Jetzt bin ich eine Pfründnerin und kann es schön haben.« Sie aß das gute Essen, das ihr die Schwiegertochter vorsetzte; sie hatte in der Haushaltungsschule feines Kochen gelernt. Sie mußte auch oft über die verrückten Reden der Schwiegermutter lachen. Diese ging nun, was sie bisher nie getan hatte, im Frühjahr hinunter ins Dorf, um jedem, den sie traf, zu erzählen, wie gut sie es jetzt als Pfründnerin habe. Was sie aber sonst noch daherredete – Regula erfuhr es von ihren Schwestern – war ärgerlich. »Der Leonhard gehorcht ihr aufs Wort – ich aber nicht.« »Ich sollte das Grab gießen«, hat sie gesagt, »aber für den Erhängten mache ich keinen Finger mehr krumm.« »Ich soll Hefe und Zucker bringen«, lachte sie im Kaufladen, kaufte statt dessen jedoch Sandkuchen, den sie auf dem Nachhauseweg aufaß. Den ganzen Sommer über versuchten sie, die Verwirrte von den Dorfgängen abzuhalten. Erst als Leonhard im Herbst ihre Schuhe versteckt hatte, kehrte sie in Hausschuhen wieder um. Der Viehhändler, der sah, wie sehr sich seine Tochter mühte, tauschte zwei ausgemergelte weiße Kühe vom Hof gegen zwei junge braune Tiere um. »Es sind Teufel im Stall!« schrie die Armbrusterin, »ich geh' da nicht mehr hinein!« Bislang hatte sie frühmorgens und abends alle Kühe gemolken, wie ein mechanisches Uhrwerk. Jetzt konnte man sie aber weder mit Betteln noch mit der Aussicht auf einen Sandkuchen mehr in den Stall bringen. »Nein, das Melken fang' ich nicht an!« rief Leonhard. So blieb Regula nichts anderes übrig, als sich selber unter die Kühe zu setzen. Anfangs ging es recht langsam; am Abend dauerte es bis in die Nacht hinein. Morgens stand sie um vier Uhr auf, damit die Milchkannen rechtzeitig an der Straße standen, denn seit die Braunen im Stall standen, konnte man zwei Kannen füllen.

Zwei Sommer und zwei Winter lang arbeitete Leonhard mit seiner Frau frohen Mutes. Es waren gute Jahre, Sonne und Regen gab's zur rechten Zeit, nur mit dem Schnee haperte es auch im zweiten Winter für den Skihelden. Schnee und Kälte kamen viel zu spät, und dann fror und schneite es bis in den Mai hinein. Rüben und Kartoffeln kamen zu spät auf die Felder. Meist gleicht die Natur Verspätungen mit besonders gutem Wetter wieder aus, aber in diesem Sommer nicht. Nur mit Mühe brachten sie einige Fuder gutes Heu und Getreide ein. Wenn Regula sah, daß es bald regnen würde, drängelte sie ihren Mann, doch er war säumig und winkte viel zu oft mit der Hand ab. Jetzt mußte sie manchmal daran denken, was er ihr in der Mauernische beim Friedhof über seine Tüchtigkeit gesagt hatte. Der Herbst war ebenfalls naß und kalt. Die Kartoffeln faulten auf dem Feld, und Leonhard meinte, es lohne die Mühe nicht, die Rüben zu ernten. Als diesmal bereits Mitte November Schnee fiel, ergriff ihn die Unruhe. Zunächst fuhr er auf seinen Hängen, aber dann zog es ihn über die Grenze. »Wir dreschen nach Weihnachten«, sagte er zum Abschied.

Wegen einer Henne kam Regula auf den Getreidestock. Sie erschrak, denn es roch nach Schimmel, und Mäuse raschelten. »Wir müssen das Getreide sofort dreschen, sonst ist alles hin«, sagte sie zur Schwiegermutter. »Ich bin eine Pfründnerin«, murmelte sie. »Ich lege die Garben zurecht, und du brauchst sie nur auf die Maschine zu reichen.« Die Alte schüttelte ihre Fäuste und stampfte zornig mit den Füßen. Es kostete Regula Überwindung, beim Nachbarhof auf der Höhe um Hilfe zu bitten. Dort hauste ein Mann mit seinen drei Söhnen. Der mittlere lachte häßlich, als sie ihre Bitte vorbrachte, denn er hatte einmal ein Auge auf Regula gehabt. Der Bauer sagte, er werde einen Sohn schicken. Wenzel, der jüngste, gerade sechzehn Jahre alt, kam am andern Morgen auf dem Armbrusteranwesen an. Er saß auf der klapprigen Dreschmaschine, und sie reichte ihm die Garben. Giftiger Staub wirbelte auf. Wenn

Wenzel dachte, der Kornsack unten müsse endlich voll sein, so war er's kaum zur Hälfte. Dagegen türmte sich der Abfallhaufen mit den zerrissenen Mäusen und dem staubigen grauen Stroh. Mißmutig kletterte er wieder hinauf, während Regula erneut Garben zurechtgelegt hatte. So droschen sie, bis sie nichts mehr sehen konnten. Beim Abendessen sagte Wenzel: »Ja, so ist es, wenn der Bauer ein berühmter Skifahrer ist.« Regula bat ihn, über Nacht zu bleiben, damit sie schon früh am Morgen weiterdreschen könnten. Der Junge wollte aber gehen. Die Alte lachte: »Wo Selbstmörder herumgeistern, mag in der Nacht niemand sein.« Wenzel kam frühmorgens zurück und verrichtete den ganzen Tag über die häßliche Arbeit. Beim Abendessen sagte er: »Die Rosa, unsere Magd, kocht nur der Nähe nach. Ich bleibe über Nacht.« Wenzels Mutter war nämlich schon vor langer Zeit gestorben. Nach dem dritten Arbeitstag sagte er: »Der Leonhard kann von Glück sagen, daß er die Regula hat.« Nun half er auch bei den Stallarbeiten bis in die Nacht hinein. Dann spielte er mit der kleinen Gertrud, die vor lauter Freude über den Spielkameraden nicht ins Bett wollte. Zwei Wochen lang droschen sie gemeinsam. Regula gab Wenzel einen guten Lohn, wohl mehr als die Hälfte, was die verschimmelten Körner in den Säcken wert waren.

Kurz vor Weihnachten kam Leonhard heim. Er war hochgestimmt. »Ich kann es immer noch besser als alle«, prahlte er. »Im Februar finden die Wettkämpfe statt, da werde ich es ihnen zeigen!« Regula wunderte sich über ihren Mann, der sonst so bescheiden war. Als sie vom gedroschenen Getreide sprach, tat er, als ginge ihn das nichts an. Am Weihnachtstag kam Wenzel und schenkte dem Kind ein Leiterwägelchen, das er selbst gebastelt hatte. Gertrud war von Geschenk und Geber hellauf begeistert. Regula tischte gut auf, und Wenzel sagte wiederum, daß die Magd bei ihnen der Nähe nach koche. Leonhard mußte darüber herzlich lachen, und seine Frau hätte gerne gesagt, daß es bei ihm früher nicht mal der Nähe nach, sondern überhaupt nicht gegangen war. Sie ließ es aber lieber sein, denn er konnte auch böse werden. Als er im Februar zu den Wettkämpfen fuhr, kam Wenzel, um Regula zu helfen. Auch ihr Vater kam und sagte: »Die Schinderei mit dem Getreide und den Hackfrüchten muß aufhören. Alles soll Weideland werden! Ich tausche den ganzen Viehbestand gegen die neue Rasse aus.« »Dann muß ich noch mehr melken«, stöhnte Regula. »Es gibt jetzt Melkmaschinen.« Die verwirrte Armbrusterin, die trotz ihrer Blödheit alles mitbekommen wollte, lachte lange über eine Maschine, die melken konnte.

Als Leonhard nach einigen Wochen aus dem Österreichischen zurückkam, stand nur noch braunes Vieh im Stall. Wenzel stand da und zeigte ihm, wie eine Melkmaschine funktioniert. Leonhard hatte zwei Wettläufe gewonnen; nur beim kurzen Slalomlauf war ein anderer schneller gewesen als er. Die Gemeinderäte wollten wieder ein Fest veranstalten, doch der Viehhändler sagte, sein Schwiegersohn sei krank. Er hatte eine eigenartige Krankheit mitgebracht: Er mochte nicht mehr essen und schlafen, nichts mehr vom Skifahren hören und wollte kaum noch sprechen. Regula meinte: »Du hast genug gewonnen!« Er winkte nur mit der Hand ab: »Das ist es nicht.« So wußte sie nicht, warum er so traurig war. In dieser Zeit kam das zweite Töchterchen zur Welt. »Wir hätten das Kind nicht gebraucht«, sagte er. Regula hatte nie geweint, aber jetzt, im Wochenbett, weinte sie ab und zu. Das Kleine war schwarzhaarig, und man sah bald, daß es seinem Vater glich. Dieses Kind gefiel der verrückten Großmutter; sie wollte es dauernd schaukeln. Adelheid war nämlich recht quengelig.

Wie von heut auf morgen war Leonhards Schwermut verflogen. Bei allen Arbeiten war er jetzt dabei, besonders wenn es in den Holzschlag ging. Gleich hinter und neben seinen Gebäuden rodete man den Wald, den steilen Hang hinauf, so weit er zum Armbrusterhof gehörte. Die Talstation sollte sich hier unten, die Bergstation oben auf der Höhe befinden. Dort hatte man ebenfalls abgeholzt, denn es war ein Gemeindewald. Vom Dorf aus sahen die beiden Kahlschläge häßlich aus; das Armbrusteranwesen lag wie ungeschützt vor dem Hang. Regula sagte jedoch, jetzt sei es bei ihnen hell und frei.

Dann kam ein Winter wie im Bilderbuch, und Leonhard war im Februar nicht mehr zu halten. Obwohl er den langen Abfahrtslauf gewonnen hatte, kam er wieder traurig heim. »Es war vermutlich sein letzter Sieg«, sagte der Bürgermeister, »darum feiern wir ihn noch einmal.« Die Bewohner des Dorfes waren aber verwöhnt; für sie zählten nur drei Siege, und so kamen nur wenige in den Gasthaussaal. Außerdem war Fasnacht, und die Musikanten waren verkatert. Bei den Rathausherren saßen nur wenige Leute, und der Sieger war schweigsam. Nun kam das Hauptproblem des Dorfes zur Sprache: die Armbrusterpiste! Der Wirt und der Bäcker lärmten gehörig, weil sie immer noch nicht fertig war. »Die Schwierigkeiten sind größer, als wir dachten«, gab der Bürgermeister kleinlaut zu. Zwischen Berg und Wiesen lag der größte Teil der erträumten Armbrusterpiste; ein gutes Drittel davon gehörte einem adeligen Herrn, der es um keinen Preis verkaufen wollte. Dadurch fühlten sich diese und jene Waldbäuerlein ermutigt und verweigerten ebenfalls ihre Zustimmung. Kurz nach der mißglückten Siegesfeier ließ man den Plan ganz fallen.

Nur zwanzig Kilometer vom Dorf entfernt hatte man eine Piste mit zwei Liften und schönen Tal- und Bergstationen gebaut. Es war die Zeit gekommen, wo der Sport von Staats wegen gefördert wurde. Kein Bauer, vor allem kein adeliger Herr, hatte das Recht, Widerspruch einzulegen! Sogar eine neue Straße führte nun zu diesem Wintersportort. Die dort ansässigen Geschäftsleute hatten den Gewinn, von dem die anderen geträumt hatten.

Als im nächsten Winter Schnee auf Armbrusters Kahlschlag lag, kamen Schlittenfahrer und Skianfänger, um die Hänge hinabzusausen. Auch Leonhard tummelte sich dort mit seiner kleinen Gertrud herum. Kaum fünf Jahre alt, fegte sie schon hinunter, und ihr Vater freute sich, als er ihre roten Zöpfe wirbeln sah. Beim Mittagessen hatte seine schwachsinnige Mutter, die nur das kleinere Mädchen mochte, lachend gesagt: »Nicht Adelheid, die Rothaarige wird sich aufhängen.« Regula schimpfte deswegen bös mit der Alten, und Leonhard versprach der heftig weinenden Gertrud, daß er ihr kleine Skier kaufen und jeden Tag mit ihr fahren werde. Neben dieser Freude hatte er aber auch Nutzen vom Kahlschlag. Da viel Holz angefallen war, konnten sie den alten Stall abreißen und einen hellen, geräumigeren bauen, in dem die dunklen Kühe nicht mehr wie leibhaftige Teufel aussahen. Danach verbesserte sich die finanzielle Lage der Armbrusters erheblich. Auf Anraten des Schwiegervaters kaufte die Gemeindeverwaltung einen Teil des Anwesens. Dieses unfruchtbare Gelände lag nach Norden hin, wo das Tal breiter wurde und anstieg. Mittendrin lag ein kleiner See, der nur schwer zu sehen war, denn das umliegende Land war sumpfig. An seinem Ufer wuchs kein Schilf, sondern mageres Moosgras. Als die Armbrusterbauern noch mit der Sense hantiert hatten, mähten sie bis nahe an den See und rechten das Gras dann ins Trockene. Mit den Mähmaschinen aber mußte man sich vom Sumpfgelände fernhalten. Trotzdem kam es ab und zu vor, daß ein Wagen beim Heueinfahren einsank. Da nützte es nichts, die Pferde zu schlagen; das Heu mußte abgeladen, Bretter vom Hof geholt und unter die Räder des Wagens gelegt werden, damit er wieder von der Stelle kam. Im nächsten Jahr sah es dort übel aus, und der Bauer blieb mit dem Mähen noch weiter weg. Leonhards Vater hatte sich vor der Arbeit gefürchtet, und sein Sohn winkte nur ab, wenn es ihm zu sumpfig zu sein schien. So war das Gebiet um den See, in dem nicht mehr geheut wurde, im Lauf der Zeit recht groß geworden. Den Tieren und Pflanzen sagte diese Stille zu. Den größten Teil des Jahres über war dort alles starr und stumm, im Mai und Juni begann es aber zu blühen, zu surren und zu quaken.

Der neue Lehrer des Ortes, ein großer Naturfreund, liebte diese Gegend und strolchte umher, wann immer er nur Zeit hatte. Eines Tages entdeckte er das Moor. Trollblumen und seltene Orchideen, die er nur von Abbildungen her kannte, leuchteten zwischen Schwertlilien und Wollgras. Obwohl er nasse Füße bekam, ging er nah ans Wasser heran. Es war braun und doch klar. Frösche hüpften hinein, er sah große und kleine Fische; ein Molch mit gelbem Bauch und Rückenzacken hockte am Rand wie ein Urtier, riesige Libellen schwirrten überm Wasser, und Goldrandkäfer liefen auf der Seeoberfläche. Der Lehrer bekam eine Gänsehaut. Das mußte er seinen Schülern zeigen! Bald darauf kam er mit dreißig Kindern am Armbrusterhaus vorbei. Die Mädchen wollten sich ihre Schuhe nicht naß machen und sprangen auf der trockenen Wiese herum. Die Buben trauten sich näher an den See heran und verscheuchten zunächst einen Fischreiher. Dann sahen sie, wie ein großer Fisch einen kleinen fraß. Ein Bub zerstampfte einen Frosch und bekam dafür vom Lehrer eine Ohrfeige. Auch seinen Kollegen in der Umgebung hatte der Lehrer vom herrlichen Moor erzählt, und so kamen den ganzen Frühsommer über Schulklassen, um es zu bewundern. Als Armbrusters Heu ernteten, war das Gras mancherorts zertreten, und zwischen dem spärlichen Heu lagen Vesperbrotpapiere. Regula klagte darüber bei ihrem Vater. Dieser legte den Gemeinderäten nahe, die ganze Wiese mitsamt dem See dem Schwiegersohn abzukaufen. Man legte vom Sträßchen her einen festen Weg auf der Wiese an, und zum Wasser führte ein Bohlensteg. Dann stellte man Ruhebänke auf, mit Papierkörben daneben. Die Gemeindeverwaltung machte gehörig Reklame für ihre Sehenswürdigkeit. Jetzt kamen sogar aus der weiteren Umgebung Leute mit ihren Kindern in das schöne Gebiet. Beim Bäcker und beim Metzger kauften sie Proviant ein, der Wirt bekam Mittags- und Abendgäste. Zur Freude der Bewohner war ihr Dorf nun doch noch ein Anziehungspunkt geworden. Leonhards Name war noch berühmter geworden, denn ob man das Moorgebiet anschaute oder mit Schlitten und Skiern den steilen Hang bei seinem Haus hinabfuhr, stets hieß es: »Wir gehen zum Armbruster.«

»Wir können es uns leisten! Mit einem Auto wäre alles leichter und näher«, sprach Regula. Leonhard sträubte sich gegen den Vorschlag. »Du liebst doch sonst die Geschwindigkeit!« »Mir muß dabei der Fahrtwind um die Ohren brausen, und die Beine müssen Kraft einsetzen, nicht Gas geben.« Regula lachte darüber und machte den Führerschein. Ihr gefiel jetzt das Leben. Wenn sie durchs Land kutschierte, überkam sie ein Glücksgefühl wie damals, als sie, ein junges Mädchen noch, beim Vater im Auto saß. Der Viehhändler war mit seiner Lieblingstochter sehr zufrieden. Eine seiner Töchter, die einen Lehrer geheiratet hatte, hörte man nur darüber jammern, wie wenig er verdiene. Eine andere war Geschäftsfrau im Bahnhofstädtchen; sie sprach nur von der vielen Arbeit, die sie hatte. Die Jüngste heiratete an den Bodensee. Ihr Mann, der vielen Interessen nachging, ließ sie oft allein. Wenn sie deswegen unzufrieden war, nannte er sie eine Allgäukuh, die das Alleinsein ertragen müsse. Daheim sprach sie öfter von Scheidung.

Von der Zeit an, als ihre Töchter neun und zwölf Jahre alt waren, mußte Regula immer häufiger über ihren Mann erschrecken. Obwohl die Winter stets prächtig waren, nahm er an keinem Wettkampf mehr teil. Er sei zu alt dazu, meinte er, und ein viel zu tüchtiger Bauer. Wegen seiner »Tüchtigkeit« lachte sie in sich hinein, denn seine Arbeiten tat sie oft selber. Vor allem schwere und schmutzige Arbeit scheute er, aber manchmal drängte sie ihn dazu. Viel zu oft sah sie dann die Handbewegung, die andeutete, wie sinn- und hoffnungslos alles sei. In einem Herbst hatte er wie gelähmt auf den Schnee gewartet; als er endlich kam, fuhr er fröhlich mit seinen Töchtern am Armbrusterhang. Dabei stellte er fest, daß Adelheid für diesen Sport noch begabter war als Gertrud. Wenn die Mädchen eine Stunde frei hatten – er selbst hatte immer frei –, zeigte er ihnen, wie man Sprünge und Schwünge macht. Als dieser schöne Winter vorbei war und die Sonne kräftig schien, überfiel ihn wieder die häßliche Traurigkeit. »Was hast du denn? Als ob es uns nicht gutginge!« sagte Regula. »Es geht uns gut. Du bist eine tüchtige Frau. Du hast aber versprochen, mir zu helfen.« »Und, habe ich das nicht?« »Dem Anwesen und den Kühen im Stall hast du geholfen.« Auf einmal liefen Tränen aus seinen Augen. »Ich wollte dich haben. Vielleicht alles langsamer, einfacher, stiller.« Danach schwieg er wieder tagelang, und Regula bemühte sich, liebevoll zu ihm zu sein. Ohne ersichtlichen Grund konnte er dann plötzlich wieder monatelang fröhlich sein. In einem weiteren Winter gewannen Adelheid und Gertrud im neuen Skigebiet beim Jugendwettbewerb erste und zweite Preise.

Im Februar trugen Büsche und Bäume Knospen, im März blühten sie. April und Mai waren so schön, daß sich die Leute kaum an einen ähnlich prächtigen Frühling erinnern konnten. Zunächst war Leonhard wegen der Erfolge seiner Töchter hochgestimmt. Dann schimpfte er mit seiner Mutter, weil sie Adelheid zu sehr verwöhne. Danach verstummte er. Wenn Regula, von der schweren Tagesarbeit müde, des Nachts aufwachte, lag ihr Mann wach. Kein Streicheln und Küssen konnte ihm in den Schlaf helfen. Die Liebe schmeckte ihm noch weniger als das Essen. Er magerte ab, und die Mädchen schauten ihn ängstlich an. Doch im Juni stand er eines Morgens munter auf. In der Nacht hatte er seine Frau geweckt: »Horch! Es fängt an zu regnen!« Obwohl sie sofort an das trockene Heu dachte, das anderntags eingefahren werden mußte, war sie froh um Leonhard. Der Sommer verlief so gut, als sei nie etwas Böses bei ihnen gewesen. Aber dieser Sommer dauerte zu lange. Als Ende November immer noch jeden Tag die Sonne schien, war Leonhards Schwermut für alle unerträglich. Regula sagte: »Fahr hinüber nach Österreich, dort hat es Schnee. Fahr auf allen Pisten, die du kennst! Wohne im Hotel, wo man sich deiner noch erinnert.« Er ließ sich überreden und packte seinen Rucksack. Den Mädchen versprach er, ihnen zu Weihnachten neue Skier mitzubringen, und zwar gute, wie es sie nur in Österreich gab. »Dir werde ich ein schönes seidenes Trachtenkleid mitbringen«, sagte er zu Regula. Da steckte sie noch einige Hunderter in seinen Geldbeutel. »Mach es dir selber schön! Die anderen sind nicht besser, als du es warst. Iß gut und trinke abends ein Gläschen Wein. Vielleicht sind die Amerikaner da!« Zu Beginn der zweiten Adventswoche machte er sich auf den Weg. Er hatte die Skier geschultert und mit einem Strick zusammengebunden. Regula und Gertrud winkten ihm nach, aber er schaute nicht zurück.

Er ging auf dem gewohnten Weg ums Dorf herum und kam beim Bahnhofstädtchen an. Es ekelte ihn an mit seinen grauen Gebäuden und den gelbgrünen Wiesen. Von hier mochte er nicht abfahren! Er ging weiter durchs Tal auf eine andere Anhöhe und wollte von dort zur Bahnstation an der Grenze kommen. Den ganzen Tag marschierte er, und gegen Abend sah er die Ortschaft unter sich liegen. Die Sonne schien übers Tal, als wollte sie mit Gewalt den Frühling wecken. Nur weit in der Ferne sah er schneebedeckte Berge. Er stand schon eine ganze Weile, als er plötzlich seine Handbewegung machte, die Sinnlosigkeit und Überdruß ausdrückte, und dann ging er zurück, immer tiefer in den Höhenwald hinein. Bereits während des Tages hatte er Frau und Töchter vergessen. Jetzt dachte er nur noch an seinen Vater, der das Leben zehn Jahre länger als er ertragen hatte.

Am Nachmittag vor Heiligabend kam Regulas Vater, um die Geschenke zu bringen. »Ist Leonhard noch nicht da?« »Wir erwarten ihn heute Abend.« Der Großvater wußte, was sie brauchten; er brachte den Mädchen neue Skier und der Tochter ein schönes Trachtenkleid. Adelheid verplapperte sich: »Der Papa bringt uns genau das gleiche mit, nur alles viel schöner.« Der Großvater mußte bald wieder gehen, denn es warteten noch andere Enkel und Töchter auf seine Geschenke. Als es dunkel war, zündete Regula die Christbaumkerzen an. Die Mädchen hatten während der letzten Tage Lieder geübt, die sie dem Vater vortragen wollten. Gertrud konnte schön singen und Adelheid trefflich flöten. Aber jetzt klang es kläglich. Auch die Geschenke der Mutter entfachten nicht die richtige Freude. Regula hatte Leonhards Lieblingsessen gekocht. Sie wartete auf ihn und zögerte noch mit dem Auftischen. Wenn ihre Schwiegermutter Hunger hatte, gebärdete sie sich jedoch ungeduldig. Sie aß gerne und sehr viel. »Laß für den Leonhard noch etwas übrig«, sagte Regula. »Ha, der braucht nichts mehr zu essen!« Beide Mädchen weinten laut. »Ihr wißt doch, daß sie nicht recht im Kopf ist!« Sie schrie die Alte an, sie solle sofort ins Bett gehen. Den Töchtern riet sie, ebenfalls schlafen zu gehen. »Wenn ihr morgen aufwacht, ist der Vater da.« Sie löschte gerade die Kerzen, als sie ein Geräusch an der Haustür hörten. »Papa!« »Leonhard!« Es war Wenzel. »Ist er noch nicht da?« »Zu Weihnachten wollte er kommen.« »Weihnachten ist erst morgen«, sagte Wenzel. Er packte seine Geschenke aus, die normalerweise großen Jubel ausgelöst hätten. Die Mädchen sagten nur müde »danke« und gingen schlafen. Als ob er sich für sein Kommen entschuldigen wollte, erzählte Wenzel, daß er es bei seiner Schwägerin nicht mehr ausgehalten habe. Sie war die Frau des mittleren Bruders, die den ältesten, den Sonderling, zwar duldete, aber Wenzel aus dem Haus haben wollte. Immerzu bedrängte sie ihn, endlich zu heiraten oder sich anderswo als Knecht zu verdingen. Er wollte beides nicht. Regula setzte ihm die Hälfte des geretteten Rehbratens vor. Er fiel darüber her und beteuerte dabei, daß seine Schwägerin noch mehr der Nähe nach koche als einst die alte Magd Rosa. Regula, die noch aufräumen mußte, wäre jetzt lieber ins Bett gegangen, um weinen zu können. Wenzel las aber in dem Buch, das er Gertrud geschenkt hatte. Bis Mitternacht saß er darüber, und erst als er es zu Ende gelesen hatte, brach er auf. Nun war Regula zu müde zum Weinen.

Als Leonhard an Neujahr und auch an Dreikönig noch nicht da war, griff der Viehhändler zum Telefon. In den Hotels des Skiortes war er nicht gewesen. Man hätte ihn doch erkannt! Auch auf den Bahnhöfen wußte niemand, ob er gefahren war. »Der Schwiegersohn hat ziemlich viel Geld bei sich, vielleicht ist ein Verbrechen geschehen.« »Vielleicht ist er gar nicht weggegangen«, meinte der Bürgermeister, denn in der Gemeinde war bekannt, wie schwermütig ihr berühmter Sohn geworden war. Polizisten untersuchten Armbrusters Heustadel und streiften über den Waldhang. Der Moorsee! Er war zugefroren, denn bald nach Leonhards Abschied war Schnee gefallen, und die Kälte hatte eingesetzt. Man schlug die Eisdecke auf und stocherte mit langen Stangen darin herum, aber ohne Erfolg. Dann durchsuchten Grenzsoldaten die Wälder, und endlich fand man ihn.

Skier, Geld und Rucksack brachte man zum Hof, seine Leiche bahrten sie für kurze Zeit in der Nische außerhalb der Friedhofsmauer auf, dort, wo er und Regula einst Schutz vor dem Föhnsturm gesucht hatten. Sie stand bei der Beerdigung, als wäre sie aus Stein. Ihre beiden Töchter waren interessanter anzuschauen: Adelheid weinte; mit ihr hatten die Anwesenden Mitleid. Gertrud dagegen machte ein trotziges Gesicht! Sie spürte deutlich, daß der Makel, der auf ihnen lag, besonders auf ihr lastete. Obwohl ihre schlanke und schwarzhaarige Schwester eher dem Vater glich, starrten die Leute auf ihre roten Zöpfe, als ob an ihnen das Unheil haftete. Bald nach dem Unglück war Wenzel, wie selbstverständlich, auf den Hof gekommen. An ihm hatte Regula eine viel bessere Hilfe als einst bei Leonhard, zudem wurde mit seinem fröhlichen Wesen die erste böse Zeit etwas erträglicher. Regula wollte ihm einen guten Lohn geben, aber er lehnte hartnäckig ab. Von seinem Bruder hatte er nämlich ein gehöriges Vermögen zu erwarten, aber Regula setzte sich wegen des Gehalts durch. Seit Wenzel als junger Bursche die dreckige Arbeit auf der Dreschmaschine verrichtet hatte, lag ihm die Armbrusterfamilie im Sinn. Im ersten und zweiten Trauerjahr hielt er seine Liebe zu Regula zurück, wohl auch aus Angst vor einer Absage. Regulas Vater kam oft angefahren. »Nicht umsonst heißt du Regula«, sagte er zur Tochter, »du wirst alles regeln.« Dabei zwinkerte er Wenzel zu. Als die Sache aber nicht voranging, redete er mit seiner Tochter unter vier

Augen. »Dir und den Kindern könnte nichts Besseres geschehen!« fuhr er sie an, aber sie verhielt sich ablehnend. »Er ist jünger als ich«, warf sie ein. »Die paar Jahre! Man könnte meinen, ihr seid im selben Alter.« »Nein und endgültig nein! Ich heirate nicht noch einmal einen Mann aus Mitleid.« Als Wenzel in einer größeren Stadt zu tun hatte, sah er in einem Schaufenster ein buntes Sommerkleid. Es kam ihm vor, als stecke Gertrud darin – er mußte es kaufen. Als sie vor dem Spiegel herumhüpfte und das Kleid wunderbar fand, kam der Großvater dazu. »So ist es recht! Sie kleidet sich viel zu trist.« Zu Wenzel sagte er: »Du weißt, was schön ist, was zu ihren Haaren paßt.« Regula war unwillig weggelaufen, um Geld zu holen. »Ich bezahle das Kleid«, sagte sie böse. Wenzel ging schnell aus dem Haus, und der Alte folgte ihm in den Stall. Beide waren verlegen. »Du wärst mir als Schwiegersohn willkommen, das weißt du. Ich muß dir aber sagen, daß meine Tochter dich nicht heiraten will.« Wenzel war bleich geworden. Dann setzte er der nächsten Kuh die Melkmaschine an.

Adelheid sollte Lehrerin werden; sie war weit fort und kam selten heim. Gertrud und Wenzel schafften miteinander um die Wette. Manchmal verspürte Regula etwas wie Eifersucht deswegen. Im Herbst fingen die beiden an, den großen Kahlschlag einzuzäunen, ohne Regula zu fragen. Den oberen Teil, etwa ein Drittel der Fläche, bepflanzten sie mit jungen Tannenbäumchen. Es kostete Arbeit und Geld, aber Gertrud meisterte es. Als Schnee fiel, kamen wieder die Schlitten- und Skifahrer herauf. Sie regten sich wegen der Zäune auf und rissen sie sogar an manchen Stellen um. Auch bei Regula beklagten sie sich. Während Wenzel geduldig die Zäune reparierte, hatten Mutter und Tochter einen bösen Streit. »Unsere Kühe können klettern«, lachte Gertrud zuerst. »Außerdem ist die kahle Stelle zu groß und sieht häßlich aus.« Was Regula über die Beliebtheit des Ausflugszieles im Dorf vorbrachte, verlachte das Mädchen. So blieb der Zaun, der Tannenschonung und Weideland schützte, stehen.

Eines Tages hörte Wenzel vom Holzschuppen her Geräusche; es klang, als sollte mit aller Gewalt Hölzernes zerschlagen werden. Gertrud war dabei, die Skier ihres Vaters zu zertrümmern, auch ihre Skier hatte sie sich bereitgelegt. Wenzel lachte: »Das ist zähes Holz – ich helfe dir.« Mit Axt und Säge machten sie nun Kleinholz und fachten hinter dem Stadel ein Feuer an, damit Regula nichts davon merkte. Sie sah den Rauch aber doch und hörte das Gelächter. Sie eilte herbei, und es sah so aus, als wollte sie das große Mädchen schlagen. Wenzels Gegenwart hielt sie vielleicht davon ab. Auch der andere Anziehungspunkt beim Armbrusterhof ging verloren. Seit man im Moorsee nach einer Leiche gesucht hatte, mochten die Einheimischen gar nicht mehr und die Auswärtigen nur noch selten zum Naturidyll kommen. Wenn Wenzel an der Grenze zur Gemeindewiese mit der Sense hantierte, mähte er einige Meter darüber, und Gertrud rechte das Gras lustig auf ihre Seite, jedes Jahr ein bißchen mehr. Niemand hatte etwas dagegen. Die Pflanzen nahe am See blühten wieder leuchtender, die Tiere freuten sich der neugewonnenen Stille, und das Fischreiherpaar, das man lange nicht mehr gesehen hatte, kam zurück.

Inzwischen hatte sich alles geändert; der Krieg hatte begonnen, und der über dreißig Jahre alte Wenzel mußte zum Militär. Die Arbeit, die Regula und Gertrud nun allein zu verrichten hatten, brachten Mutter und Tochter einander wieder näher. Beide warteten auf Nachricht von Wenzel. Er schrieb aus der Garnisonsstadt an »Frau Regula Armbruster«, wie sehr er Heimweh habe und wie abscheulich das Soldatenleben sei. Solche Nachrichten kamen immer seltener, denn er machte es wie seine Kameraden:

Wenn er Ausgang hatte, lachte er sich ein Mädchen an. Eines mit roten Haaren liebte er. »Welcher Esel bin ich doch meine ganze Jugendzeit über gewesen! Ein Armbrusteresel!« Ganz unerwartet kam er an die Front, dann in Gefangenschaft. Sie hörten lange Zeit nichts mehr von ihm.

Auch im Dorf hatten Veränderungen stattgefunden. Gegen Ende des Krieges verlegte eine Rüstungsfirma einen Teil ihrer Produktion vom See in dieses Allgäunest, wo sie vor Bombenangriffen sicher waren. Provisorische Fabrikhallen entstanden, außerdem ein Barackenlager für Gefangene, die dort arbeiten mußten. Fast jedes Haus im Dorf bot einem Angestellten oder Arbeiter der Firma Quartier. Der Direktor hätte ohne weiteres beim Wirt essen und schlafen können, doch er war ein Mann, dem Abstand gefiel. Da er ein Auto besaß, konnte er auf dem Armbrusterhof einquartiert werden. Regula richtete für ihn die schöne Kammer her, wo vordem die verrückte Armbrusterin gehaust hatte, und bereitete ihm gutes Frühstück und Abendessen zu. Alle drei Frauen warteten abends auf ihn. Adelheid half er bei schwierigen Hausaufgaben, Gertrud ließ sich gerne loben wegen ihres Fleißes, Regula wartete aus anderen Gründen.

Dann kamen die Franzosen, auch ins Allgäu. Sie verhafteten den Direktor auf der Stelle und sperrten ihn mit anderen Kriegsverbrechern ein. Die freigelassenen Gefangenen legten Zeugnis für ihn ab, wie gut er für sie gesorgt habe, und beschworen, er habe beileibe nicht gegen die Menschenrechte verstoßen. Trotzdem behielt man ihn in Gewahrsam, denn vieles mußte untersucht und gesühnt werden. Erst im Herbst entließ man ihn. Er mochte aber nicht heim, denn dort lag die Firma in Trümmern. Seine Villa am Stadtrand stand zwar noch, doch jetzt lebten darin französische Herren, die seine Frau bedienen mußte. Also ging er zum »Armbruster«, wo er zwei Jahre lang still und zufrieden wie ein Knecht arbeitete. Gertrud spürte und wußte es, wie es zwischen ihrer Mutter und dem Mann stand. Manchmal gönnte sie ihr das Glück, dann war sie wieder zornig darüber. Als die zwei Jahre vorbei waren, kam seine Frau mit ihrem erwachsenen Sohn, wohl weil sie Hunger hatten, ins Allgäu. Die Frau wollte alle merken lassen, daß sie etwas Besseres sei. Sie meinte nämlich, Landfrauen seien ungebildet und beschränkt. »Wenigstens die Mädchen müßten ›Frau Direktor‹ zu mir sagen!« beschwerte sie sich beim Mann. Sie fragte Gertrud, warum der Bauer sich aufgehängt habe. Statt einer Antwort zog Gertrud nur eine Grimasse. Der Frau gefiel es hier nicht, sie wollte an den See zurück und ihren Mann mitnehmen. »Nicht bevor der Betrieb wieder läuft«, sagte er. Regula packte Brotlaibe, Butterpäckchen und Rauchfleischbinden zusammen. Der Sohn Friedhelm und Adelheid waren die einzigen, denen der zweiwöchige Besuch gefallen hatte. Sie zeigte Friedhelm immer wieder den Moorsee. Kaum einen Monat später kam die Nachricht vom Bodensee, daß der Betrieb wieder anlaufe und der Herr Direktor dringend gebraucht werde.

Wenzels Fronteinsatz und die Gefangenschaft waren schrecklich gewesen. Er hatte in einem Bergwerk in Sibirien arbeiten und Tag für Tag im Wasser stehen müssen. Manchmal verfluchte er seine robuste Gesundheit und hoffte, am Morgen nicht mehr zu erwachen. Dann gehörte er zu den Entlassenen. Noch in fremdem Land freute er sich auf die Heimat. Je näher er ihr kam, desto unsicherer schien ihm alles. Sicher meinte man dort, er sei längst tot. So war es auch. Wenzel wußte nicht, wohin er gehen sollte, und fuhr zu seinen Brüdern. Dort freute man sich über seine Wiederkehr, doch man erschrak auch über sein Aussehen. Seine Haut war fahl, die Haare grau, und er war nicht mehr schlank wie früher, sondern aufgeschwemmt und dick. Schon am nächsten Morgen fragte ihn die Schwägerin: »Was willst du nun tun?« »Mir irgendwo Arbeit suchen.« »Jetzt kann man überall Leute brauchen«, meinte der mittlere Bruder, seiner Frau zuliebe. »Armbrusterbauer zu werden, ist endgültig vorbei für dich. Die Regula hat einen Fabrikdirektor.« Der älteste Bruder, der kaum einmal sprach, sagte: »Der ist ja weg! Die Gertrud wartet auf dich.« »Woher weißt du das?« »Am Sonntag nach der Kirche schaut sie mich immer an.«

Drei Tage nach seiner Ankunft ging er dorthin. Es war ihm banger zumute als damals, als er dreschen mußte. Der Empfang war überraschend, als wäre er ein Geschenk Gottes. Gertrud strahlte ihn an, Adelheid hüpfte und klatschte in die Hände. Regula umarmte ihn. »Wir füttern dich! In der frischen Luft wirst du bald wieder aussehen wie früher! Bleibe hier, wo du hingehörst! Morgen abend feiern wir das Wiedersehen.« Regula kochte Leonhards Lieblingsessen, und Wenzel erzählte von Sibirien. »Ach laß. Vorbei und vergessen!« Regula, die bereits ein bißchen zu viel Wein getrunken hatte, sagte: »Ohne einen Mann mußte ich noch nie hier leben. Gertrud, hol noch eine Flasche!« Gertrud war bleich, als sie vom Keller kam. »Zum Wohl«, flüsterte sie und lief in ihr Schlafzimmer.

In dieser Nacht ging Gertrud, als es ganz still war, in Wenzels Kammer. Sie weinte an seinem Bett. »Komm, leg dich zu mir.« »Ach, die Mutter!« schluchzte sie, »alles muß sie für sich haben! Sie will es nicht wahrhaben, daß ich die ganzen Jahre auf dich gewartet habe. Sie will nicht sehen, daß ich jetzt eine Frau bin.« »Ich weiß es und sehe auch, welch schöne Frau du bist.« Dann schliefen sie miteinander. Schon am andern Tag bekannten sie's. Regula war rot geworden. »Wann wollt ihr heiraten?« »Bald«, sagten sie wie aus einem Mund.

Gertrud war eine seltsam schöne Braut mit ihrer roten Haarkrone und dem weißen Schleier. Die kommenden Jahre waren für die Bauern erfolgreich. Was sie produzierten, auch die tägliche Milch vom Armbrusterhof, war für die Menschen wichtig. Wenzels und Gertruds Arbeitslust war kaum zu übertreffen. Regula suchte und fand im Haus vieles, das modernisiert werden mußte. Nur eines fehlte: Wenzel und Gertrud hatten nach dreijähriger Ehe noch kein Kind. Ein Arzt vermutete, das Stehen im eiskalten Wasser im sibirischen Bergwerk könnte Wenzels Drüsen geschadet haben. Gertrud nahm den Umstand nicht tragisch. Es gibt viele Ehepaare ohne Kindersegen! »So können wir uns lieben, wie wir nur wollen«, lachte sie. Regula meinte sogar, das Erbgut der Armbrustersippe müßte nicht unbedingt an Nachkommen weitergegeben werden.

Adelheid war keine glückliche Lehrerin geworden. Sie war in der nahen Bahnhofstadt angestellt, wo die Leute wußten, was in ihrer Familie geschehen war. Sie gewann zwar bei Skiwettbewerben Preise, trotzdem oder gerade deswegen behandelte man sie mit Scheu. Sie hatte keine Autorität, und die Kinder taten bei ihr, was sie wollten. Jeden Tag versuchte sie, es besser zu machen als am Tag zuvor. Es gelang ihr nicht. So empfand sie das Unterrichten mehr und mehr als Hölle. Ihre freie Zeit verbrachte sie zumeist daheim. An einem schönen Frühlingssonntag war sie besonders wortkarg. Bevor sie wegfuhr, schaute sie von der Haustreppe aus nach der Abendsonne. »Wenn es nur endlich regnen wollte!« Ihre Mutter erschrak heftig. Diesen Seufzer kannte sie, auch die verzweifelte Handbewegung, die Adelheid dabei machte.

Die Frau des Fabrikdirektors war gestorben. Sie hatte große Furcht vor der Krankheit gehabt. Jeden Morgen tastete sie ihre großen Brüste nach Knoten ab, jahrelang. Als sie endlich eine Verhärtung feststellte, war es zu spät. Eine Weile nach der Todesnachricht lud Regula den Sohn Friedhelm ins Allgäu ein. Er kam oft, und bald waren er und Adelheid ein Paar. Bei der Hochzeit lachte die Brautmutter und dachte: Nicht umsonst heiße ich Regula. Anfangs schien Adelheid glücklich zu sein. Sie war den widerlichen Schuldienst los, im reichen Haus gefiel es ihr, und der Schwiegervater liebte sie wie eine Tochter. Sie hatte aber stets Heimweh, das auch der schöne See nicht stillen konnte. Die hektische Stadt stieß sie ab. Ihr Mann wollte ihr nicht helfen. »Fahr halt hinauf!« sagte er höchstens. Friedhelm war zu sehr mit seiner Karriere beschäftigt, denn er wollte wie sein Vater sein. Dabei war ihm klar, daß er dessen Stand nicht erreichen konnte. Darum war er unzufrieden, suchte nach Entschuldigungen da und dort, besonders bei seinem Gesundheitszustand. Es gab kaum einen Tag, an dem er nicht klagte. Trotzdem konnte er seinen Vergnügungen nachgehen. »Meine Frau ist mir zu gescheit«, beteuerte er einer Freundin. »Sie hat ja ihren Schwiegervater«, lachte sie. Man sprach nämlich darüber, daß man die Junge nur mit dem Alten sehe. Abends spielten sie miteinander Karten, wie einst, als er auf dem Hof lebte. Manchmal weinte Adelheid. »Ich habe falsch geheiratet.« Er wollte sie trösten. »Wenige heiraten richtig. Habe ich es getan? Oder gar deine Mutter?« »Doch, ich weiß jemand: Gertrud und Wenzel.« Es klang, als sei sie eifersüchtig.

Vier Jahre nach der Hochzeit bekam sie einen Sohn. Die Mutter ließ sie wissen, daß er Leonhard heißen sollte. Regula war darüber entsetzt und konnte es verhindern. Olaf sollte er heißen, bestimmte Friedhelm. Mit dem Kind schien doch noch das Glück eingekehrt zu sein. Der Großvater liebte es sehr. Obwohl er ein Direktor gewesen war, schob er den Kinderwagen durch den Park; später nahm er den Buben an der Hand, um ihm draußen die schöne Welt zu zeigen. Er war stolz, denn der Kleine war hübsch, mit runder hoher Stirn und blondem Haar. »Er gleicht Regula«, sagte der Großvater, und darüber mußte Adelheid lachen. Doch plötzlich wurde er schwer krank und starb in kurzer Zeit. Adelheid fühlte sich, als hänge sie in der Luft. Ihr Mann hing sich aber an sie, mit seinem Jammern und seiner Unzufriedenheit. Er bedauerte sich und war verärgert, wenn sie ihn nicht genügend bemitleidete. Das Kind vermißte den Opa, es spürte auch, wie traurig es seit seinem Tod bei ihnen war. Die Mutter war nie mehr fröhlich, sie lief herum und winkte mit den Händen ab, obwohl der Bub nichts von ihr forderte. Eines Tages verkündete Friedhelm, ihm sei eine sechswöchige Kur verschrieben worden. »Ich schaffe es nicht allein. Du fährst mit!« befahl er. Zum Wochenende brachte sie den Buben heim zum Armbrusterhof, und am Montag sollte sie mit ihrem Mann zur Kur fahren. Gertrud gebärdete sich überglücklich, für so viele Wochen ein Kind zu haben, doch sie spürten alle, wie unglücklich Adelheid war. Ihre Mutter wollte sie aufmuntern: »Friedhelm ist ein harmloser Kerl. Während der Kur findet ihr wieder besser zusammen.« Die Tochter nickte. »Mach es nur dir selber schön!« Adelheid zuckte mit den Schultern. Regula erschrak, denn ihr fiel ein, daß sie schon einmal so einen vergeblichen Rat gegeben hatte. Adelheid fuhr ab, als die Sonne noch schien. Auf der Haustreppe sagte sie: »Hoffentlich regnet es in Bad Krozingen.«

Als sie zu Haus ankam, war Friedhelm nicht mehr da. »Sie sollen morgen nachfahren. Er wurde abgeholt«, richtete ihr die Hausmeisterin aus. In der Wohnung sah es übel aus. Seine Unterwäsche, Anzüge und Schuhe lagen durcheinander. Die Hausmeisterin half der Frau, die Koffer zu packen und sie zum Auto zu schleppen. In dieser Nacht fand Adelheid keinen Schlaf. Kind, Mutter, Schwester, Heimat und Mann vergaß sie nach und nach ganz und gar. Nur noch die grelle Sonne sah sie, die sie bei der Herfahrt geblendet hatte. Dann beherrschte der Vater ihre Gedanken; er hatte das Leben zehn Jahre länger als sie ertragen. Ganz in der Frühe, als die Stadt noch schlief, muß sie zum See auf den Schiffsteg gelaufen und ins Wasser gegangen sein.

Regula saß auf der Bank vor dem Haus. Wenzel, der gerne mit Holz umging, hatte sie gezimmert. »Jetzt bin ich eine Pfründnerin, die's gut haben kann«, lachte sie dem Besucher zu. Ihr Schwiegersohn Friedhelm kam zweimal im Jahr, um nach dem Sohn zu sehen. Er redete am liebsten mit Regula, jedesmal dasselbe: »Damit mußte ich leben!« Dann klagte er wegen seines schwachen Herzens und über Schmerzen in den Gelenken. »Keine Zigarette darf ich rauchen, kein Tröpfchen Alkohol trinken.« Regula verbiß sich das Lachen, denn wenn Wenzel ihm einschenkte, lehnte er nie ab. »Da kommt Olaf!« rief sie. Die Familie war beim Heuen und sah das Auto den Berg herauffahren. »Geh! Begrüße deinen Vater«, befahl Gertrud. Sie mußte es energisch sagen, denn Olaf wußte mit ihm nichts zu reden. Als er näher kam, sagte Regula: »Sie meinen, er sähe mir ähnlich.« »Ja – aber wie er geht und sich bewegt, das hat er von meinem Vater.« »He, Olaf! Hier sind wir!« »Wenn ich gewußt hätte, daß er Armbrusterbauer wird, hätte ich ihm einen anderen Namen gegeben«, sagte Friedhelm. »Olaf Kunz paßt zwar nicht ins Allgäu, doch hier ist es gut, es läßt die Vergangenheit vergessen.« Der Junge freute sich, als er die Großmutter so fröhlich sah.

Das Ochsengespann

Vielleicht war er der Sohn eines Ortsvorstehers in einem polnischen Dorf. Vor seinem Vater zogen die Männer sicher den Hut, und die Dorffrauen machten einen Knicks, wenn sie ihm begegneten. Sein Söhnchen, ein mittelgroßes, schlankes Bürschchen, wurde wohl von allen im Dorf geliebt. Er könnte aber auch der Sohn eines Gutsbesitzers gewesen sein, der mit Pferden kutschiert, mit Mädchen getanzt, ein gutes Leben geführt und seine Zukunft als großartig vor sich gesehen hatte. Etwas Vornehmes, Gebildetes lag in seinem Wesen. Er sprach nie davon, wo er herkam.

Der Krieg hatte ihn, so oder so, aus allem gerissen. Viele seiner Kameraden waren ums Leben gekommen. Er war in Gefangenschaft geraten und wurde nach Süddeutschland in ein Lager gebracht. Der junge Pole nahm sich vor, kein Wort Deutsch zu lernen und die paar Monate, wie er meinte, ohne jede Anteilnahme, nur auf die Rückkehr in seine Heimat ausgerichtet, zu verbringen.

Er wurde auf einen Bauernhof eingeteilt, um dort zu arbeiten. Nur eine Mutter und ihre Tochter waren hier; die Männer waren im Krieg. Der Gefangene verhielt sich zunächst so, wie er es sich vorgenommen hatte. Aber die Bauerstochter war ein junges, blondes, lustiges Mädchen. Der junge Pole hatte gemeint, nur in seiner Heimat gebe es solch schöne Frauen. Nach kurzer Zeit kannte er die wichtigsten Worte, die für die Zusammenarbeit nötig waren.

Bald wußte er, diese fremde Sprache wird er leicht lernen können, und er wehrte sich nicht mehr, denn er verliebte sich mehr und mehr in das Mädchen.

Die Bäuerin hatte die Pferde abgeben müssen und sie durch zwei Ochsen, beschnittene Stiere, ersetzt. Denen wollte das Mädchen nun beibringen, sich wie Rösser zu benehmen. Manchmal weinte es fast über die störrischen Tiere, die kein Kummetgeschirr, keinen Strick leiden mochten. Mit einem klobigen Stock schlug es auf die Ochsen ein. Der Gefangene sah ein paar Tage zu; mit Ochsen hatte er noch nie zu tun gehabt. Dann nahm er dem Mädchen den Prügel aus der Hand. Seine Schläge waren härter, die polnischen Flüche dringend. Je ärger er fluchte und schlug, desto lauter lachte das Mädchen. Die Tiere begannen ihm zu gehorchen.

Es war im ersten Frühling des Krieges. Die Ochsen zogen schwere Klee- und Graswagen. Auch vor dem Pflug gingen sie gehorsam tagelang den Acker auf und ab. Hatte der Pole die Arbeit mit ihnen ordentlich getan, freute er sich, wenn er am Abend von dem Mädchen gelobt wurde. Er strahlte es an, und am andern Tag machte er alles noch besser. Das Ochsengespann hatte dabei einiges zu erdulden. Zeigte es den geringsten Unwillen, prügelte er, damit das Mädchen ja zufrieden war. So trieb er es mit den Tieren, mit hü und hott und brrr, den ganzen Sommer lang. Auch sonst warb er um die Gunst des Mädchens. Rutschte sie vom Heuwagen, fing er sie auf und hielt sie etwas zu lange im Arm. Sie stieß ihn dann grob beiseite. Einmal, im stickig heißen Heustadel, versank sie beim Feststampfen bis zu den Hüften im Heu, immer wieder mußte er ihr heraushelfen. Ein anderes Mal gerieten sie dicht aneinander, ohne rechten Grund, und bei dieser Berührung wollte der Pole sie küssen. Aber wieder wies sie ihn ab. Danach tat er, als verstünde er sie nicht mehr, brachte auch kein deutsches

Wort über die Lippen. Die Ochsen fluchte er wieder polnisch an. Aber seine Verliebtheit war wohl zu heftig, bis in den Winter hinein wurde er immer wieder rückfällig.

Doch eines Tages hatte er Anlaß, sich seiner vergeblichen Umwerbung zu schämen. Zu Weihnachten kam der Nachbarssohn auf Urlaub, und der junge Pole wußte sofort, daß dies der Bräutigam des Mädchens war. Als Geschenk brachte er einen jungen Bullen auf den Hof. Sie hatten zehn Milchkühe im Stall stehen, und wenn die Bäuerin sah, daß eine von ihnen zu erneuter Milchproduktion bereit war, mußte ihre Tochter die Kuh in den Nachbarort zum Zuchtstier bringen. Dieser Gang war ihr immer peinlich gewesen, bis der Pole kam und sie ihn mit der Kuh losschicken konnte. Wenn es ihm möglich gewesen wäre, hätte er sich geweigert. Den Hinweg lief die Kuh nämlich schnell, kaum zu bändigen, doch auf dem Heimweg war sie nur schwer vorwärts zu bewegen, als wüßte sie, was sie in nächster Zeit im Stall erwartete. Jetzt stand aber der Bulle da! Er hatte ein schmutziggelbes Fell, die Stirn voller Rollenhaare und ein mächtiges Genick. Seine Hörner waren kurz und spitz, die Augen klein und rötlich. Seine Nase zierte ein Eisenring. Oft stampfte, schnaubte und brüllte er, als wäre er stets, und lieber viel öfter, zum Sprung bereit. Der Pole haßte den Kerl. Und doch sollte er ihn, sobald es nötig wurde, zur Deckung einer Kuh losbinden. Zum Glück mochte der Stier ihn auch nicht. Wenn er ihn fütterte oder putzte, stieß er bösartig mit den Hörnern nach ihm; räumte er seinen Mist weg, schlug er mit den Hinterbeinen aus. Ihn freizubinden wäre für den Polen lebensgefährlich gewesen. Das Mädchen sah es schließlich ein und führte den Bullen selber zum notwendigen Akt.

Da der Pole auch im Winter genügend Arbeit brauchte, hatte der Bräutigam bestimmt, daß er gefällte Baumstämme aus dem Wald strecken müsse. Man sagte es ihm,

wie die Stämme anzuketten und mit den Ochsen durch
Gestrüpp und über Wassergräben an den Waldrand zu
schleifen seien. Für den ersten Baumstamm brauchte er
lange Zeit, und es kostete ihn große Mühe. Immer wieder
ging's einfach nicht weiter. Manchmal mußten die Ochsen
ans andere Ende des Holzes gespannt werden, um es zu-
rückzuziehen. Dann wollte er es erzwingen, schrie und
drosch auf die Tiere ein. Sie strengten sich übermäßig an.

Es war Mittagszeit, als der erste Baumstamm am Rand
des Waldes lag. Das Mädchen hatte ihm im Rucksack Essen
und Trinken mitgegeben, für die Ochsen einen Sack voll
Heu. Während er auf dem Stamm sitzend kaute, betrachtete er die Tiere. Sie waren naß vom Schweiß. Die Anstren-
gung muß ihnen das Wasser in die Augen getrieben haben,
aus ihnen liefen Tränen. Der Mann erschrak sehr, weil sie
weinten. Der größere weiße Ochse hatte schöne braune
Augen, der gedrungene Rote hellgraue, wie Wasserkugeln.
In den Augen beider meinte der Pole eine große Traurigkeit zu sehen. Die Ochsen malmten noch ihr Heu, da rieb
er sie mit dem leeren Sack trocken, denn es ging ein kalter
Wind. Am Nachmittag lief die Arbeit besser. Er schlug und
brüllte nicht mehr, ließ den Ochsen auch Verschnaufpau-
sen. Als das Gespann in der Dunkelheit heimkam, fragte
das Mädchen den Polen, wie viele Stämme er aus dem Wald
geschafft habe. Er zeigte es mit den Fingern, als ob er nicht
»drei« sagen könne. Seit er ihr nicht mehr flattieren konnte, mochte er kein Deutsch mehr sprechen.

Als der Pole am anderen Tag in der Frühe vom Gefangenenlager zum Hof ging, freute er sich auf die Arbeit im
Wald, allein mit den Ochsen. Auch sie gebärdeten sich, als
wollten sie gerne dorthin. Weil sie keinen Wagen zu ziehen
hatten, gingen sie schnell. Der Weiße hatte lange Beine, mit
denen er weit ausholende Schritte machte. Der Rote, mit
seinen kürzeren Beinen, mußte viel mehr Schritte machen,

tat dies aber belustigend rasch. Der Pole wurde zum Laufen gezwungen, um mitzukommen. Die Arbeit war wieder mühsam. Die Stämme blieben an diesem und jenem Baumstrunk, gar in Löchern hängen, doch er bezwang seine Ungeduld. Statt des Stockes hatte er nun ein langes Stemmeisen in den Händen, mit dem er schieben und helfen konnte. Das Mädchen wartete abends ungeduldig auf das Gespann. Bevor sie den Polen nach der Arbeitsleistung des Tages fragen konnte, streckte er ihr die fünf Finger seiner linken Hand vors Gesicht.

Einmal fing es um die Mittagszeit heftig an zu regnen. Die Ochsen mochten nicht fressen. Sie senkten die Köpfe tief und rückten nah zusammen. Schon öfters hatte der Pole beobachtet, daß sie bei starkem Regen gern reglos beieinander standen. So führte er sie in den dichten Wald. Während auf dem Kahlschlag der Regen prasselte, ließ er sie den ganzen Nachmittag unter den Tannen stehen. Damit er selber nicht ganz durchnäßt wurde, setzte er sich unter ihre Bäuche. Dabei hatte er keine Bedenken, daß die Ochsen ihn unter diesem Dach nicht dulden würden.

In der Nacht darauf war aus dem Regen Schnee geworden. Die Arbeit im Wald wurde dadurch erschwert, denn Stämme wie Schleifspuren mußten gesucht werden. Bald kam aber die große klirrende Kälte. Auf dem festgefrorenen Schnee war das Holz leichter zu bewegen, es rutschte und schlitterte, und so schafften sie ein Mehrfaches. Während sie arbeiteten, froren sie nicht, doch in der Mittagspause zitterte der Weiße, und auch dem Mann war sehr kalt. Er drängte sich an den Hals des Roten. Das Gesicht, die Hände, auch den Rücken schmiegte er an das warme Tier, das mehr Wärme abzugeben hatte als der Weiße. Zudem waren seine Hörner abwärts gebogen, also auch bei nächster Nähe nicht gefährlich. Beim Weißen wagte er eine so enge Berührung nicht, denn seine Hörner standen waagrecht und waren spitz. Für ihn nahm der Pole eine alte Roßdecke mit, um ihn in der Pause nicht gar so frieren zu lassen.

Aber es war schön im verschneiten, stillen Wald! Ein Rudel Rehe wurde vom Heuduft angelockt. Sie kamen dicht heran, um die letzten Halme der Ochsenmahlzeit aufzulesen. Von nun an steckte der Pole einen Extrawisch Heu für die Rehe in den Sack. Ein Eichhörnchen rannte aufgeregt zwischen den Ochsenbeinen umher. Vielleicht suchte es ein Vorratsnest, das ihm die Klauen wohl zerstampft hatten. Es kamen auch allerhand Vögel, sie pickten im halbgefrorenen Ochsenkot nach Körnern.

Der Pole hatte hier so lange Arbeit, bis im Wald der Seidelbast und an den Rändern der Wassergräben die Märzenbecher blühten. Statt das Heu aufzufressen, scharrten die Ochsen nur die wässerigen Schneeplatten beiseite, um an sprossendes Grün zu kommen. So leid es dem Polen auch tat, daß die einsame Arbeit getan war, war er schließlich doch froh, aus diesem Dreck herauszusein. Er hatte die Beine der Tiere nämlich nicht mehr sauber bekommen. Sie waren im Matsch des Waldbodens eingesunken, der vom Schneewasser wie grundlos geworden war.

Zu dieser Zeit kam das Milchauto nicht mehr in die Dörfer; der Käser hatte sein Lieferwägelchen abgeben müssen. Bisher hatte er am frühen Morgen in der Gegend die vollen Milchkannen abgeholt und die leeren vom Vortag zurückgebracht. Nun mußten die Bauern selber sehen, wie ihre Milch zur Molkerei kam. Wer es nicht zu weit hatte, schaffte es mit dem Handwagen. Zum Transport ihrer beiden Milchkannen hieß das Mädchen den Gefangenen den Weißen an den kleinen Wagen spannen. Die Nachbarn staunten von Tag zu Tag mehr, in welchem Nu er mit den leeren Kannen zurückkam. Man bestimmte ihn darum zum Milchfahrer fürs ganze Dorf. Jetzt mußte er beide

Ochsen an den großen Wagen spannen. Doch was heißt »mußte«? Für den Fuhrmann und die Tiere war es jeden Morgen ein Vergnügen. Auf dem Weg zur Käserei hatten die Ochsen der vielen vollen Kannen wegen zwar schwer zu ziehen. Vor dem großen Dorf ging's zudem langsam bergauf. Aber sie hatten schon ganz andere Lasten gezogen! Den Heimweg liefen sie übermütig. War das Wetter recht schön, pfiff der Junge sogar ein Lied von seinem Sitz herunter. Alle Dorffrauen lobten die Ochsen samt dem Polen. Er müsse gescheit sein, sagten sie, denn alsbald hatte er die Nummern aller Kannen im Kopf. Nie stellte er eine falsche vors Haus. Manche Bäuerin steckte ihm ein Stück Kuchen zu, andere gaben ihm eine Handvoll Salz für den Weißen und den Roten. Bald baten ihn Kinder, die so früh zur Schule mußten, mitfahren zu dürfen. Er ließ es zwar zu, daß sie sich zwischen die Milchkannen zwängten, aber viel lieber war er allein mit den Tieren. Ein Mädchen sagte zu ihm: »Du bist schon lange hier und kannst immer noch nicht Deutsch.« Er lachte und zeigte auf die Ochsen: »Sie verstehen nur Polnisch.« Danach war er den Kindern ein bißchen unheimlich, weil er ihre Sprache verstand und sprechen konnte, es aber nicht tat. Da gingen sie lieber wieder zu Fuß zur Schule.

Gleich neben der Stalltür war der Verschlag, wo vordem die Pferde, jetzt die Ochsen ihren Platz hatten. Es war ein bevorzugter Stand mit Holzbohlen als Boden, beim Durchgang daneben das helle Stallfenster. Hier konnte der Pole die Tiere leicht sauberhalten. Er warf ihnen viel Streu vor und räumte ihren Kot rasch weg. Kein bißchen Schmutz duldete er an ihnen. Sobald er Zeit hatte, handhabte er mit Striegel und Bürste an ihnen. Der Weiße war kurzhaarig; sein Fell und die langen Hörner hätten einer Kuh gut angestanden. Er war ein schönes Tier. Die großen Ohren schimmerten rötlich, dazu die dunkelbraunen

Augen. Alles an ihm war fein, sogar der Schwanz wirkte wie eine geschmeidige Rute. Seine Beine waren hoch und schlank, und doch steckten in ihnen große Kräfte. Hätte man dem Weißen seine Natur gelassen, wäre die Stärke in seinem Körper anders verteilt gewesen. Manchmal, wenn der Pole ihn glänzend striegelte, dachte er daran, welch mächtiger Bulle der Weiße gewesen wäre. Eine Dorffrau sagte zu ihm, man könnte meinen, er habe einen Schimmel an der Deichsel. Da war er stolz und rieb nun seine Hörner und Klauen mit Schmiere ein, bis auch sie glänzten.

Der Rote war nicht minder schön, nur anders. Sein rostrotes Fell war langhaarig, am Kopf sogar wellig. Sein Betreuer striegelte ihm zwischen den krummen Hörnern bis zum Maul einen Mittelscheitel, was ihm ein gutmütiges Aussehen verlieh. Er wäre sicher auch in seiner Stiereskraft nicht zu fürchten gewesen. Seine Pflege nahm mehr Zeit in Anspruch, des wolligen Fells, der haarigen Beine und des buschigen Schwanzes wegen. War alles gekämmt, wirkte er noch gepflegter als der Weiße, und die Frau, die oft des Polen Ochsengespann bewunderte, meinte: »Mit diesen beiden könntest du im Zirkus auftreten.«

Außer der morgendlichen Fahrt zur Molkerei und der Arbeit vor Pflug und Wagen gab es größere Fahrten ins größte Dorf der Umgebung, um allerhand Erträge abzuliefern. Alte Männer, junge Frauen, Buben und Gefangene führten ihre Ochsengespanne am Halfter zur Sammelstelle. Mußten sie in der Reihe warten, gab es Stockschläge und Flüche für die ungeduldigen, störrischen Tiere. Nicht so beim Ochsengespann des Polen! Seine Ochsen standen ruhig, dabei hatte er sie nicht einmal kurz gefaßt. Er saß auf dem Wagensitz, die Ochsen am langen Seil. Inzwischen hatte er nämlich gelernt, sie mit dem Leitseil zu dirigieren, wie man es bei Pferden macht. Vor allem der Weiße reagierte auf jeden Zug nach rechts oder links, auf den schwächsten Seilwink zum Gehen oder Stehen.

Das Mädchen sah, welch trefflichen Fuhrmann sie hatte. Vor allem hörte sie es von den neidischen Nachbarn. Sie wollte am Ruhm teilhaben. Darum fuhr sie den Herbst über immer wieder mit, stolz neben dem Polen sitzend, um Obst und Kartoffeln abzuliefern. Des öfteren, wie aus Versehen, legte sie bei der Heimfahrt ihre Hand auf sein Knie. Ließ sie diese zu lange liegen, sprang er unwillig vom Wagen und ging neben dem Weißen her. Manchmal, wenn sie heimkamen, tat sie, als könne sie nicht allein absteigen. Er mußte ihre Hand fassen, ziehen und lupfen. Aber nicht nur ihm, auch den Ochsen schmeichelte das Mädchen. Doch sie ließen sich nicht gern von ihr streicheln, sondern schoben sie beiseite. Wenn sie ihnen polnische Schmeichelworte, die sie ja kannte, sagte, schüttelten sie unmutig die Köpfe. Je plumper das Mädchen seine Verliebtheit zeigte, desto abweisender wurde der Mann.

Die Bauersfrau jammerte, sie müsse in die Stadt zum Arzt, radfahren könne sie nicht mehr. »Wo wir jetzt ein solches Fuhrwerk haben!« rief sie. Der Pole holte den verstaubten gelben Bernerwagen aus dem Schuppen. Er polierte ihn samt Zaumzeug auf Hochglanz und fuhr die Frau wiederholt zum Doktor. Wer dem Fahrzeug begegnete, blieb verwundert stehen. Der Arzt schaute nach ihm aus dem Fenster und sprach der Frau seine Bewunderung aus. Wieder daheim, stellte sie dem Polen ein Essen vor, wie es sich zu dieser Kriegszeit eigentlich nicht gehörte.

Bald hatte auch die Junge in der Stadt dies und das zu erledigen. Er fuhr sie mitten hinein und wartete auf dem Marktplatz auf sie. Die Städter bestaunten das Ochsengespann. Kinder strichen drum herum. Ob sie die schönen Kühe streicheln dürften? Der Pole duldete es am Hals des Roten, stand aber nahe dabei.

Vom Bräutigam hatte das Mädchen monatelang keine Nachricht bekommen, doch zum Winter stellte er sich wieder ein. »Euer Pole wird ein Herr!« sagte er, denn er sah sofort, daß es diesem gutging. Er war inzwischen noch ein Stück gewachsen. Und weil er seit dem Frühjahr so gut verpflegt wurde, war er auch kräftiger geworden. Er war nun ein schöner Mann. Als erstes befahl der Bräutigam, ihn wieder den Winter über mit den Ochsen zur Holzarbeit in den Wald zu schicken. Man brauchte zu dieser Zeit viel Brennholz, da Kohlen immer rarer wurden.

In den Wäldern der Nachbarn und in denen des Bräutigams waren Bäume gefällt worden. Manche Stämme lagen an steilen Hängen. Die Arbeit war hier weniger mühsam, doch gefährlicher. Aber Mensch und Tier paßten aufeinander auf. Sah der Pole, daß ein Holzstamm in Schußfahrt kommen konnte, hakte er geschwind die Ketten aus und ließ ihn allein zum Talgrund schlittern. Sahen die Ochsen, wie ihr Mitarbeiter stolperte, blieben sie sofort stehen. Hätte der Bräutigam geahnt, in welcher Eintracht sie ihre Arbeit taten, welcher Friede um sie war, dann hätte er es nicht so angeordnet. Er gönnte dem »Feind« nämlich nicht viel Glück. So hielt sich der Pole auch im zweiten Winter die Tage im Wald auf. Frühmorgens machte er die Milchfahrt, und abends tränkte, fütterte und putzte er die Ochsen. Erst wenn sie sich hinlegten, ging er zum Lager. Die Wachmänner wußten, daß die Gefangenen nach getaner Arbeit zurückkamen, sie schauten nicht mehr nach der Uhr.

Der dritte Sommer in Gefangenschaft wurde für den Polen trauriger. Der Krieg war nun richtig schrecklich geworden. Ins Polenlager drangen die schlimmsten Nachrichten von Dingen, die ihrem Volk angetan wurden. Einer ihrer Kameraden wurde erhängt, weil er der geizigen Bäuerin, die ihm überhaupt nur Schalkartoffeln zu essen gab, ein Glas Eingemachtes gestohlen hatte. Ein anderer baumelte an einer Trauftanne am Waldrand. Die Tochter seines Arbeitgebers hatte sich mit ihm eingelassen. Über die Freundschaft mit den Ochsen hatte der Pole seine Heimat fast aus dem Sinn verloren. Das machte ihn nun besonders traurig. Des öfteren lehnte er die Stirn an den Hals des Roten. Es sah aus, als ob er weinte. Der Rote leckte ihm seine Wange, und der Weiße strich mit seiner rauhen Zunge über seinen Unterarm. Oft meinte er, in den Ochsenaugen habe sich wieder Traurigkeit eingenistet, wie er sie anfangs bei ihnen bemerkt hatte. Wenn das Mädchen ihn so bei seinen Tieren stehen sah, mußte es stören. Es warf saftigen Klee in die Krippe oder streute Salz hinein, dem die Ochsen nicht widerstehen konnten. Dem Polen rief sie unnötige Befehle zu, etwa, er solle den gelben Bullen striegeln. Das fröhliche Mädchen war ungut geworden. Vom Bräutigam bekam sie wieder seltener Nachricht. Als die Herbstarbeiten getan waren, wußte sie auch ohne ihn für den Gefangenen eine Winterarbeit.

Es war ein regnerischer Herbst. Die tiefe Wiese, die zum Hof gehörte, stand an vielen Stellen unter Wasser. Der Entwässerungsgraben, der sie in ihrer ganzen Länge durchzog, mußte neu ausgehoben werden. Zunächst fuhr der Pole aus einer weit entlegenen Ziegelei Rohre an. Achtzig Zentimeter tief mußten die Ziegelrohre verlegt werden. Nach drei Tagen schaute das Mädchen nach, ob der Gefangene es recht mache. Die Aushebung war bereits mehrere Meter weit gediehen. Zuerst sah sie ihn nicht, doch wie im Takt flog eine Schaufel voller Erde nach der andern hoch. Nur wenn er sich zu einer Verschnaufpause aufrichtete, bemerkte sie seinen Kopf über dem Erdhaufen. Das sah seltsam aus, und sie hätte den Fleißigen gern gelobt und gestreichelt. Statt dessen wurde sie zornig, weil das nicht möglich war, und dann freute sie sich, weil die Wiese so lang war und er den ganzen Winter zu graben hatte. »Und das ohne Ochsen«, lachte sie.

Diese standen im trockenen, warmen Stall. Das beruhigte den Polen, denn seit einigen Tagen sah er, daß der Rote beim Milchfahren hinkte. Der Weg war wohl zu weit gewesen für die vielen kurzen Schritte! Der Pole hatte die Vorderklaue genau untersucht und bei der Bäuerin in der Küche um heißes Wasser gebettelt, um den Fuß des Roten zu päppeln. Die Ruhe im Stall muß das Ihre dazu beigetragen haben, denn sein Hinken ließ bald nach.

Das Schuhwerk war damals nicht gut gewesen. Morgens, in der zweiten Stunde, stand der Pole bereits mit nassen Füßen. Wenn er abends durchnäßt und verdreckt zum Hof kam, erlaubte ihm die Bäuerin, sein einziges Paar Schuhe auf die warme Herdplatte zu stellen. Die abendliche Stallarbeit machte er derweil barfuß. Je bequemer es die Ochsen hatten, desto fauler wurden sie. Sie warfen ihr Futter aus der Krippe, um es im Liegen zu zermalmen. War der Pole mit der Arbeit fertig, setzte er sich zwischen sie. An den wärmsten Stellen des Roten wärmte er seine kalten Füße. Er hätte gerne bei den Ochsen geschlafen.

An einem der Weihnachtsfeiertage kam der Förster auf den Hof. »Euer Pole kann Holz strecken. Er wird im Staatswald gebraucht.« »Nein«, sagte das Mädchen, »er muß in diesem Winter unsere Wiese drainieren.« Doch die Staatsgewalt war stark, und der Pole ging nach Neujahr mit den Ochsen zum Staatswald. Dort war ein großer Kahlschlag. Es waren zwei alte Waldarbeiter da, die ihm helfen sollten. Sie sahen bald, er brauchte sie nicht. Die Ochsen gehorchten eh nur ihm, so gingen sie wieder Stämme ausasten. Zur Mittagszeit machten die Forstleute ein Feuer. Sie riefen ihm zu, sich daran zu erwärmen. Doch er deutete auf seine Tiere, als könne er sie keine Sekunde allein lassen. Der Forstbeamte kam und bot ihm eine Zigarette an, denn er wunderte sich, wieviel Holz bereits zum Abtransport bereitlag. Es herrschte schönes Winterwetter, kalt und sonnig, und wieder überkam den Polen die seltsame Traurigkeit, weil er über die Arbeit mit den Tieren seine arme Heimat vergaß. Mit dem Mädchen hatte er nichts mehr zu tun. Der Weg vom Staatswald war weit. Kam er in der Dunkelheit heim, war die Stallarbeit getan. Das Abendbrot aß er in der Küche, und sobald die Ochsen versorgt waren, ging er zum Lager.

Nach einer häßlichen kalten Nacht – es war nun das Ende des Monats Februar – wurden in der Morgenfrühe die Lagerinsassen aufgescheucht, sich zum Abmarsch aufzustellen. Dies ohne Ankündigung, ohne von jemandem Abschied genommen zu haben! Manche der dreißig Männer hatten ihren Abschiedsschmerz. Auf dem Weg zum Bahnhof schauten sie immer wieder zurück nach den Dächern, die in der Morgendämmerung zurückblieben. Einer dachte an einen alten Bauern, dem er in den drei Jahren bei jeder Arbeit geholfen hatte, der ihn an seinen Vater erinnerte und ihm wie ein solcher war. Der andere sah den Buben der Bäuerin vor sich, dem der Vater gefallen war und der ihn als dessen Ersatz begeistert liebte. Jeden Tag hatten sie ihre Freude miteinander. Und einer brachte es fertig, die Tochter des Hauses zu lieben, ohne daß es bemerkt wurde. Er war wie gelähmt vor Schmerz, sie ohne Abschied verlassen zu müssen. Der, der neben ihm ging, dachte an zwei Tiere. Natürlich waren unter den abziehenden Männern auch solche, die nicht zurückblickten, die nur froh waren, endlich vom verfluchten Lagerleben und dieser Gegend wegzukommen. Dann saßen sie im Viehwaggon. Sie fuhren lange und meinten, es gehe in nordöstlicher Richtung. Durch die Wagenluken sahen sie, daß die Landschaft anders war, Ebenen, die an ihre Heimat erinnerten. Es stieg Hoffnung in ihnen auf, mit Krieg und

Gefangenenelend würde es nun bald ein Ende haben! Der Abschiedsschmerz bei denen, die unter ihm litten, wurde geringer. Bauer und Büblein, Tochter und Ochsen verblaßten in ihrem Sinn.

Bald nachdem der Pole fort war, kam der Bräutigam zurück. Nachts schlief er in seinem Elternhaus, tags half er dem Mädchen auf dem Hof. Er war im Krieg verwundet worden; sein rechtes Knie blieb steif. Wenn er morgens die vollen Milchkannen auf den Höfen abholte, mußte man ihm helfen, sie auf den Wagen zu heben. Der Pole hatte sie mit viel Schwung allein aufgeladen und sie dem Käser auf die Rampe gestellt. Mit den leeren Kannen mochte der Bräutigam nicht viel Zeit vertun oder sich gar die Nummern merken. Mitten im Dorf stellte er alle ab. Sollten sich die Frauen selber die richtigen aussuchen! Dort, wo es vor dem Dorf, in dem die Molkerei war, ein bißchen bergauf ging, war der Pole stets flink vom Wagen gesprungen, um es den Ochsen leichter zu machen. Der Bräutigam mußte des steifen Beines wegen sitzen bleiben. Er hatte an allen Tagen einiges zu tun. Die Milchfahrt ging ihm viel zu langsam. Ungeduldig schlug er auf den Roten ein, weil er im Gespann zurückhing. Der Weiße schnaubte zornig zurück, als wollte er kundtun, daß Hiebe bei ihnen nicht angebracht seien. Doch der Mann verstand seine Sprache nicht; nur daß es gefährlich war, ihn zu schlagen, begriff er. Darum drosch er jeden Morgen den Hang hinauf nur den Roten. Immer öfter geschah es, daß dieser sich im Gespann hinlegte, während die vollen Milchkannen ab- und die leeren aufgeladen wurden. Jedesmal scheuchte ihn der Bräutigam mit Fußtritten hoch. Auf der Heimfahrt von der Käserei war den Ochsen keine Fröhlichkeit mehr anzumerken, so wie früher. Die Dorffrauen, die das Ochsengespann samt dem Polen bewundert oder gar geliebt hatten, schauten dem Fuhrwerk traurig nach. Auch bei den Arbeiten auf den Äckern und Wiesen kam es vor, daß der Rote sich hinlegte und aufgejagt werden mußte. Wenn er müde von der Arbeit im Stall war, fraß er kaum, sondern legte sich hin, alle viere von sich gestreckt. Der Weiße blieb stehen, den Kopf tief gesenkt, die ganze Nacht über.

Es ging schon dem Herbst zu, als das Mädchen vom Stall her lautes Fluchen ihres Bräutigams hörte. Viel schlimmer war das Gebrüll des weißen Ochsen. Solche Töne hatte sie noch nie von ihm gehört. Sie lief zum Stall. Der weiße Ochse warf den Kopf hin und her, riß vor und zurück, sprang mit den Hinterbeinen hoch und schlug aus. Sie sah es, er wollte sich befreien und ausreißen. Der Bräutigam traktierte ihn mit immer stärkeren Hieben. Das Mädchen riß ihm den Prügel aus der Hand. »Er läßt sich nicht mehr schlagen!« schrie sie ihn an. Darauf rief sie dem Weißen polnische Worte zu, sie wußte es nicht mehr, waren es Schmeichel- oder Schimpfworte. Der Ochse beruhigte sich langsam und stand schließlich zitternd an der Deichsel.

Der Rote hatte beim Ausbruchsversuch nicht mitgemacht, ihn sogar verhindert, denn er verharrte stocksteif. Jetzt sah das Mädchen seinen jämmerlichen Zustand. Aus seinen Augen lief Wasser, als wollten sie auslaufen. Das langhaarige Fell war verschmutzt. Weil er kaum noch stehen konnte, lag er oft in seinem Kot. An den wolligen Hinterschenkeln trocknete er zu häßlichen Platten, die niemand wegstriegeln mochte. Jetzt endlich bemerkte das Mädchen, daß er abgemagert war. »Wir müssen ihn zum Metzger bringen, solange noch Fleisch an ihm ist«, sagte es. Als man den Roten aus dem Stall führte, drehte der Weiße den Kopf nach ihm um und muhte klagend, als wüßte er, wohin es mit ihm ging. Der Rote ging gerne mit. Schon lange hatte er keine solchen schnellen Schritte mehr gemacht.

Im Stall waren inzwischen viele schmutziggelbe Kälber geboren worden. Eines der ersten Stierkälber vom Zornigen war kastriert worden, weil ein Zugochse gebraucht wurde. Das Öchslein wurde nun zum Weißen gespannt. Es kam in eine strenge Lehre. Wenn es nicht sofort spurte, bekam es die Hörner des Weißen zu spüren. Das war wieder ein Grund für den Bräutigam, diesen zu züchtigen, denn dem Gelben, der ja der Abkömmling seines Bullen war, sollte niemand ein böses Wort geben, viel weniger der Weiße solche Seitenhiebe. Doch der war so klug, daß er bald nur nach dem jungen Ochsen stieß, wenn der Mann nicht in der Nähe war. Im Laufe der Zeit gelang es ihm, den Gelben zu beherrschen.

Der Bräutigam, der abends in sein Elternhaus wollte, weil es dort bei den Geschwistern so lustig war, mochte nicht bis in die Nacht hinein die Ochsen füttern. Als es wieder Frühling geworden war, ließ er sie nach getaner Arbeit frei, damit sie im Obstgarten grasen sollten. Der Gelbe, der jung und hungrig war, ließ sich von nichts ablenken, doch der Weiße tollte zwischen den Bäumen. Er erschreckte die Leute, die auf der Straße vorbeigingen. Aber bald wußte man, daß er niemandem etwas tat. Es sah vielmehr so aus, als mache er sich lustig über die Menschen. Bevor es ganz dunkel war, ließ sich der Gelbe gern einfangen, um am Strick, den beide um den Hals trugen, in den Stall gebracht zu werden. Beim Weißen gelang es nicht. Das Mädchen konnte locken oder schimpfen, immer entwich er ihr. Es blieb nichts anderes übrig, sie mußte die Stalltür offenstehen lassen. Wie ein weißes Gespenst trieb sich der Ochse im Garten herum. Wer beobachtete, wie er in der Dunkelheit von selber in den Stall ging, dem schien dies unheimlich zu sein. Jedesmal aber, bevor das Mädchen ins Bett wollte, stand er an seinem Platz im Stall und ließ sich anbinden.

Die Zeit war so weit fortgeschritten, daß man fürs Geld wieder etwas bekam. Der Bräutigam und das Mädchen wollten abends dem Vergnügen nachgehen, in der Stadt gut essen und trinken. Die Ochsen mußten also frühzeitig in den Stall. Ohne Stock, mit lieben polnischen Worten, versuchte das Mädchen den Weißen am Strick zu fassen. Er tanzte vor ihr her, immer weiter in den Obstgarten hinunter. Zornig griff sie nach einem Stock und drängte ihn bis an den Zaun. Jetzt schrie sie ihm polnische Flüche zu und schlug ihm kräftig aufs Maul. Und eben mit dem Maul, nicht mit den Hörnern, schleuderte er sie weg. Sie wunderte sich über die Kraft, die er besaß, denn sie flog gehörig weit und brach sich beim Sturz das Schlüsselbein. Als der Bräutigam seine Braut zum Ausgehen abholen wollte, standen zwar beide Ochsen an ihrem Platz, sie aber lehnte jammernd an einem Baum.

Der Mann war sehr aufgebracht, der angebundene Ochse jedoch ertrug die harten Schläge seltsam geduldig. »Der Weiße muß weg!« schrie der angehende Hofbauer, »ich kaufe einen Traktor!« Kaum war das Mädchen wieder hergestellt, führte sie den Weißen am Halfter vom Hof. Er ging gutmütig neben ihr her. Mit seinen hohen Beinen machte er weitausholende Schritte, als könne er es nicht erwarten, ans Ziel zu kommen. Der Metzger lachte: »Dieser Kerl wird manches Pfund gutes Ochsenfleisch geben«, denn er sah, wie gesund und noch im besten Alter das Tier war.

Mit dem Ochsengeld konnten sie den Traktor bezahlen. An ihm war zu lesen: 7 km. Der Pole hatte mit dem Stadtwagen leicht zehn Stundenkilometer geschafft. Zwanzig PS war ebenfalls angegeben, doch wie viele Ochsenstärken die Maschine brachte, wußte man nicht. Den Milchwagen zog der Traktor, als ob es nichts wäre. Doch damit war es bald vorbei, denn des Käsers Lieferauto fuhr wieder durch die

Dörfer. Der Bräutigam war begeistert von seiner Maschine. Ohne Schläge, Haß oder Liebe diente sie ihm. Den Verlust des Gelben verschmerzte er leicht. Auch den Stier brauchte man nicht mehr, denn die Kühe wurden jetzt künstlich besamt. Von seinem Erlös konnten der Bräutigam und das Mädchen eine besonders prächtige Hochzeit feiern.

Wohin die dreißig gefangenen Polen kamen, wußte man natürlich nicht. Wahrscheinlich mußten sie in einer norddeutschen Stadt in einem Rüstungsbetrieb schwer und meist hungrig arbeiten. Der Krieg war noch nicht zu Ende. Auch die Männer, die kein Abschiedsweh vom Dorf empfunden hatten, dachten nun sehnsüchtig an die Stuben und gedeckten Tische im Schwabenland zurück. Es könnte sein, daß sie alle von den Bomben ihrer Freunde, den Engländern und Amerikanern, zerfetzt wurden.

Viel lieber möchte man glauben, daß der junge Pole wieder in sein Heimatdorf zurückkehrte. Die lustigen Mädchen waren zu verbitterten Frauen geworden, viele seiner Nachbarn nicht mehr da – nach Osten oder Westen verwiesen, der Vater um Amt und Leben gebracht. Doch der zurückgekommene Sohn ließ sich gern einiges aufbürden. Nach schweren Tagen, kann man sich vorstellen, wird die Wehmut über ihn gekommen sein, wenn ihm die Ochsen einfielen. Dann begann er vielleicht von ihnen zu erzählen: »Drei Winter lang habe ich mit zwei Ochsen schwere Baumstämme aus den Wäldern geschleift«, aber gleich unterbrachen ihn die Genossen: »Die verfluchten Deutschen wollten uns alle zu Tode schinden!« Er hatte es falsch angefangen. Das Erleben mit den Tieren konnte er nicht verständlich machen. So behielt er es fortan für sich. Es könnte doch aber auch sein, daß das Gut seines Vaters unbeschadet vorhanden war und der junge Pole zu den Gewinnern des Krieges gehörte. Es ging ihm gut. Pferde gab es auf dem

Besitz, er ritt über Feldereien, andere Leute arbeiteten für ihn. Nur mit großen Maschinen, nicht mit Ochsen, hatte er es jetzt zu tun. Ohne alle Probleme fand er eine Frau, eine schöne blonde, die dem Mädchen im Schwäbischen glich. Sie bekamen prächtige Kinder. Nur wenn er zwei Gläschen Schnaps zuviel getrunken hatte, drängte es ihn, von den Ochsen zu reden: von morgendlichen Milchfahrten zur Molkerei, von einer Dorffrau, die sein Gespann bewunderte, von einem Mädchen, das auf die Ochsen eifersüchtig war. Dann drohte ihm seine Frau mit dem Finger, oder seine Freunde lachten so sehr, daß er schwieg. Der Pole – jetzt arm oder reich – begriff es: Über das, was damals sein Herz erfüllte, konnte er nicht sprechen. Um so heller blieben der Weiße und der Rote in seiner Seele haften.

Veröffentlicht in: Die Schönen und die Biester. Frauen schreiben über Tiere. Hg. von Anna Rheinsberg und Jutta Siegmund-Schultze, Hamburg 1995.

Der Bienenmann

Der Lehrer war ein Bienenfreund. Hinter dem Schulhaus hatte er zunächst ein Bienenständchen. Da flogen seine kleinen Freunde aus und ein. Er war aber auch ein guter Lehrer. Was ihn bewegte, konnte er seinen Schülern wunderbar mitteilen. Alle seine vielen Zuhörer bekamen besondere Kenntnisse über das Bienenvolk mit, manche sogar eine Liebe dafür. Nicht wenige Kinder haben sich später selber mit der Imkerei abgegeben.

Der kleine Stand hintern Schulhaus genügte dem Lehrer bald nicht mehr. Einen Kilometer entfernt war eine ausgebeutete Kiesgrube. Die Nordwinde strichen über sie hin, nur zur Sonnenseite hin war sie offen. Die Weidenkätzchen wurden dort am frühesten im Jahr gelb. Die Haselbüsche stäubten schon im Februar. Wenn noch niemand an den Frühling dachte, blühte dort der Huflattich. Hier, an der warmen Wand der Grube, war der treffliche Platz für Lehrers zweiten Bienenstand. Allen seinen Schülern war es von nun an klar, daß sie Räuber und Verbrecher sind, sollten sie in der Umgebung Frühlingssträuße suchen oder Zweige brechen und damit seinen Bienen die Nahrung stehlen. Das blieb ihnen allen für ihre Lebtage in den Knochen stecken.

Den Bienenhort in der Kiesgrube konnte der Lehrer nicht allzeit im Auge haben. Nun gibt es aber Ausreißer in den Völkern, Verräter, die einen eigenen Staat gründen wollen. Dazu sammeln sie sich in der Nähe, um dann auf und davon zu schwärmen. Der Lehrer versprach jedem Kind, das einen Bienenschwarm entdeckte, eine Mark Belohnung. So viel Geld! Hatte aber ein strolchender Bub so eine Bienentraube am Ast eines Birnbaums entdeckt und war mit der Nachricht schnell zum Schulhaus gerannt, sagte der Lehrer: »Ich weiß es schon! Eben will ich hinfahren zum Schöpfen!« Nie hat ein Schüler je eine Mark bekommen.

Als der Krieg in Aussicht stand, dachte der Lehrer: Honig ist ein wertvolles Stärkungsmittel. Er wollte seinen Imkereibetrieb vergrößern. Vor allem wünschte er eine bessere Ausbeute an Waldhonig. Er wußte auch genau, wie weite Ausflüge seine Lieblinge in den Wald machen konnten. Darum bat er einen Bauern, dessen Gehöft in der richtigen Entfernung zum großen Wald war, bei ihm ein Bienenhaus aufstellen zu dürfen. Der Mann war der Vater vieler Kinder, über Jahre waren ständig zwei bis vier davon in Lehrers Schule. Der Vater empfand es als eine Ehre, daß bei ihm das dritte Immenhaus aufgestellt werden sollte. Die Mutter fürchtete zwar, ihre Kinder dann von Bienen zerstochen zu sehen. Sie wurde aber aufgeklärt: »Sie bestäuben die Blüten. Eure Obsternte wird viel reichlicher werden.«

Der Lehrer sah mit den Augen der Bienen und hatte sofort die richtige Stelle für ihr Gehäuse. Einst war da, nah bei den Gebäuden, ein Weiher gewesen. Nur die älteren Kinder konnten sich seiner erinnern. Wenn die Mutter eines eine Weile nicht um sich hatte, dachte sie erschrocken an das tiefe Wasser. So verlangte sie energisch, daß der Teich zugeschüttet werde. Der Vater kaufte Kies und karrte Erde zusammen, wo es nur ging. Es blieb doch ein Diecht. Das Gras, das darauf wuchs, war schilfig. Er pflanzte Zwetschgenbäume auf das viereckige Grundstückchen, sie blieben immer kümmerlich. Am Nordrand des einstigen Weihers, wo die großen Moorwiesen begannen, setzte er eine Reihe Tannenbäumchen, dicht an dicht. Sie sollten die Obstbäume, die auf dem südwärts ansteigenden Garten standen, vor den rauhen Winden schützen, die von den Wiesen herbliesen. Den Nadelbäumchen gefiel es hier. Als der Bienenstand aufgestellt wurde, bildeten sie eine etwa drei Meter hohe Wand. An den beiden Seiten der kleinen Niederung hatte der Vater die alten Weidenstorren stehen lassen. Von den Gebäuden her lief ein zerfurchtes Grasweglein, das sich gleich in den Wiesen verlor. Den Lehrer schreckte es nicht ab, daß er zu diesem Platz keine rechte Zufahrt hatte. Er mußte mit dem Auto durch den Hof, eng zwischen Haustreppe und Gemüsegarten hindurch, nah am Stadel und der Waschküche vorbeifahren. Zimmerleute stellten das Bienenhaus auf. Es stand dicht an der Tannenwand, so nah, daß die Äste seine Rückwand berührten. Es war gut sechs Meter lang, knapp zwei Meter tief und recht hoch, für mehrere Reihen Bienenkästen. Der Eingang war auf der Tannenseite und führte zuerst in ein Räumchen für Dinge, die ein Imker braucht. Es hatte ein Fensterchen, dicht unter der Dachpappe.

Mutters Befürchtung, daß die Kinder zerstochen würden, war zunächst unbegründet. Es surrte und brummte unten so zornig und giftig, daß sich niemand in die Nähe traute. Das Gras um den Stock mähte der Lehrer selber. Wenn er in seinem Schutzanzug herumhantierte, kam er den Kindern ganz fremd vor, und er tat, als ob er keines kenne. Als aber die Tochter, die den inzwischen todkranken Vater und die Soldatenbrüder ersetzte, am Rand des Obstgartens, wo das gute Gras zu wachsen begann, mähte, wurde sie doch von einer Biene gestochen. Sie kam, blau im Gesicht, ins Haus und stammelte, sie ersticke. Die Zunge sei ihr zu dick. Der Arzt kam gerade noch zur rechten Zeit. Sie mußte sich oft spritzen lassen gegen Bienengiftallergie. Dauernd lebten sie in Angst um sie vor einem neuerlichen Stich. Als es viel später noch einmal geschah, war der Anfall harmlos.

Im zweiten Kriegsjahr mußte der Lehrer einrücken, als Offizier nach Frankreich. Die Bienen hinterm Schulhaus betreute seine Frau, für die in der Kiesgrube gewann er einen ehemaligen Schüler, der wegen seines Klumpfußes nicht Soldat werden mußte. Die vielen Bienen auf dem Hof mußte er einem fremden Liebhaber überlassen. Dieser fuhr durch den Hof und tat, als sei er immer schon dagewesen. Die Mutter, die stets wissen wollte, was los war, fragte ihn, wer er sei. »Dem Lehrer sein Imka«, sagte er nur, und sie schloß daraus, daß er aus dem Bayerischen stamme. Sie gab aber nicht auf. Nach dem Sonntagsgottesdienst nahm sie allen Mut zusammen und fragte die Lehrersfrau, wer der Imker sei. Diese sprach ungern mit den Leuten. In der Stadt (zehn Kilometer entfernt) sei er bei ihren Bekannten Zimmerherr. Er sei sehr tüchtig, darum in einem Rüstungsbetrieb unabkömmlich. Von Bienenzucht verstehe er viel. Nach seinem Namen zu fragen, um den es ihr hauptsächlich ging, hatte die Mutter vergessen. So hieß sie ihn »Bienenmann«, und alle taten es ihr nach.

Er war ein junger Mann, höchstens dreißig Jahre alt. Er war mittelgroß und mager. Immer war er gut gekleidet, wie ein Pfadfinder mit weißem Hemd, hellen Wadenstrümpfen, einer Windbluse oder einem Trachtenjanker. Seine kurzgeschnittenen Haare waren tiefschwarz und kraus, die Augen ebenfalls schwarz, rund und ein bißchen unstet. Ob er früh oder spät an ihren Stubenfenstern vorbeifuhr, stets war sein Gesicht glattrasiert. Vielleicht wuchs ihm gar kein Bart. Die Mutter sagte, er sei ein hübscher Mensch. Die Mädchen, die auf dem Hof lebten, dachten dies auch. Sie hatten ein wenig männliche Ansprache, die seinerzeit so rar war, erhofft. Auch gelacht hätten sie gerne manchmal. Daraus wurde nichts! Wenn der Bienenmann auch noch so nah an ihnen vorbeifuhr, er schaute sie nicht an. Nur die Mutter wurde von ihm gegrüßt. Von ihr wollte er eines Abends ein

Einmachglas, das er ihr bald mit Honig gefüllt zurückbrachte. Jedesmal, wenn er anscheinend schleuderte, tat er dies. »Gib ihm doch ein größeres Glas«, riet eine der Töchter. Die Mutter blieb beim kleineren. »Vom Lehrer bekamen wir nie Honig«, sagte sie.

So kamen sie jahrelang gut zurecht mit dem Bienenmann. Er redete nichts. Die Nachbarn nahmen keine Notiz von ihm. Nur einmal sagte eine Nachbarsfrau: »Euer Honigmann könnte ruhig grüßen, wo er so oft an unserem Haus vorbeifährt.«

Das Gras um den Stock mähte er nicht. So sah es unten allmählich unordentlich aus. Trotzdem muß es ihm gut gefallen haben, denn bald kam er fast jeden Abend angeradelt, und am frühen Morgen sahen sie ihn wegfahren. Er blieb also bei den Bienen über Nacht. In einem Herbst ragte aus dem Fensterchen unter der Dachpappe ein Ofenrohr heraus. Am Rauch sahen sie, daß er auch sonntags da war. Anfangs beförderte er im Fahrradanhänger Honigeimer, Zuckersäcke und was er sonst so brauchte. Plötzlich hatte er einen Handwagen. Dies war kein Leiterwägelchen, sondern ein Wagen, so groß, daß man am liebsten einen Esel davor gespannt hätte. Der Bienenmann zog ihn aber selber. Und dies den weiten Weg von der Stadt, oft schwer beladen! Was er daherkarrte, war nicht zu erkennen, denn die sperrigsten Dinge waren sorgfältig mit einer Plane zugedeckt. Eine der Töchter, die schon tausendmal nicht gegrüßt wurde, maulte: »Ein Bienenstand ist doch kein Wohnhaus!« »Wenn in der Stadt Bomben fallen, ist es hier sicherer«, verteidigte ihn die Mutter.

Der Krieg war aus und verloren. Während der Zeit des Zusammenbruchs mußten die Bienen wochenlang allein zurechtkommen. Obwohl die Franzosen das Radfahren verboten hatten, kam der Bienenmann Ende Mai angeradelt. Alle rannten an die Stubenfenster. Vor ihm, auf der

Fahrradstange, wie im Damensitz, hatte er eine Frau. Sie mußte ziemlich groß sein, denn die Knie hatte sie hochgezogen, damit die Füße nicht am Boden streiften, was kindlich oder lächerlich aussah. Zur Gaudi sind die Mädchen früher mit ihren Schätzen manchmal auf diese Weise ein Stück geradelt. Das gab jedesmal ein großes Gelächter. Die beiden waren aber todernst dabei.

Am gleichen Abend zogen sie mit dem Handwagen ab. Jetzt konnten sie die Frau richtig beschauen. Tatsächlich war sie ein Stück größer als er. Als sie ihr Gesicht sahen, erschraken sie fast, so schön war es. Ein solch ebenmäßiges, wohlgeformtes Antlitz hatte noch niemand von ihnen gesehen. Ihre Augen waren dunkel, obwohl sie blonde Haare hatte. Diese hingen offen bis zur Taille herunter. Trotz ihres langen, weiten, hemdartigen Kleides sah man, daß ihre Figur nicht weniger tadellos wie das Gesicht war. Als wäre sie als wunderschöne Madonna aus einem kitschigen Heiligenbild entstiegen – so sah sie aus. Alle, die sie angeschaut hatten, waren danach eine Weile still. Dann kam der Mann, so wie auch vordem, an den Feierabenden, an den Wochenenden, blieb in den Nächten oder ging noch in der Nacht. Nur hatte er jetzt stets die Frau dabei. Meist gingen sie nah beieinander, man hatte den Eindruck, er habe sie mit Honig an seine Seite geklebt. Sie zog mit ihm am Karren, manchmal war sie auch darin und ließ sich ziehen, oder sie saß auf der Fahrradstange. Nicht einmal die Mutter wurde von ihr gegrüßt. Diesen Zustand hielt sie aber nicht lange aus. Als er zum ersten Blütenhonigschleudern in diesem Jahr das Glas holte, mußte die Mutter fragen, wer die Frau sei. »Die Gemahlin.« »Ist sie stumm?« »Eine Polin.« Sie brachte bald das volle Glas. Die Tochter, die den Bienenmann nicht mochte, sagte nachher: »Sie ist zwar schön, aber sie stinkt.« Von nun an schnupperten sie, wenn die beiden vorbeikamen. Sie blieben sogar stehen und suchten absichtlich ihre Nähe. Und es stimmte! Es war ein sehr widerlicher Geruch, der von der Frau ausströmte: Süßlich, wie nach gestocktem Menstruationsblut. Das konnte nicht sein, denn sie hatten bald gesehen, daß sie schwanger war. »Nach Verwesung«, meinte die Feindin des Bienenmanns. Die Jüngste sagte allen Ernstes, die Frau esse sicher nichts anderes als Honig, darum rieche sie so süß.

Bei der Lehrersfrau, die durch die Kriegsnöte ihre Vornehmheit verloren hatte, hatte die Mutter es erfahren, und weil sie stets auf Verteidigung des Bienenmanns bedacht war, berichtete sie es fast stolz: »Die Polin ist seine richtige Ehefrau!« Als Zwangsarbeiterin hatte sie unter seiner Aufsicht im Betrieb gearbeitet, und er war ihrer Schönheit verfallen. Er ließ sie nicht mit den andern nach Polen zurückfahren, sondern heiratete sie während des Wirrwarrs bei Kriegsende. Die Bekannte der Lehrersfrau wollte nur einen Zimmerherrn, kein Ehepaar in ihrer Wohnung. Jetzt lebten sie in einer der verlassenen Baracken, in der die Polinnen vordem hausten. »Wie kann sie sich denn dort pflegen? Und wie denn im Bienenstand?« ereiferte sich die Mutter, wenn eine der Töchter vom üblen Körpergeruch sprach.

In diesem Frühsommer hatten sie mit der Mähmaschine einem neugeborenen Rehkitz den Hinterlauf abgemäht. Sie päppelten es mit der Milchflasche auf. Zunächst war es zutraulich und ließ sich streicheln. Bald wurde es aber scheu. Kam man ihm näher als auf zwei Meter, hoppelte es geschickt weg. Es schlief irgendwo in der Scheune und kam pünktlich in den Stall, wenn das Vieh gefüttert wurde. Es war ein Rehgeißchen. Wenn die Bienenleute aufs Haus zukamen, humpelte es ihnen entgegen. Es schmiegte sich an die Frau und ging mit ihnen hinunter. Die Witterung der Polin muß ihm zugesagt haben.

Ende September, als die Frau noch mit ihrem Mann kam und ging, zogen sie den beladenen Wagen an der

Haustreppe vorbei. Sie liefen wie verfolgt und stießen so ungeschickt an den Stein, daß der Karren kippte. Ein frisch geschlachtetes Schwein kullerte heraus, ein halbgewachsenes, sauber geschabtes, aufgeschlitztes, richtig rosiges, appetitliches. Dem Bienenmann war es peinlich. Er stammelte, sie hätten das Schwein am Straßenrand gefunden. Man lachte ihnen nach. In diesen Hungerzeiten eine Sau am Weg finden! »Sie haben es gestohlen!« Die Mutter rief: »Der Bienenmann stiehlt nicht! Noch nie hat bei uns etwas gefehlt.« Aber es war ein totes Schwein, das sich nicht willig zur Bratpfanne führen ließ!

Vierzig Jahre später saß eine Tochter, die in die Stadt geheiratet hatte, in gemütlicher Gesellschaft in einem Gasthaus. Sie erzählten einander, wie sie damals über die Runden gekommen waren. Ein Geschäftsmann wußte eine besonders lustige Geschichte. Er hatte ein Schwein bei einem Bauern eingetauscht – dabei zeigte er in die Richtung, aus der die alte Tochter stammte. Was der Tauschpreis war, sagte er nicht, er muß nicht gering gewesen sein. Damit er mit dem Schatz nicht erwischt wurde, sei er schnell, das tote Schwein im Fahrradanhänger, über die schlimmsten Schlaglöcher gefahren. Als er heimkam, war die Sau nicht mehr darin. »Verzweifelt haben wir den ganzen Weg vergeblich abgesucht.« Die Tochter hätte dies zu gerne der Mutter gesagt, doch sie war ja schon lange tot.

Nach dem Schweinevorfall blieb die Polin im Bienenhaus. Der Mann fuhr früh weg und kam abends zurück. Er habe Arbeit bei den Franzosen, sagte er zur Mutter, die Baracke in der Stadt sei abgerissen. Zu diesem ausführlichen Gespräch kam es, als er das letzte Glas voller Waldhonig brachte. Seine Frau könne doch bei ihnen mitarbeiten, schlug die Mutter vor, den Rüben das Laub abschneiden, Bohnen brätschen, Arbeiten, bei denen sie sitzen könne. »Dann wäre sie die langen Tage nicht so allein.« Da schüttelte er heftig den Kopf und machte sich ans Gehen. »Auch mitessen könnte sie bei uns«, rief sie ihm nach. »Dann komme ich aber nicht mehr an den Tisch«, sagte eine Tochter.

Außer dem Reh sah man drunten niemanden. Nur der schwache Rauch zeigte an, daß jemand dort lebte. Keinen Karren, kein Fahrrad, nichts sah man. Alles verschwand sofort zwischen Bienenstand und Tannenwand. Nie war eine Wäsche aufgehängt. Erst im Dezember, als es nicht mehr Tag werden wollte, kam die Polin ins Haus. Sie setzte sich in der Küche, wo die Mutter gerade war, auf einen Stuhl und schaute sie mit wundersamen Augen an. Was man sie auch fragte, sie gab keine Antwort. Gerne hätte die Mutter ihr etwas gegeben, was sie vordem in der Adventszeit an Gutem hatten, Lebkuchen, Zopf- und Birnenbrot. Zum angebotenen Schwarzbrot schüttelte die Frau den Kopf, und von der Tasse Milch trank sie nur einen Schluck. Den Rest schüttete man danach in den Schweinekübel. Die Mädchen kamen, um die Polin anzuschauen. Vor allem ihre Haare! Sie glänzten nämlich golden. »Sie wird den ganzen Tag nichts anderes tun, als sich die Haare zu kämmen«, meinte eines. Ein anderes hielt sich die Nase zu und sagte laut: »Sie sollte sich lieber einmal gründlich waschen.« »Wenn sie unten kein Wasser haben!« brauste die Mutter auf. Der junge Bruder kam dazu. »Als ich letzte Nacht in den Stall kam, um nach der Kälbekuh zu sehen, ging der Bienenmann gerade mit zwei Honigeimern voller Wasser hinaus.« Dann schaute auch er die schöne Frau an. Wie einen Gegenstand betrachteten sie die Polin, und als ob sie einer wäre, redeten sie vor ihr. Ein Mädchen riß ein Fenster auf: »Man kann den Gestank nicht aushalten.« »Sie muß doch manchmal unter Menschen, sonst wird sie wahnsinnig«, sagte der Bruder. »Wenn sie es nicht schon ist«, meinte jemand. Draußen, vor dem offenen Fenster, wartete das Reh. Und wie die Frau mit dem Tier ging, drängte sich einem das Bild der heiligen Genovefa auf. Dreimal war sie im Dezember da. Die Besuche verliefen ganz ähnlich, und jedesmal mußten sie lange lüften, um den greulichen Geruch aus dem Haus zu bringen. Die Frau war nun hochschwanger.

Dann war Heilige Nacht. Schon eine ganze Reihe solcher herben Nächte hatten sie hinter sich. Als ob es viel schlimmer als sonst wäre, nicht zu wissen, wo und wie die Angehörigen diese Nacht verbrachten! Jetzt war der Krieg vorbei, doch sie wußten nicht, ob der wichtigste Bruder noch lebte. Zu essen gab es nichts Rechtes. Um zehn Uhr leerten sie einen Topf voller Sauerkraut, dann gingen sie ins Bett. Nicht alle, doch die meisten, wachten etwa um Mitternacht am Schreien auf. Es schrie von unten mit einer ganz hellen, unnatürlichen Frauenstimme. Und es dauerte so entsetzlich lange, daß es nicht mehr anzuhören war. »In anderen Ländern dürfen die Frauen bei der Geburt eines Kindes losschreien, was sie nur herausbringen«, sagte eine Tochter, die schon manches gelesen hatte. Damit beruhigte sie ein bißchen. Dann kam aber ein kurzer, ganz schrecklicher Schrei. Es konnte nur ein Todesschrei sein.

Am andern Morgen mochte niemand reden. Endlich sagte die Mutter: »Wenn wir rechte Christenmenschen wären, ginge jemand hinunter, um zu helfen.« »Meinst du, die ließen einen hinein?« »Man müßte eine Hebamme oder einen Arzt holen.« »Besser wäre es, aufs Rathaus zu gehen, um den Vorfall der Polizei zu melden.« »Da sind nur Franzosen.« Alle Weihnachtstage ging immer wieder eines hinter die Waschküche, um eine Weile stillzustehen und hinunterzuhorchen, ob ein Kind schreie. Durch die dünnen Bretterwände müßte man es hören! Es war und blieb aber totenstill.

Beim Frühstück am Neujahrstag sagte die Tochter, die das Vieh fütterte: »Das Reh kommt schon seit Tagen nicht mehr zum Fressen.« Alle sprangen auf. »Dann war es ja die Rehgeiß, die in der Weihnachtsnacht so geschrien hat.« »Sie haben sie umgebracht!« »Niemals«, sagte die Mutter, und die Mutmaßungen begannen. »Der Fuchs wird das Hinkebein erwischt haben.« »Ein streunender Hund hat es gerissen.« »Und die Bienenleute konnten ihm nicht helfen«, meinte die Mutter. Danach war es allen doch etwas leichter.

Am Dreikönigstag fing es morgens an zu schneien. Der Schnee blieb liegen, und die Jüngeren freuten sich, endlich eine Winterlandschaft zu haben. Da zog der Bienenmann seinen Wagen an den Fenstern vorbei. Er hatte schwer zu ziehen, denn der Schnee lag schon zwei Zentimeter hoch, und die Frau saß darin. Wie ein sperriger Gegenstand war sie zugedeckt. Die Wölbung vor ihr war aber deutlich zu sehen, doch man wußte nicht, ob das Bündel Kind noch in ihrem Schoß oder bereits außerhalb war. »Er tut gut daran, sie ins Krankenhaus zu fahren, bevor es viel Schnee hat«, sprach die Mutter. Jetzt war es allen, als sei eine große Last von ihnen genommen. »Wie die Flucht nach Ägypten«, lachte sogar jemand.

Es war eine Zeit ohne Kontakte. Sie erfuhren nichts, und der Bienenmann kam viele Tage nicht mehr. Schließlich wird er die Bienen ja füttern müssen, hoffte die Mutter und paßte ihn ab. »Was ist es, ein Bub oder ein Mädchen?« fragte sie ihn. »Gar nix«, brummte er. Die Mutter erschrak, das Kind mußte also tot sein. »Aber der Frau geht es gut?« »Alle sind bei der Geburt gestorben.« Es müssen also Zwillinge gewesen sein. Man hatte sich daran gewöhnt, daß viel gestorben wird, doch dieser dreifache Tod berührte alle auf besondere Weise.

Es war immer noch Winter. An einem ganz häßlichen, naßkalten Tag fuhr ein kleiner Lastwagen in den Hof. Der Bienenmann saß neben dem Fahrer. Vor dem Stadel wendeten sie das Fahrzeug, um rückwärts neben die Weidenstorren hinunterzufahren. »Ein Holzvergaser«, stellte der Bruder fachmännisch fest. Dann liefen die Männer stundenlang mit Bienenkästen zum Lastwagen und im Laufschritt zurück. Es sah aus, als fürchteten sie, die Bienen flögen ihnen davon, wenn sie nicht so eilten. Endlich ratterte es laut, doch nah bei der Haustreppe stand der Motor still. Der Fahrer fluchte. Der Bienenmann war sichtlich verärgert, weil man seine Fracht mustern konnte. Die beiden Männer wollten den Motor wieder in Gang bringen. Sie hatten aber blaugefrorene blutige Hände. Vielleicht verstanden sie auch nichts von solcher Technik. Der kleine Bruder, der ein großer Bastler war, nahm die Sache in die Hand. Es dunkelte bereits, und immer noch hantierte er. Die Mutter brachte warmen Malzkaffee hinaus. Ob er die Bienenkästen anderswo aufstellen werde, fragte sie den Bienenmann. Er gab, wohl zum Dank für die Hilfe, eine ungewohnt lange Antwort: »Jetzt kann ich wieder heim zur Mutter!« »Warum...« – und in dem Moment sprang der Motor an. Die Männer sprangen mit einem Satz ins Fahrerhaus und fuhren weg. Sie hatten wohl große Angst, der schwarze Rauch höre gleich wieder auf, aus dem Rohr in die Luft zu blasen.

Nun saßen sie noch einmal da mit ihren Vermutungen. »Er hat also eine Mutter, das hätte ich ihm nicht zugetraut«, sagte eine Tochter, und sie lachten. »Darum hat er nur mich gegrüßt. Aber warum kann er erst jetzt zu ihr?« »Sicher hatte er Streit mit seinem Vater, und der hat ihn aus dem Haus geworfen. Jetzt ist er gestorben.« »Vielleicht hat er ihn totgeschlagen. Roh genug dazu ist er, das sah man am Reh.« »Ich glaube, er war von den Nazis verfolgt. In Bayern gab es viele Gegner, und hier konnte er untertauchen. Hatte er je etwas wie eine Uniform an? Das gab es doch nicht bei einem Mann seines Alters!« »Mir kam es gleich so vor, als hätte er etwas Jüdisches in seinem Aussehen. Hat er denn je seinen Namen gesagt?«

Als es schon Frühling werden wollte, erfuhren sie, daß der Lehrer wieder da sei. Er durfte aber noch nicht unterrichten. Der junge Sohn vom Hof war jetzt Bauer. Er ging zum Lehrer. Ohne Respekt, beinahe frech, redete er mit ihm. Offizier war der Mann gewesen, und den Krieg hatten sie schändlich verloren! Der Bub wußte gut, daß der Lehrer daran keinen Anteil hatte, aber daß er vordem so Falsches gelehrt hatte, das nahm ihm die Hemmung. »Jetzt, was ist mit dem leeren verkommenen Bienenstand?« Der Lehrer war ein gebrochener Mann. »Der Imker hat mir alle Völker gestohlen.« »Das hätte ich an seiner Stelle auch getan.« »Ja, es wird viel gestohlen zur Zeit. Damit du nicht in Versuchung kommst, schenke ich dir das Bienenhaus.« »Vergelt's Gott.« »Ich werde demnächst versetzt. Die Bienenzucht gebe ich ganz auf«, sagte der Lehrer.

Mit ein paar Nachbarn ging der Junge daran, das Bienenhaus abzubrechen. Jeder hoffte, etwas Brauchbares zu ergattern, und wenn es nur ein paar Latten wären. Zuerst gingen sie um den Stock herum. Da gab es eine Überraschung. Alle unteren Äste der Bienenstockwand entlang waren abgesägt, die oberen bildeten ein dichtes Dach. Es war eine Höhle, nein, wie eine schmale Halle, in der man wohnen und vieles abstellen konnte. Am Ende war eine Grube, aus der es stank. Hier hatten sie über Knochen und Rehläufen ihre Notdurft verrichtet. Zuerst mußte das Loch zugeschaufelt werden. Vom Hausrat, der herumlag, wollte niemand etwas. Doch das Kohleöfchen, das im winzigen Raum stand, auf dem Schwein und Reh gebraten wurden, konnte jemand brauchen. Der Haufen, auf den das morsche Gerümpel geworfen wurde, war weitaus der größte.

Bald war Funkensonntag. Auf der Anhöhe am Beginn des Dorfes war ein großer Holzstoß. Seit Jahren durfte keiner mehr aufgeschichtet werden. Viele junge Leute standen drum herum. Als die Flammen hochschossen, hatte jedes seine eigenen Gedanken, doch fühlten wohl alle ungefähr dasselbe. Ein Licht, ein Feuer darf wieder frei leuchten, man muß es nicht verdunkeln. Ein großes Feuer muß nicht Tod und Verderben bringen. Daß Bretter aus Lehrers Bienenstand da brannten, war ein Zeichen dafür, daß eine neue Zeit komme, eine Zeit der Freiheit, wo nicht ängstlich Befehle ausgeführt werden müssen. Auch nicht mehr heimlich leben, ohne seinen Namen zu nennen, muß jemand. Die Not war zu dieser Zeit noch im Land, doch die jungen Leute tanzten fröhlich um das Funkenfeuer.

Der Lehrer war zwar versetzt, aber nicht allzuweit, und sie hörten bald wieder von ihm. Nach der Währungsreform betrieb er eine noch größere Imkerei als vordem. Er fand viel herrlichere Standorte für seine Bienen als den Diecht des Bauernhofes. Er reiste sogar mit Kästen im Land herum, bestimmten Pflanzen nach. Er war im Vorstand des Imkervereins, schrieb Artikel für dessen Zeitung, hielt Vorträge über das Wesen der Immen, erwarb sich große Verdienste bei der Bekämpfung einer Bienenkrankheit und stritt unentwegt gegen die giftversprühenden Bauern an. Noch lange nach seiner Pensionierung, bis zu seinem Tod, lebte er für seine surrenden Völker. Ihn hätte man Bienenmann heißen sollen, doch er hatte einen rechten Namen, und zudem war er der Lehrer.

Veröffentlicht in: Morgenlehre – Abenddichte. Erzählungen und Gedichte baden-württembergischer Lehrer. Herausgegeben vom Oberschulamt Tübingen, Stuttgart 1992.

Der Herd

Seit der Kirschenernte, die in diesem Jahr gut ausgefallen war und dem Vater einige Mark mehr eingebracht hatte als erwartet, gab die Mutter keine Ruhe mehr wegen eines neuen Herdes.

Nicht alle Bauern des Dorfes hatten Kirschen zu ernten. Es war im Sommer nach dem besonders kalten Winter Ende der zwanziger Jahre, von dem man noch lange sprach. Viele Kirschbäume waren erfroren, außerdem hatte ein heftiger Nachtfrost im Frühjahr viele Früchte vernichtet. Aber auf ihrem Hof hatten sie Glück! Die Kirschbäume standen auf einem Hang und lagen doch geschützt in einer Mulde. So konnte der Vater öfters mit Körben voller Kirschen in die Stadt fahren. Jedesmal kam er fröhlich heim, denn die Ernte hatte einen guten Preis erzielt. Von der letzten Kirschenfahrt kam er besonders lustig heim. Die Chefin des Lebensmittelgroßhandelsgeschäftes hatte ihm versprochen, alle seine Gurken abzukaufen. »Sie hat mich sogar freundlich gefragt, wie viele Kinder ich habe.« Dabei legte er ein ganzes Dutzend Schokoladetafeln auf den Tisch. Die Kinder machten große Augen, denn so viel Schokolade hatten sie noch nie auf einmal gesehen. Wunderbar gemalte Haselnüsse waren auf der Einpackung zu sehen. Ein Kind riß sie weg – da lachte ihm der Nikolaus entgegen. Andere hatten das gleiche Glück, und ein gieriges Kind packte die Schokolade ganz aus. Sie lebte! Sie wimmelte nämlich von Würmern, und deshalb warf man sie nicht einmal in die Schweinekübel, sondern gleich auf den Misthaufen.

Obwohl der Vater nur ein armer Bauer war, hatte er doch seinen Stolz. Wochenlang verfluchte er die Händlerin, Frau Keller, derart: »Meine Kinder sollen Würmer fressen!« Die Mutter freute sich ein bißchen. Vor dem großartigen Geschenk hatte sie manchmal böse geschaut, wenn er so begeistert von der noblen Stadtfrau sprach. Als er aber nun gar nicht aufhörte zu schimpfen, nahm sie die Frau sogar in Schutz. »Sie ist nicht schuld, daß die Leute kein Geld haben, um den Kindern zum Nikolaus Schokolade zu kaufen.« »Die Städter haben genug Geld! Jedesmal hat ein Auto die Gäule erschreckt«, brüllte er dann. »Nur wenige können ein Auto fahren«, sagte der älteste Sohn. Und die größte Tochter meinte: »Gestern war eine Frau hier, die halbverhungert aussah. Ihr Mann ist schon lange arbeitslos. Alle Bettler, die zu uns kommen, sind aus der Stadt.« Doch der Vater war nach wie vor zornig. »Keine Gurken fahre ich hin!« Da wurde die Mutter ungeduldig. »Du mußt recht froh sein, wenn Frau Keller die Gurken kauft. Sie sind nicht lebensnotwendig, und nur reichere Leute können sie sich leisten.« Erst als der zweite Sohn fragte: »Wie willst du denn im Herbst die Dreschmaschine kaufen?« wurde er allmählich kleinlaut. Im Haus und im Stadel gab es einen Stromanschluß. Es hätte nur der Glühbirnen und Maschinen bedurft, um das Arbeiten zu erleichtern, und die beiden großen Buben lagen dem Vater ständig damit in den Ohren.

»Aber ich brauche einen neuen Herd!« sagte die Mutter fast jeden Tag. Schon vor zwanzig Jahren, unmittelbar nach der Heirat, kam ihr der Herd veraltet vor. Sie putzte oft an ihm herum. Die Kacheln waren einst grün gewesen, doch das sah man nur noch an wenigen Stellen wegen der eingebrannten Schmutzkrusten und Beschädigungen. Die Herdplatte, sicher aus Eisen, war einfach nur schwarz. Sie machte jeden Putzlappen ebenso schwarz. Nur bei den Messingteilen hatte die Mutter einigen Erfolg. Sie stibitzte dem Vater vom Putzmittel, mit dem er am Pferdegeschirr die blanken Stellen zum Funkeln brachte. Dann glänzte der Schiffdeckel, und die Herdstange samt den sieben Messingknöpfen glitzerte zu Mutters Freude. Dabei waren die Knöpfe bis auf zwei längst unnötig. Nur das Feuerungstürchen und die Klapptür der Backröhre, die längst keine mehr war, ließen sich noch öffnen.

Allmählich hatte die Mutter den Herd immer mehr gemocht. Sie kochte gerne und gut. Der Schuhmacher, die Näherin und der Besenbinder sagten nach dem Mittagessen: »Eure Mutter kocht gut.« Das Gelingen der Gerichte schrieb sie aber nicht nur sich zu, auch dem Herd ließ sie einen gehörigen Teil des gespendeten Lobs zukommen. Sie kochte über dem offenen Feuer, und sie wußte genau, welche Speisen auf dem vorderen oder dem hinteren Feuerloch gelingen. Mit den Eisenringen trieb sie die reinste Wissenschaft: bei Spiegeleiern alle Ringe weg – bei Blaukraut zwei lassen. Die Ringe der dritten seitlichen Feuerstelle ließen sich schon lange nicht mehr hochheben. Aber das war der Platz zum Weiterköcheln, zum Ziehenlassen und Ruhenlassen. Es war keineswegs gleichgültig, welche Speise wo warmgestellt wurde. Der Herd war riesengroß und bot hierfür viel Auswahl.

Mit der Zeit liebte die Mutter das alte Stück sogar. Vielen Kindern, unzähligen Kälbern und Ferkeln, auch der Katze konnte sie jeden Tag, zu jeder Stunde die Milch wärmen. In den Nächten sind Bauch- und Zahnschmerzen schlimmer als bei Tag. Ein Pferd leidet an Kolik, und ein Kalb kommt um Mitternacht auf die Welt. Immer, wenn sie warmes Wasser brauchte, kam ihr der Herd im stillen Haus wie ein guter Freund vor. Und was trocknete nicht alles an der

Herdstange! Lumpen, Windeln und Socken. In der Herdröhre konnte alles Feuchte ausdorren: Holz und Schuhe,
Birnen und Fäustlinge. Im Wasserschiff blieb das Wasser
immer warm. Das war gut, wenn man den vielen wasser-
scheuen Kindern das Gesicht abwaschen mußte. Der Vater,
der vom Krieg her einen kranken Magen hatte, durfte den
Most nur erwärmt trinken. Wie schön, daß stets ein warmes
Wasserbad bereit war! Nein, kalt sind die Herdkacheln
kaum einmal geworden.

Trotzdem wollte die Mutter nach zwanzig Jahren einen
neuen Herd. Schuld daran war außer dem übermäßigen
Kirschengeld die Nachbarin. Sie hatte einen neuen Herd
bekommen und konnte nun in der Herdröhre Weißbrot
und Kuchen backen. Dies gab es bei der Mutter nur, wenn
sie in der Ofenküche Schwarzbrot buk. Glücklicherweise
mußte sie dies oft, mitunter zweimal in der Woche. »Nur
noch die halbe Zeit braucht die Bucherin zum Kochen«,
bruttelte sie gegenüber dem Vater. Doch er blieb hart. Er
rußelte und strich den Herd mit Lehm aus. Er füllte ihr
abends sogar den Ofenwinkel mit besonders schönen Holz-
prügeln. Doch alles nützte nichts. »Die Bucherin braucht
nur noch die Hälfte Holz. Der Alte ist ein Verschwender!«

Endlich gab der Vater nach, und der Neue stand da. Die
Küche war nun groß, weil der Herd ganz klein in der Ecke
stand. Er war so weiß, daß es fast weh tat. Die Herdplatte
war blank, und die Metallteile waren aus Chrom. Sie
glitzerten giftig. Einige der Kinder schlichen scheu an ihm
vorbei. Er sah geradezu feindlich aus.

Als die Glocken in der Öhmdernte elf Uhr läuteten, ver-
spürte der Älteste Hunger. »Geh heim zum Kochen«, sagte
er zur Mutter, die eben den Englischen Gruß murmelte.
»Mach Küchlein, du hast ja einen neuen Herd«, rief der
Zweite nach. Auf dem Heimweg las sie eine Schürze voller
Äpfel auf, weil zu den Schmalzküchlein Apfelmus paßt.

Dann dachte sie: »Es ist doch schön mit dem neuen Herd! Auf drei Feuerlöchern kann ich kochen: vorne das Schmalz, hinten die Äpfel und auf dem dritten den Kaffee.« Noch fröhlicher bedachte sie, daß sie, während alles kochte, nach den Kleinen schauen konnte. Sie hatte nämlich drei nette kleine Mädchen, ein, drei und vier Jahre alt. Sie lobte diese gehörig, weil sie den ganzen Vormittag allein in der Stube gespielt hatten. »Wartet nur, gleich gibt es Küchlein!«

»Mein Gott! Bei dem Herd geht es geschwind!« »Das Schmalz raucht schon und stinkt!« Da tat sie jenen Griff, den sie schon tausendmal getan hatte: die Pfanne vom Feuer und heraus auf den Rand. Aber dieser Rand war schmal, und die Herdstange war nicht mehr da. Die Kachel kippte, und das heiße Schmalz war im Schuh. Die Mutter schrie. Die Nachbarin, die gerade im Garten Schnittlauch holte, sagte vor sich hin: »Hoi, metzgen die mitten in der Öhmd.« Die Schüler, die beiden Buben und Mädchen, kamen in dem Moment zum Haus, als die Mutter zu schreien anfing.

Sie rannten zur Wiese, liefen in die Häuser: »Kommt schnell! Es pressiert! Der Mutter ist etwas Grausames passiert!« Alles lief zusammen. Jede Nachbarin wußte, was zu tun war: »Ja kein kaltes Wasser!« »Mehl darüber, das kühlt!« »Mit Schweineschmalz einreiben!« »Nein, kein Schmalz«, wimmerte die Mutter. »Dann Salatöl!« »Da müßt ihr zur Akziserin, die kann den Brand löschen.« »Das nützt aber nur in der ersten Stund.«

Die Schulbuben rannten los, denn die Akziserin lebte im nächsten Dorf. Dort pochten sie an die Tür, polterten mit Fäusten und Schuhen, klopften hart an die Fenster. Ganz verrückt taten sie ums Häuschen. »Akziserin, wo bist du?« »Wo ist die Akziserin?« fragten sie die Nachbarn. »Mit der Geiß in den Wald.« »In was für einen Wald?« Doch das

Diese Wochen waren die reinste Wonne für die drei
kleinen Kinder. Sie hatten endlich eine Mutter, die nicht
davonspringen konnte. Es war ein Schmusen, Spielen und
Erzählen. Alle größeren behaupteten danach stets, daß die
Mutter diese drei ihrer Lebtag bevorzugt hätte. Vor allem
e damals Einjährige war und blieb ihr Liebling. Sie hatte
hl das ganz besondere Glück verspürt, die volle Zunei-
g eines Kindes zu haben.
ber dann fing die Hopfenernte an. Die Schüler hatten
nz. »Jetzt leidet's mich nicht mehr im Haus«, sagte die
er, »ihr großen Buben denkt euch etwas aus!« Die bei-
astelten am Leiterwagen und fertigten ein gepolster-
stell für den Fuß. Die Mutter wurde hineingesetzt,
ulbuben zogen, die Mädchen schoben – mit ihr zu
das war ein Fest. »He, ihr Rösser, nicht so schnell!
üttelt's den Bauch, es verschottelt mir den Fuß!«
fengarten schleppten sie die Ranken und leerten
Im Nu, immer wieder, denn je schneller sie pflück-
weniger Pflückerlohn mußte ausbezahlt werden.
gessen brachte man ihr hinaus wie den andern
e den fremden Leuten«, sagte die kleine Schüle-
den leeren Platz am Tisch betrachtend. Da gab
den bösen Blick, der sie zum Weinen brachte.
Hopfenernte war er jedes Jahr besonders un-
e um den Preis bangen und konnte nachts
Stunden schlafen, denn seine Hopfendörre
in Backofen.
en unten waren, mußten die Kartoffeln her-
sagte: »So, Mutter, jetzt kannst du nicht
s halt zu.« Niedergeschlagen saß sie im
ah sie, daß zwei Leserinnen, die beiden
urückhingen. Sie rief ihnen zu: »Werft
ten!« Nun ging's bei ihnen geschwind:
faulte, vom Pflug beschädigte Kartof-

wußten die Leute nicht. Es gab ringsum mehrere Wälder.
Die Buben liefen in den nächsten und riefen und suchten.

Die Nachbarsfrauen mußten heimgehen und das Essen
fertigkochen. Eine davon, die Bäs, fing unter der Tür an zu
lachen und sagte zur anderen: »Und was das allerschönste
ist – im Winter kommt noch einmal ein Kind.«

Der Vater war wie wild davongelaufen. Zuerst wollte er
die Pferde füttern, schüttete jedoch dem Bullen den Hafer
vor. So mußte er neuen holen, wußte aber eine lange Weile
nicht, wo er war. Dann fing er hinterm Stadel an zu mähen,
obwohl er genügend Gras hatte und man um die Mittagszeit sowieso nicht mäht.

Inzwischen war die Frau Inspektor gekommen. Ihr
Mann hatte in der nahen Anstalt etwas zu sagen; im Dorf
hatten sie ihr Haus. Sobald die Frau vom Unglück erfuhr,
schaute sie, ob sie vielleicht helfen könnte. Es war eine her-
zensgute, gebildete Frau. Sie hatte großes Mitleid, und die
Mütter spürte dies. Aus ihrem bisherigen »oh je« wurde
jetzt ein verhaltenes Weinen. Dabei vertraute sie der Frau
an, daß sie bereits im sechsten Monat sei, worauf die Frau
Inspektorin mitweinte. Plötzlich wurde sie aufgeregt: »Man
muß doch den Arzt holen!« »Wir warten auf die Akziserin,
sie wird den Brand löschen.« »Ach du mein Gott im Himmel! Gleich werde ich meinen Mann veranlassen, daß er
den Doktor schickt.« Eben in dem Moment kam der Vater
in die Kammer. Anscheinend war er wieder zur Besinnung
gekommen, denn als er das Wort »Doktor« hörte, warf er
der Inspektorin den bösesten Blick zu, den er zuwege
brachte. »Wir wissen selber, wann wir einen Arzt brauchen«, sagte er barsch, und die Frau verließ verstört das
Haus.

»Seit der Wurmschokolade bist du zu gebildeten Leuten
unverschämt.« »Gebildet? Geld haben ist Bildung! Die
können leicht wegen jedem Dreck zum Doktor laufen! Die

Anstalt, die vor Geld stinkt, wird ihnen die Rechnung bezahlen.« So etwa schimpfte er, sagte dann aber etwas milder: »Entweder kann ich den Arzt bezahlen oder eine Dreschmaschine kaufen.« Darauf weinte die Mutter wieder.

Um ein Uhr fing der Vater richtig an zu rappeln. Er brüllte: »Warum kommen sie so lange nicht?« »Die Buben werden die Akziserin suchen müssen«, seufzte die Mutter. Am liebsten hätte er geflucht. »Du wirst sehen, der Fuß ist hin! Es geschieht dir recht! Jetzt hast du deinen neuen Herd!« Das kleinere der Schulmädchen fing laut an zu weinen, da bekam es vom Vater einen Stoß in den Rücken.

Endlich war sie da! »Au letz«, sagte die Akziserin, »wann ist es denn passiert?« »Etwa um halb zwölf.« »So haben wir schon die dritte Stund. Ich weiß nicht, ob der Segen noch hilft.« Doch dann wurde sie ganz ruhig, starrte lange auf den Fuß, fing an zu murmeln (man wußte nicht, war es gebetet oder gehext), man verstand aber immer wieder die drei Heiligen Namen. Plötzlich leierte sie heller (man meinte fast, sie wollte singen), dazu machte sie viele Kreuzzeichen, griff nah an die Brandblasen und tat, als werfe sie diese weg. Plötzlich war sie fertig. Viele hatten zugeschaut und zugehört.

Die Mutter sagte in die Stille: »Vergelt's Gott, Akziserin! Ich meine, die Schmerzen lassen schon locker. Holt ihr zehn Eier.« Anstatt sich dafür zu bedanken, sagte sie beinahe böse: »Da müßt ihr schon zur Krankenschwester. Sie hat die richtige Salbe und saubere Binden.« Und die Krankenschwester jagte zuerst alle Kinder aus der Kammer, weil sie nun genug nacktes und verbranntes Fleisch gesehen hatten.

Nach dem vollkommen verspäteten und mißratenen Mittagessen gingen die Großen Öhmd einfahren. Die Schüler mußten lernen und nebenbei auf die Kleinen und auf die

Mutter aufpassen. Von der Kammer her hörten sie
Das wurde ihnen unheimlich, und sie mußten nach
en. Die Mutter schlief, das hatten sie noch nie gese
Mundwinkel zuckten, als ob sie lachte. Es ha
träumt, sie könne fliegen, sagte sie später. Die B
ten nicht still sein, da wachte sie auf. Sof
Schmerz da, und alles fiel ihr ein. »O, we
wär'!« »Nein, nicht!« schrien die Kinder.
du denn?« Sie habe ein bißchen Durst.
Buben mit dem Mostkrug, und die M
Johannisbeeren.

Am Abend – sie waren viel zu spät
arbeiten – rief die Mutter aus der K
Mädchen sollen kommen!« Es wa
chen, jedes hatte schon seinen Sch
ihr die Milch wärmen, sonst bek
großen Sau ja kein Mehl in den
zu dicke Ferkel. Und den Hüh
ihr das Mus und tut mir die K
chen mit ihren Aufträgen
»Wenn ich euch nicht hätt'!

Am nächsten Morgen
»Die großen Buben soll
auf der Bettkante, nur
decke. »Mich leidet'
stützten, schleppten
»Kannst du dich
Dann saß sie auf
kranken Fuß auf
tut er grausam
zupfte und ü
sack, denn
sie in der S
Sach« zun

den b
tes G
die Sch
karren,
Mir ver
Im Hop
den Korb
te, desto
Das Mitta
»Gerade w
rin traurig,
ihr der Vater
Während de
gut. Er muß
kaum ein paa
war klein wie
Als die Hopf
aus. Der Zweit
helfen. Schau u
Wägelchen. Da
Schulmädchen, z
alles in einen Krä
große, kleine, ang

178

feln – nichts mehr brauchten sie zu entscheiden, und sie überholten die Buben bald. Da wollten auch diese alles wie Kraut und Rüben in einen Korb werfen. So hatte die Mutter viel zu sortieren und zu verlesen. Dabei wurde sie wieder fröhlich. Als sie vom Acker heimgingen, sagte der Große zu ihr: »Jetzt hast du bald keinen Platz mehr im Karren.« Die dumme Heulsuse fragte: »Warum wirst du denn so dick?« »Vom ewigen Sitzen, vom nie mehr Bücken.« Da hatte die Fragerin schon einen Stoß im Rücken.

Dann herbstete es ärger. Zum Rübenschneiden konnte die Mutter aber noch mit aufs Feld. Die Rösser waren in der Schule, der Vater zog sie von Rübenhaufen zu Rübenhaufen.

Am ersten Adventsnachmittag – die Kinder malten den Nikolaus – kam die Bäs, um nachzusehen, ob der Fuß noch brannte oder nur biß. Die Mutter saß im Stuhl, den schlimmen Fuß hoch auf dem Schemel. Er war immer noch dick mit Binden umwickelt. Normalerweise schlang sie zu deren Schutz ein längliches, gelbbraunes, schmutzig aussehendes Tuch darüber. Am Sonntag war sie jedoch hoffärtig, der Fuß war mit einem weißen Wollschal umschlungen. »Ja wie!« sagte die Bäs sofort, »du läufst immer noch nicht!« »Recht wehleidig bist du!« Das wollte die Mutter aber nicht sein. Sie stand auf, tat einen Schritt, noch einen und nochmals einen. Die Kinder warfen die Malfarben weg. Sie klatschten in die Hände, hüpften und jauchzten. Einige liefen in den Stall, wo der Vater arbeitete. »Komm schnell! Komm und schau, die Mutter kann hinken!« Der lachte: »Jetzt haben wir es gewonnen!« Dabei streichelte er Mutters Rücken. »Du wirst sehen, nachher kannst du wieder springen.«

Es wurde Weihnachten. Am Abend des heiligen Tages, mitten im Kerzenglanz, zeigte der Vater den kleinen Franz. Er war dabei so bewegt, wie man ihn noch nie gesehen hatte. Mit dem Bündelchen ging er in die Hocke, damit die Kleinen das Brüderlein betasten konnten. Der hübschen Dreijährigen strich er immer wieder übers schwarze Haar. Der größeren Schülerin versprach er, daß sie des Kleinen Kindsmagd sein dürfe, und die Buben nannte er lachend Rösser. Zu den Großen am Tisch sagte er, sie sollten ruhig noch einen Krug Most holen. Wie ein Verliebter, ein Glückseliger, ging er mit seinem letzten Kind wieder in die Kammer. Von dort rief die Mutter bald: »Die Kinder können jetzt kommen!«

Die eine, die bei Vaters besonderer Gunstzuweisung übergangen worden war, stürmte nicht sofort mit der Schar ins Zimmer. Sie sah die vier Großen am Tisch sitzen. Sie tranken Most, aßen Nüsse und Brötchen und redeten nichts. Das Schulmädchen spürte etwas, das wohl recht traurig, auf alle Fälle sehr eigenartig war. Was hier mit dem aufgedrehten Vater und den jungen Geschwistern geschah, ging sie, die zu früh Geborenen, nichts an. Sie tranken stillschweigend den Most und wußten, daß sie eines Tages nicht mehr hier sein könnten, daß sie auf irgendeine Art zu verschwinden hätten. Der Kleinen wehte es vom brennenden Christbaum her wie Todesahnen und Verderben nach den Großen.

Als sie in die Kammer kam, herrschte ausgelassene Freude. Der Vater hatte alle angesteckt – das Nachher hatte begonnen, indem die Mutter wieder sprang. Der neue Bruder, der den Vater so froh machte, war der verheißene Erlöser. Die Kleinste wollte zu ihm in die Wiege klettern, die Vierjährige zur Mutter ins Bett. Beides verhinderte der Vater lachend. Die hübsche Schwarze lief wie aufgezogen ununterbrochen im Kreis und sang etwas, das niemand verstand. Der kleinere der Buben hüpfte in Vaters Bett halbmeterhoch, daß die Matratze quietschte, der größere schaukelte die Wiege. Jeden Moment mußte damit gerechnet werden, daß sie umkippte. Die Schulmädchen hüpften auch, wobei sie sich an der Lehne von Mutters Bettstatt stützten. Von all dem Jubel, Trubel und den Erschütterungen fingen bei der Mutter die Nachwehen an. Erschrocken hörte es das Mädchen, von dem der Vater sagte, er möge sie nicht, weil sie zu oft weine und zu viel frage. Jetzt fragte sie fast unwillig: »Was gibt es denn jetzt noch zu jammern?« »Ach, der Storch hat mich gebissen«, sagte die Mutter. »Wohin?« wollte sie wissen. Plötzlich hatte der Vater ein wutverzerrtes Gesicht. Er packte die Neugierige am Oberarm und schrie: »Dich werfe ich gleich hinaus!« Die Mutter wollte vielleicht wehren, sie bewegte sich heftig, und da sah das Kind ihren Fuß, nur einen kurzen Augenblick. Risse, schwarzgraue Vertiefungen sah sie und blasse Narben. In ihrem Schrecken konnte sie nur denken: »Viele Bisse!« Sie wollte Vaters zorniges Gesicht wieder fröhlich sehen, darum rief sie, jetzt wisse sie und glaube es gewiß, daß es der Storch war. Da lag sie aber in der dunklen Küche. Der größere Schüler erbarmte sich ihrer, indem er Licht machte und »du dumme Kuh« sagte.

Der neue Herd wurde nie Mutters Freund. Das Feuer in ihm war ihr zu heiß, und was ihr vordem nie passierte – manches brannte an oder kochte über. Mit dem Ziehenlassen und Warmstellen war es das reinste Elend: zu wenig Platz, nur Hitze oder Kälte. In der Backröhre gedieh selten etwas. Auf der einen Seite verbrannten die Kuchen, auf der anderen Seite waren sie ungenießbar speckig. Die guten Weißbrotzöpfe kamen weiterhin aus dem großen Backofen. Die Katze hatte im Winter den neuen Herd auf ihre Weise genützt: Sie schlüpfte, wie vordem oft, in die zufällig offenstehende Röhre. Wahrscheinlich fand sie bis zum Morgen nicht genug Wärme, sie blieb jedenfalls. Jemand schlug das Türchen zu und heizte. Man mag es weiter nicht beschreiben.

Sobald das Feuer im Herd aus war, wurde er kalt. Es gab keine Kacheln und keinen Lehm, die die Wärme bis in die Nacht hinein oder gar bis zum neuen Morgen festgehalten hätten. Wenn im neuen Herd geheizt wurde, kochte im Schiff alsbald das Wasser. Ständig mußte kaltes nachgefüllt werden. Mancher Mostkrug verlor den Boden in dem noch zu heißen Wasser. Doch war das Feuer aus, war es in Bälde eiskalt. Und wie lange vermißte die Mutter die Herdstange! Seit der neue Herd in der Küche stand, kochte sie nicht mehr so gut und so gerne. Sie überließ es mehr und mehr den großen Töchtern. Diese hatten den Weißen bald besser verstanden, und sie bereiteten ihren Schätzen aus dem Dorf bereits so manchen Leckerbissen auf ihm. Doch sie mußten ja bald in die Fremde.

Daraufhin lernte die Mutter die zwei mittleren Mädchen am Herd an. Aber die beiden waren in eine böse Zeit hineingewachsen. Der Herd schämte sich sichtlich wegen der Ärmlichkeiten und Erbärmlichkeiten, die auf ihm zusammenschmorten. Über Jahre hin stand er da, als hätte er sein Gesicht verloren, nichts brachte ihn zu freudigem Erröten.

Es gab keine Burschen im Dorf, denen die Töchter ihre Kochkünste hätten beweisen können, nicht einmal mehr den Brüdern, außer dem Kleinen. Entweder wurden sie aus der Gulaschkanone gefüttert, oder sie brauchten nie mehr etwas zu essen. So verließen die beiden Mädchen zu ihrer Zeit den heimatlichen Herd, der ihnen wenig gebracht hatte. Sie taten sich schwer, in der verworrenen Welt zurechtzukommen.

Erst als die jüngsten Mädchen groß waren, wurde es wieder lebendig um den Herd. Sie verstanden es, mit ihm umzugehen, und bändigten ihn. Das offene Feuer war nicht mehr zu sehen. Es gab neue Töpfe zu kaufen, und bald stellten sie einen elektrischen Gesellen mit einer herrlichen Backröhre neben ihn. Weißes Mehl und Öl gab es wieder, Zucker und Zitronen, alles, was das Herz begehrt. Junge Männer waren wieder ins Dorf zurückgekommen, andere herangewachsen, wie die Mädchen auch. Es schmeckte ihnen sehr, was die Mädchen zubereiteten. So ging dann eine nach der anderen, um am eigenen Herd zu amtieren. Eine ist eine Meisterköchin geworden. Sie schlug in allem der Mutter nach.

Veröffentlicht in: Allmende 28/29, Vergangenheit mit Frauen.

Schicksalswende auf der Fähre

Er hieß Hans, sie hieß Gretel. Ihrer Namen wegen glaubte jedermann, auch sie selber, an das gute Ende ihrer Geschichte. Wie im Märchen aber waren bis dahin Hindernisse zu überwinden; damit rechneten sie. Diese hätten freilich bisweilen nicht so übel sein müssen.

Ihre Heimatstadt, in der sie in derselben Straße aufgewachsen waren, mußten sie wegen schrecklichen Bombenhagels verlassen. In einem großen Dorf im Hinterland des Bodensees, wo ihre Eltern für lange Zeit eine Bleibe fanden, wohnten sie sogar im selben Haus – Hans unten, Gretel oben.

Ganz kurz bevor der Krieg zu Ende ging, als Hans eben siebzehn geworden war, mußte er einrücken. Er kam in der Normandie in bösen Schlamassel und mit größtem Glück in englische Gefangenschaft. Zur Währungsreform kam er heim. Jetzt mußte er sich um einen Beruf kümmern.

Gretel hatte inzwischen eine Stelle gefunden. Sie war ein sehr fleißiges, geschicktes und nettes Mädchen. Ihre Dienstherren waren Franzosen, ihr Arbeitsort Konstanz, wo sie in einem Kasino bediente. Sie packte alle Arbeit an, die nötig war, darum wollte man sie dort behalten, und sie mietete für sich ein kleines Zimmer. Aber jedes Wochenende, sommers wie winters, wollte sie heim. Das Fährefahren liebte sie. Weil ihr Arbeitsschluß nicht regelmäßig war – manchmal wurde es Samstagnachmittag, gar Sonntagfrüh –, mußte Gretel alle Abfahrtszeiten im Kopf haben. Damals fuhren sie in größeren Abständen. Seit Hans wieder da war, rührte sie sich um so mehr, damit sie nur bald auf die Fähre kam. Von Meersburg bis in das Dorf hatte sie eine halbe Stunde zu radeln. Das Fahrrad wartete die Woche über, nahe der Anlegestelle, in einem alten leeren Schafstall.

Nichts war Gretel zu viel, um die Sonntage mit ihrem Liebsten zu verbringen. Sie machten miteinander Radtouren, gingen schwimmen, probierten auf dem Gehrenberg Skifahren. Viele Nachmittage verbrachte Hans damit, Gretels Fahrrad zu putzen, zu schmieren und zu reparieren. So ging es drei Jahre lang! Wenn jemand eine der beiden Mütter fragte, wann denn Gretels und Hansens Hochzeit sei, sagte seine Mutter: »Er will zuerst in seinem Beruf weiterkommen«, und die der Gretel seufzte: »Sie möchte noch mehr verdienen.« Die Frau war nämlich noch ungeduldiger als ihre Tochter geworden, weil sich das Ende der guten Sache so lange hinauszog.

Bei einem Abschied beharrte Gretel darauf, daß beim nächsten Mal er die Fähre betrete, den Schafstall fürs Fahrrad kenne er ja. »Wir haben nämlich in Konstanz Seenachtsfest. Das Feuerwerk schauen wir vom Schiff aus an, mit dem du heimfährst.« Hans brummte zwar, von Knallereien habe er genug, erfüllte jedoch ihren dringenden Wunsch. Sie stand an der Anlegestelle. Dann gingen sie am See entlang und durch die schöne Stadt. Hans gefiel's. Er meinte: »Das können wir noch öfters machen.« Gretel wollte in die Schweiz hinüber und ärgerte sich ein bißchen, denn Hans hatte die »Kleine Grenzkarte« nicht besorgt. Sie hatte ihre Freimenge für diesen Monat bereits geholt. »Eine angebrochene Schachtel Zigaretten und eine angeknabberte Schokoladetafel dürfte ich herübernehmen.« Dann waren sie wieder lustig und ließen die billige Schweiz reiche Schweiz sein. So leckten sie in Konstanz ein Eis und aßen gegen Abend eine heiße Wurst.

Es war ein wunderschöner Sommertag – der dunkle Abend wollte lange nicht kommen. Mit aller Macht zog es Hans in die Nähe des Fährehafens. Da sahen sie zu, wie eine weiße Fähre herüberkam und die andere, die letzte am Tag, sich zur Abfahrt bereitmachte. »Ich möchte gerne mit ihr übersetzen«, sagte Hans. Gretel weinte beinahe. »Morgen früh habe ich mit dem Chef eine wichtige Besprechung, da muß ich ausgeschlafen sein.« Es war ein gehöriges Stück bis zur Fähre. So schnell Hans auch lief, als er ankam, hatten die Matrosen die Brücke hochgezogen.

Manche der beleuchteten Schiffe waren bereits vom Hafen ausgelaufen. Gretel wußte genau, welches in Richtung Meersburg fuhr. Hans sah nichts als viele Menschen, die aufs Schiff drängten. Als es fuhr, fragte er: »Und du? So spät gibt es doch keine Fähre mehr!« »Aber ein Schiff!« lachte Gretel. Dieses fuhr weit, bis nah ans Meersburger Ufer, wo es eine Halbwendung machte. Die Motoren standen still. Es lag nun ziemlich schief im Wasser, denn alle Fahrgäste waren auf derselben Seite. »Ah, aah!« »Oh, ooh!« Hans fand dagegen, das Feuerwerk sei recht kurz und kümmerlich. Der Schiffsrumpf zitterte – es konnte weitergehen. Da wurde Hans bleich. »Warum dreht es ab?« rief er. Das Schiff hatte gewendet und fuhr dahin, wo es hergekommen war. Jemand in der Nähe bemerkte Hansens Unruhe. »Es ist nur eine Lichterfahrt – hat er das nicht gewußt?« Hans sah den Schalk in Gretels Augen. Nun wußte er es! Er packte sie fest am Oberarm. So laut schrie sie »au«, daß viele Leute hersahen. Da schämte er sich und bezwang seine Wut. Obwohl er wußte, wie genau Gretel alle Abfahrzeiten im Kopf hatte, fragte er einen Matrosen, wann morgen die erste Fähre fahre.

Auf dem Weg zu Gretels Zimmer gab er auf ihr Geplauder keine einzige Antwort. Dann erschrak er sehr. Sie schloß mit einem großen Schlüssel das Türchen eines kleinen

Häuschens auf. Dieses war abseits der Straßenbeleuchtung, dunkel, winzig, sicher uralt. Nur auf dem Dach, wo der Mondschein hinkam, glitzerte etwas. »Ein Hexenhaus«, hätte er in anderer Situation gelacht, so dachte er: »Eine falsche Hexe!« Er zögerte, durch die Tür zu gehen. Gretel sagte: »Komm schon! Ich fresse dich nicht.«

Wo nun Hans in dieser Nacht schlief, weiß man nicht. Vor Gretels Bett war ein Vorleger aus dicker Schafswolle. In der Diele stand ein alter Ledersessel. Wahrscheinlich flegelte er sich dahinein. Wo ihn Gretel haben wollte, schlief er ganz gewiß nicht.

Auf die Fähre ist Verlaß! Im Morgengrauen wartete sie. Er stand vorne am Kiel, nah am Wasser, und als sie losfuhr, sagte Hans ins Rauschen: »Es geht um mein Fortkommen!« Er hatte nicht gewußt, daß eine Morgenfrühe auf dem See so schön sein könne. Die Fähre brauste schnell und schnurstracks dem Ziel entgegen. Das war eine andere Fahrt als mit dem säumigen Dampfer! Der Himmel wurde hell und klarer. In seinem Gemüt stellte sich ebenfalls Klarheit ein: Mit der Gretel muß Schluß sein! Ein für allemal!

Man darf aber nicht denken, das Schiff mit seinem vorzeitigen Wendemanöver sei die alleinige Ursache für den endgültigen Schlußpunkt in Hansens langer Liebe gewesen. »Sie ist mir zu hübsch«, hatte er gedacht, als sie am Vortag an der Anlegestelle stand. Gretel wurde nämlich immer schöner. »Sicher sieht sie es den Französinnen ab, die abends ins Kasino kommen, wie man das macht. Und diese Bluse! In Konstanz gab es eine solche nicht zu kaufen. Eine Madame wird sie ihr geschenkt haben! Es ist etwas anderes, ob man im Dorf das netteste Mädchen hat oder ob in der Stadt sich die Männer nach ihr umdrehen.« Und die Sache mit der angebrochenen Schachtel und der angeknabberten Tafel hatte ihm nicht gefallen.

Die Entscheidung fiel aber auf der Fähre! Ohne Schlenker und Schwenker war sie dem Meersburger Ufer nahegekommen. Hans rechnete: Wenn er gehörig strampelt – an keiner Steigung absteigt –, kann es ihm zur Chefbesprechung reichen. Rumpp! Die Fähre legte an, und Hans rannte zum Schafstall. Sein schwarzgestrichenes Stahlroß lehnte an Gretels Rad. Er riß das seine weg, als hätte es in der vergangenen Nacht Unanständiges mit dem ihrigen getrieben. Dabei war er zu hastig. Ein Tretpedal hing im Schutznetz des Damenfahrrades. Auch jetzt riß er grob – ein Loch blieb darin. Nun gab er dem Reifen des Hinterrades, den er so oft geflickt hatte, einen Tritt. »Aus!« »Vorbei!« »Nie mehr!« fluchte er.

Es reichte leicht! Sogar rasieren konnte er sich und frühstücken. Die Mutter hatte nicht bemerkt, daß er in der Nacht nicht da war. Dann lief für Hans alles vorzüglich. Für sein Fortkommen war gesorgt – er durfte unterschreiben. »Mit Vornamen«, sagte der Vorgesetzte. Zum erstenmal in seinem Leben schrieb Hans »Johannes«. Das ist mein Taufname, dachte er.

Schon an Weihnachten war das Bürofräulein seine Braut. So klein der Betrieb im Hinterland war, so aufstrebend war er, und man brauchte eine Bürokraft. Sie nannte ihn von Anfang an Johannes, wie sie es in seinen Unterschriften las. Im Mai war sie seine Frau. Sie besaßen Grenzkarten und einen VW. Ihr größtes Vergnügen war, mit ihm auf die Fähre zu rumpeln, durch Konstanz zu fahren, in der Schweiz Zucker, Nudeln und Suppenwürfel zu holen. Drüben, an der Autofähre, ging alles geordnet und in Reihen vor sich. Das Anrumpeln der Fähre in Meersburg war Musik für Johannes' Ohren, das Abwinken des Matrosen zu freier Fahrt ein befriedigendes Erlebnis.

Und die Gretel? Sie hatte jenes Wendemanöver nicht aus solcher Verderbtheit eingefädelt, wie es Hans damals auffaßte. Nur endlich wissen wollte sie, woran sie war! Sie wäre zu gerne seine Frau geworden! Er war nicht der Mann, zu dem man beim Wurstessen sagen konnte: »He du, willst du mich nun heiraten? Andernfalls gehe ich nach Frankreich.« Sie hatte sich Schwerwiegendes ausdenken müssen. Ein französisches Ehepaar bedrängte Gretel seit Wochen, wenn der Sommer vorbei sei, solle sie mit nach Lyon kommen. Sie hatten gesehen, wie flink, fleißig und anständig sie war. Zuerst könne sie Hausmädchen sein, und die französische Sprache, die sie gut beherrsche, könne sie vervollkommnen, um gar Dolmetscherin zu werden. Nun, die Franzosen haben einen Blick für weibliche Schönheit, so wäre für Gretel nichts zu fürchten.

In jener Nacht weinte Gretel ein Weilchen, weil ihr Plan ganz und gar mißlungen war. Am Morgen, als von Hans keine Spur mehr da war, sah sie klar. Sie servierte dem französischen Herrn das zweite Frühstück. »J'aimerais bien aller à Lyon avec vous«, sagte sie.

Bei ihr ging es noch schneller als bei Johannes. Zu Ostern bekamen ihre Eltern, die nun in Meersburg wohnten, ihren Brief: »Ich komme, meinen Mann vorzustellen. Eure Margarethe.« Die beiden flogen nach Zürich, fuhren nach Konstanz und schwammen mit der Fähre nach Meersburg.

Wie sie an dem schönen Frühlingstag mit der Fähre ablegten, mußte Margarethe Tränen wischen. Ihr netter Mann sagte: »Pourquoi est-ce que tu pleures? Votre Lac du Constance est très beau!« »Ich denke daran, wie unzähligemal ich hinüberfuhr.« Nur das Hinüberfahren war in ihrer Erinnerung. Das Zurückfahren am Sonntagabend, zur schweren Arbeitswoche, war ihrem Gedächtnis entfallen.

Sie trocknete schnell die Tränen, denn sie war erschrocken. Ein Paar, das sich anscheinend schwer vom Auto losreißen konnte, kam nach oben, um einen Sitzplatz zu suchen.

Nein, es war nicht Johannes, so lieb dies dem Leser vielleicht wäre. Der Mann sah ihm nur sehr ähnlich. Das wäre ein zu großer Zufall gewesen! »Ich hätte nur französisch mit ihnen geredet«, murmelte Margarethe.

Je näher die Fähre Meersburg zustrebte, desto fröhlicher wurde sie, begann sogar, mit ihrem Mann zu schmusen. »Kennst du das Märchen von Hans und Gretel?« fragte sie. »Das kennt man auf der ganzen Welt«, lachte er. »Es war aber doch nur ein Geschwisterpaar.«

Veröffentlicht in: Hin und Her. Menschen auf der Fähre. Hg. von Helmut Bachmaier und Siegmund Kopitzki. Konstanz 1993.

Das gute Ende

Warum die Frau ihre Tochter Walburga hieß, war nicht zu verstehen. Es ist doch der Name der Hexen!

Wahrscheinlich las sie von einer Heiligen dieses Namens, für die sie sich begeisterte. Aber bald sah sie ein, daß »Walburga« gar nicht zum zarten lieblichen Kind passen wollte. Sie konnten es ja Burgele, später Burga heißen! Als das Kind um die zwei Jahre alt war, ist etwas mit ihm passiert. Man wußte nie, war die Kleine in ihrer Schußligkeit oder ihre Mutter in ihrer Unachtsamkeit schuld – man betete in der Kirche für das Kind. Dieses Beten, eine Brandlöscherin und ein Arzt retteten es. Wo der Hals ansetzte, hatte Burgele eine dunkle Narbe, ein Halbrund, als sollte es einmal von vorne geköpft werden. Sie hingen ihm bald goldene Kettchen um, die imstand waren, die wüste Narbe zu verdecken.

Das Kind hatte aber doch etwas von einem Hexlein an sich! Es war mager wie ein Heupferdchen, sein Gesicht schmal, die Stirne hoch, die Haut bräunlich, die braunen Haare geringelt. Es war flink und lustig wie kaum ein Kind im Dorf. Alle Treppen nahm es hüpfend, springend, purzelnd, rutschend. Als Schulkind war Burga überall vornedran. Alle Leute, Lehrer und Pfarrer liebten sie, besonders natürlich ihre Eltern und die beiden Brüder, einer drei Jahre älter, der andere drei Jahre jünger als sie.

Als Burga dreizehn Jahre alt war, ging der Riß, die Spaltung durchs Dorf. Ihr tat es sehr leid, daß sie nicht mitmarschieren, nicht mitsingen und mitspringen durfte. Ihr Vater gehörte zu den Widersachern des Regimes. Und wie die Männer dachten und taten, so mußten es auch die Ehefrauen und Kinder tun. »Sing im Kirchenchor mit«, sagte Burgas Vater. So schloß sie sich der Gruppe der abgesonderten Jugend an. Es waren Kinder der reicheren, rechtschaffenen, frommen Leute. Die meisten hatten größere Bauernhöfe. Der Anführer der Burschen und Mädchen, die nicht »mitmachten«, war der Älteste eines solchen Bauern. Das Anwesen lag etwas außerhalb des Dorfes, etwas zu nahe an der Straße, die zum Bodensee führte. Es waren noch drei Söhne da, die zu gerne beim Sport mitgemacht und goldene Nadeln errungen hätten. Sie mußten aber tun, was der Vater und besonders der Bruder Benedikt anordneten. »Bene«, wie er genannt wurde, war hübsch, aber nur mittelgroß. Er hinkte, und zwar so wenig, daß es beinahe liebenswert war. Man wußte nicht, kam das Hinken aus der Hüfte, und zwar von Geburt an, oder kam es vom Knie, vielleicht auf Grund eines Unfalls? Auf keinen Fall benachteiligte es ihn, es gehörte und paßte zu ihm. Er war ein gescheiter Junge, von den Gleichgesinnten verehrt und geliebt. Seine Ansicht war die richtige, das wußte er ganz sicher, so sehr war er überzeugt; auch die in die Irre Geleiteten respektierten ihn.

Bene und Burga waren ein Liebespaar. Und was für ein reizendes!

Alle Leute sagten es, wie gut sie zusammenpaßten, und freuten sich mit ihnen. Auf Benes Hof gab es Pferde. Sie ritten miteinander aus. Burga gefiel das Reiten, und sie konnte es sehr gut. Auf dem Pferd kam sich Bene groß vor, und das Hinken war nicht da. Er mußte aber deswegen nie Soldat sein. In ihrer Verliebtheit wollten sie heiraten.

Da stießen sie auf gehörige Widerstände in Benes Elternhaus. Wo der Krieg begonnen hat! Die Brüder gibt es auch!

Burga noch nicht zwanzig! Benes ältere einzige Schwester lamentierte am lautesten: »Die Burga ist in allem so rasch! Man muß sie das Warten lehren.«

Das tausendjährige Hitlerreich dauerte gerade nur zwölf Jahre. Was sind zwölf Jahre? Zum Beispiel die von 1953 bis 1965. Ein Nichts – kaum erinnerbar! Doch jene Jahre schienen endlos.

Es wurde keine Ausnahme gemacht – ob dafür oder dagegen: von allen Familien hatten Söhne zu sterben. Benes prächtige Brüder fielen alle drei, einer nach dem andern. Er und Burga waren hauptsächlich bei den Trauerfeiern als Brautleute zu erkennen. Da standen, knieten, weinten sie nebeneinander. Burga mußte immerzu Schwarz tragen, was nicht zu ihrem Wesen und nicht zu ihrer hellbraunen Haut paßte. Den roten Schimmer auf ihren Wangen sah man seltener. Zur Mitte des Krieges etwa sprach Burga wieder vom Heiraten. Und zwar hatte sich in ihrem Kopf das Wort »Doppelhochzeit« eingenistet. In seinem nächsten Urlaub wollte ihr großer Bruder heiraten, und sie könnte ruhig von daheim weggehen. »Ein Doppelfest bei so viel Trauer!« schimpfte Benes Mutter. Es wäre sowieso nicht dazu gekommen, denn der Bruder kam kurz vor dem Urlaub an der Front um. Wieder war das Brautpaar beim Trauergottesdienst nebeneinander. Zuerst wurde Burgas Mutter krank, bald darauf ihr Vater. Zwei Jahre lang pflegte sie diese, neben aller Arbeit, die sie hatte. Der jüngere Bruder war Soldat. »Jetzt wird sie nicht mehr ans Heiraten denken«, sagte die Schwester zu Bene. Danach stand er rasch hintereinander neben Burga an den Gräbern deren Eltern. Alle Leute sahen wiederum auf das Brautpaar. Burga war mager geworden. Aus Vaters schwarzem Anzug hatte sie selbst das Kostüm, aus ihrer Mutter Festkleid die schwarze Bluse geschneidert. Es gab zu dieser Zeit nichts zu kaufen. Besonders gut ist es ihr nicht gelungen. »Jetzt ist sie nicht mehr die Schönste«, sagten manche Mädchen zueinander.

Dann war der Krieg samt der Notzeit vorbei. Der jüngere Bruder kam endlich aus der Gefangenschaft heim, und er wollte alsbald ein eigenes Hauswesen gründen. »Doppelhochzeit«, sagte Burga wieder, diesmal zaghaft, zu Bene. Doch ihm paßte es jetzt gerade nicht! Er wollte für seine Schwester und Eltern ein Haus bauen. »Wenn sie dort eingezogen sind – dann machen wir Hochzeit.« So waren sie bei der Hochzeit ihres Bruders nur Brautführer. Sie tanzten jeden Tanz miteinander. Burga trug ein hellfarbenes Kleid, sie war heiter wie einst, und manche meinten, sie sei doch noch die Schönste im Dorf. Man fragte das Paar, wann ihre Hochzeit sei. »Mit den Handwerkern ist es ein Jammer«, antwortete Bene darauf.

Er blieb der Betreuer und Anführer der Dorfjugend. Mit den einstigen Widersachern war er großzügig. Wer nur wollte, durfte mitmachen. Nur ein paar, die vorher das Maul zu voll genommen hatten, zogen den Kopf ein und hielten sich von Benes Veranstaltungen fern. Er war ein Freund der nahen Berge. Darum führten die meisten Fahrten, die er organisierte, dorthin.

Der Omnibus war an einem schönen Maisonntag voller junger Leute. Bei der Abfahrt saßen Bene und Burga beim Fahrer vorne nebeneinander. Bald ging er aber nach hinten, mit diesem und jenem redend. Auf dem letzten Sitz saß nämlich ein neu ins Dorf gezogenes Mädchen. Sie war sogar Benes Nachbarin. Ihr Vater hatte genau gegenüber von Benes Hofstätte einem Bauern, der keinen Sohn mehr hatte, ein Grundstück abgekauft, um Reparaturwerkstatt, Tankstelle, Autohandel zu betreiben. Im ersten Stock des häßlichen Gebäudes war die Wohnung für den Unternehmer mit seinen beiden erwachsenen Kindern. Auf dem hintersten Sitz des Busses war ein Platz frei für Bene. Beim Mittagessen, am Ausflugsort, saß er zwischen seiner Nachbarin und Burga. Das forderte gerade dazu auf, die beiden miteinander zu vergleichen. Die eine war hell und jünger, lustiger und lauter. Burga wurde bleich und immer stiller. So schnitt sie beim Vergleich, bei den meisten der Übermütigen, schlechter ab.

Bevor die Wanderung begann, stand die Gruppe draußen noch eine Weile herum. Etwas abseits, wo die Aussicht schön war, saß Burga auf einer Bank. Sie saß so, als könne sie sich nie mehr bewegen. Manche schauten scheu zu ihr hin, andere machten sich auf den Weg. Bene ging zu ihr hin. »Mach die Knöpfe zu!« Sie hatte die Bluse am Hals aufgeknöpft, weil sie meinte, sie ersticke. »Nimm dich zusammen! Ich muß mich ja schämen!« Burgas Gesicht war steinern. »Komm mit«, schrie er sie an. Ein Nicken brachte sie zuweg. Da lief er den andern nach, aber sie kam nicht.

Den langen Nachmittag war sie wohl ein bißchen herumgegangen, doch als die Wanderer zurückkamen, saß sie wie am Mittag. Bene spielte den Beleidigten und ging mit der Gesellschaft wiederum ins Gasthaus. Ein Mädchen sprach ihn an: »Geh doch zu ihr.« Burgas Bluse war noch offen. Er sah die Narbe, lachte nur kurz auf und ließ sie sitzen. Danach sah sie, daß der Fahrer wartend im Bus saß. Wie eine aufgezogene Puppe ging sie, um sich an ihren Platz zu setzen. Ob ihr nicht gut sei, fragte der Fahrer. Sie nickte nur. All die lustigen lärmenden Leute, die in den Bus einstiegen, mußten an Burga vorbeigehen und sie anschauen. Alle mußten ihre Halsnarbe sehen. Daß sie so häßlich war, hatten sie nicht gewußt. Die verbrannte Haut konnte nicht nachwachsen, darum wurde die Narbe gröber, ihr Umfeld faltiger. Sonst war Burga stets darauf bedacht, daß niemand sie zu sehen bekam. Im Dorf angekommen, blieb sie sitzen, bis alle sich entfernt hatten.

Alle redeten von ihr. »Was hat sie denn am Hals?« fragte Bene neue Freundin, die eingehakt mit ihm heimging. »Schrecklich«, sagten zwei Schwestern zueinander, »wie Burga darunter leidet.« Ein paar Burschen lachten: »Die ewige Braut.« »Im Herbst sollte die Hochzeit sein – bei Benes Rohbau sieht man aber nie Handwerker«, wußte sein nächster Nachbar.

Gleich am nächsten Abend kam Bene. Burgas Bruder und die hochschwangere Schwägerin waren schleunigst nach oben verschwunden. »Ich löse die Verlobung«, sagte er. »Das weiß ich«, und flink holte sie aus der Schublade des Wohnzimmerschrankes, der nicht ihr, sondern der Schwägerin gehörte, den Verlobungsring und ein goldenes Halsband. »Da!« sagte sie. Als er nicht danach griff, schob sie es ihm näher. »Jeder soll das behalten, was er vom andern bekam«, bestimmte er. Dabei war er rot geworden, nun wurde sie es auch.

»Das ging aber schnell«, meinte die Schwägerin, die sofort auf der Treppe oben erschien, als Bene unten die Tür zuschlug. Jetzt fiel Burga über den Bruder her: Sie wolle fort von hier – und zwar bald und weit. Ihm kam es nicht ungelegen, denn er und seine Frau fürchteten, eine Ledige im Haus haben zu müssen. Er hatte im Nu eine Aussicht. Weil er sein Anwesen zu einem Obstbaubetrieb machte, kam er oft zu einem Mann, weit drunten am westlichen See, der dies bereits geschafft hatte. Dazuhin hatte er Baumschulen, handelte auch mit Spritz- und Düngemitteln. Beim kürzlichen geschäftlichen Besuch sagte dieser Mann zu Burgas Bruder: »Weißt du mir keine Frau? Ich brauche dringend eine, und hier in der Gegend gefällt mir keine.« Am nächsten Abend schon fuhr der Bruder dorthin. Burga und seine Frau waren voller Bangigkeit, er könnte mit einer abschlägigen Antwort zurückkommen. Burga wartete bis spät in die Nacht. »Du kannst weit weg heiraten – am Donnerstag wird er kommen.«

Die Anspannung fiel sofort von den beiden, als sie sich sahen. Wie all die Jahre für Bene, der dies so gerne jede Woche einmal aß, hatte Burga Spiegeleier und Speckscheiben gemacht. Mit dem selbstgebackenen Brot schmeckte es dem Mann gut. »Hast du das Brot gebacken?« fragte er. »Zeige mir nun die Obstanlagen.« Als sie dort miteinander gingen, wunderte sich Burga, wie anders es war, neben ihm zu gehen. Er war ja nur wenig größer als Bene. Sie wußte es bald: Das Hinken fehlte! Da knöpfte sie die Bluse auf. »Ei, ei, was ist denn da passiert?« Er strich dann mit dem Zeigefinger die Narbe entlang und lachte dabei: »Bei uns wird nur hochgeschlossen modern sein.« Am Sonntag wolle er wiederkommen.

Er kam aber schon am Samstag, als sie zu Mittag aßen. »Es ist nun lange genug gewartet worden!« begann er. Er nehme Burga gleich mit. Für das neue Haus, das zwar erst im Herbst beziehbar sei, müßten Fliesen und Tapeten ausgesucht werden. Sie solle es so haben, wie es ihr gefalle. Am Montag würden sie aufs Rathaus und zum Pfarramt wegen des Aufgebots gehen, die andere Woche könne die Hochzeit sein. Die drei mußten mächtig lachen wegen des Tempos, das er vorlegte. »So schlank wie du bist, hast du leicht eine Weile Platz in meinem alten kleinen Häuschen«, sagte er zu Burga. »Ich möchte dich Walburga nennen. Für Hexen hatte ich immer schon etwas übrig.«

Veröffentlicht in: Programmheft zu »Hochzeitslose« v. J. Walser–M. Beig. Sommertheater Meersburg 1992.
Entnommen: dem Tübinger Programm 10, 1992, zu Marie-Luise Fleißers »Fegefeuer in Ingoldstadt«.

Der Acker beim Bodensee

Dicht bei einem einzelnen Hof war ein großes Ährenfeld. Drei Wanderer kamen des Wegs. Sie wollten auf die Anhöhe, von wo man den See überblicken konnte. Zwei junge Leute standen am Ackerrand. Während das Kind der Wanderer Kornblumen pflückte, hörte das Ehepaar, wie die beiden miteinander zankten. »Der Acker gehört mir; der Vater hat es im Testament so verfügt!« sagte das Mädchen überlaut. »Willst du ihn vielleicht mitnehmen in die Stadt?« lachte der junge Bauer böse, »als ob ich wegen deiner Mitgift nicht genug Schulden hätte! Aber jeden Quadratmeter werde ich dir abkaufen.« Seine Schwester lief beleidigt weg. Das Ehepaar hörte, wie der Bruder fluchte: »Bei Gott, Acker! Das mußt du mir teuer zurückbezahlen!«

Der Acker hatte sich auf die Schollen in der Winterruh gefreut und vielleicht auf die Kartoffelknollen, die im andern Jahr in ihm reifen würden. Doch gleich nach der Getreideernte ging es los: Der Bauer und seine Helfer rammten hohe Stangen in den Boden und spannten Drähte. Es wurde ein Hopfenacker. Neben dem Stadel entstand ein neuer Bau, eine Hopfendarre, recht hoch und häßlich. Das Kind der Wanderer freute sich in den folgenden Sommern: »Der erste Hopf ist oben, jetzt sind bald Ferien!« Manchmal sahen sie einem Trieb zu, der wie eine lebendige Schlange in der Luft kreiste, um einen Halt zu finden, oder sie zerrieben eine Hopfenfrucht zwischen den Fingern, um den feinen herben Geruch in der Nase zu haben. Oft schauten sie auch dem lustigen Völkchen der Pflücker zu.

In einem Herbst, nach etlichen Jahren, mußten die Wanderer staunen, ihr Mädchen klagen: »Oh! Ein Zaun!« Ein hohes Drahtgeflecht faßte das Feld ein. Drinnen standen Tausende kleiner Apfelbäumchen. An manchen hingen schon ein, zwei große goldene Äpfel. Die Pflänzchen sahen aus wie zwölfjährige schwangere Mädchen. Der Bauer mußte schwer gepflegt und gedüngt haben, denn im dritten Apfeljahr brauchte er bei seinen Gebäuden eine Obsthalle. Seine Schwester kam Äpfel holen. Im Wegfahren schimpfte sie: »Er läßt mich das Obst bezahlen, wo er schon ein Vielfaches mehr aus dem Acker holte, als er mir damals für ihn gab.«

Die Städter sind nie zufrieden! Diese süßliche Apfelsorte schmeckte ihnen nicht mehr. In einem Vorfrühling erschraken darum die Wanderer. Die Apfelbäume waren bös zusammengestutzt. Wie Galgen sahen sie aus oder wie Kreuze auf Golgatha. Eine neue, säuerliche Sorte war ihnen aufgepfropft. Der Bauer konnte aber mulchen, düngen, Gras vertilgen und spritzen, soviel er wollte, die Bäume mochten keine Rekordernten mehr bringen. Darum mußten die Wanderer später noch ärger erschrecken: Alle Baumkronen waren abgesägt. Traurig sahen die vielen Stümpfe aus und so, als ob der Acker sich seines Aussehens nun schämen müßte.

Dann, als sie wieder einmal vorbeigingen, war kein Zaun mehr da. Es war erneut ein Hopfengarten, denn der Erlös aus dem Hopfen war derzeit besser als vom Obst. Aber der Acker hatte sich nicht mehr auf lustige Hopfenernten zu freuen, auch nicht mehr auf den Saft, der aus den aufgerollten Ranken in seine Erde zurückkam. Grob wurden diese mit dem reifen Hopfen abgehauen. Die Wanderer schauten eine Weile der Pflückmaschine beim Hof zu. Es lag nicht mehr der feine herbe Geruch des Hopfens in der Luft, sondern ein widerlicher, nach Fäulnis riechender Schwaden vom Abfall.

Ein grausiges Unwetter hauste im Landstrich. Die beiden Städter sahen dessen Folgen. Der Hopfengarten lag wie plattgewalzt, alles von Sturm und Hagel zerschlagen. Der Bauer tat ihnen leid. Den ganzen Weg redeten sie über den Schaden und die Arbeit, die zu machen sei, bis die Anlage wieder stehe.

Der Bauer hatte sich diese Mühe erspart, er nahm eine andere auf sich: Der Acker wurde ein Erdbeerfeld. Fremdarbeiter und Frauen bückten sich, um die Früchte zu pflücken. Die Bäuerin hatte am Rand des Feldes, am Weg, einen Tisch aufgestellt und bot sie den Vorübergehenden und -fahrenden in Pappkartons zum Kauf an. Sie sahen die Frau erstmals so aus der Nähe. Es war eine schöne, üppige Bäuerin, in fast elegantem, weit ausgeschnittenem Sommerkleid. Der Bauer ging weg, als er Käufer kommen sah. Seinem Rücken sah man an, daß er sich der Krämerei schämte.

Die Wanderer waren nun ältere Leute. Als sie wieder vorbeigingen, sahen sie den Acker voller Pfähle. Der Bauer und sein Sohn waren dabei, sie nah am Weg in die Erde zu pflocken. Sie hatten des Mannes Gesicht nicht mehr gesehen, seit er damals in jungen Jahren geflucht hatte. Sie erschraken beinahe, denn es war ein gezeichnetes Gesicht. Nicht nur Sonne, Wind und Wetter hatten es gefurcht, sondern Verbitterung vom harten Wirtschaftskampf stand in ihm, Rückschläge und Ärger hatten es geprägt. Die alten Wandersleute grüßten freundlich und fragten, ob es wieder eine Obstanlage werde. Der Bauer tat nur einen Brummer und ging weg. Der Sohn sprach: »Der Großvater hat es gewußt, hier sei früher allezeit ein Rebacker gewesen.« Es sah aus, als strecke der Acker der Sonne erwartungsvoll seinen

Buckel entgegen. An Erinnerung gemahnte er, an fröhliche Menschen, muntere Vögel.

Er wird sich wundern! Schüsse werden auf ihm krachen und nachgeahmte Todesschreie von Vögeln über ihm schrillen. Mit giftigen Brühen wird er getränkt werden und unter großen Netzen schmachten. Doch ein Rebacker wird er nun wieder viele Jahre sein. Zwischendurch hat er zwar die Menschen mit Brot und Bier, Most und Milch versorgt, aber nichts werden sie so nötig haben wie Wein, um das zu ertragen, was ist und was noch kommen wird.

Veröffentlicht in: Bodensee-Lesebuch. 18 Autoren stellen sich vor. Hg. von Jochen Kelter, Karlsruhe 1989.

Was zählt
Blicke auf Maria Beig

Herausgegeben von Oswald Burger.
1995. 136 Seiten mit 6 Abbildungen. 14x23 cm.
Broschur

Der Band enthält Beiträge von Katharina Adler,
Armin Ayren, Eva Berberich, Peter Blickle,
Manfred Bosch, Oswald Burger, Erika Dillmann,
Werner Dürrson, Bruno Epple, Wilhelm Gössmann,
Jaimy Gordon, Reinhard Gröper, Peter Hamm,
Joachim Hoßfeld, Josef Janker, Gisela Linder,
Helen Meier, Maria Menz, August Mohn, Walter Münch,
Peter Nittmann, Andrea Reidt, Peter Renz,
Peter Salomon, Arnold Stadler, Tina Strohecker,
Helmuth Voith, Johanna Walser und Martin Walser
sowie Photographien von Herlinde Koelbl, Rupert Leser,
Andrea Reidt und Franzis von Stechow.

Jan Thorbecke Verlag